nos Cœurs En feu Brûlent En Hiver

Maddie Lnt

À toi qui traverses un deuil, même si ton cœur gèle comme en plein hiver, souviens-toi que même les étoiles mourantes allument toujours un feu quelque part.

Prévention :

Attention ce livre contient des sujets comme : les envies suicidaires et le suicide, la drogue, le viol, la maltraitance,
L'homophobie, les trouble du comportement alimentaire ainsi que le meurtre.

Bonne lecture <3

✩ *Playlist du livre* ✩

Automne
Patient

1

Allô docteur.

14 octobre 2017, 17 ans.

Il faisait chaud, la musique tambourinait contre les murs, les gens dansaient et suaient, hurlant pour se parler. Moi, j'étais là, au centre de ce tas qui ne pensait qu'à une chose : se saouler jusqu'à en perdre la tête.

Je n'avais pas spécialement envie d'être là. En fait, je n'avais pas envie du tout. Mais je n'avais pas vraiment eu le choix. Toutes les meilleures fêtes se passaient ici, à Milwaukee. Petite ville pourrie, mais avec une bonne ambiance, malgré tout. Éric Hole m'avait invité à célébrer la mémoire d'Éthane, mon meilleur ami. Pourtant, il n'en avait rien à faire d'Éthane ni de sa mémoire. Ce qu'il voulait vraiment, c'était voir dans quel état sa mort m'avait laissé.

Deux ans qu'Éthane a disparu, me laissant seul. Deux ans que je vis avec le deuil de ne plus le voir débarquer dans ma chambre chaque jour. Mais chaque jour me rappelle qu'il ne franchira plus jamais l'entrebâillement de ma porte.
Éric faisait partie des gens que je détestais le plus sur cette terre. Mais il avait été le petit ami d'Éthane pendant

toute une année, quand on avait quinze ans. Alors, je fais avec.

Maintenant, il a refait sa vie, fait son deuil complet du blondinet aux yeux bleus. Chose que je n'arrivais toujours pas à accepter.

Pendant la soirée, j'avais bu assez de vodka pour ne plus sentir mon palais et vidé le fond de mon paquet de clopes, seul dans mon coin, sans adresser un mot à qui que ce soit. Mes yeux étaient rivés sur Éric, le grand blond à l'allure charmante mais complètement défoncé. Une fois de plus, il avait consommé tout ce qu'il pouvait par le nez, la bouche, et peut-être même par les veines. Voulant faire un discours mémorable, il était monté sur une table. Je continuais de fumer ma cigarette en le fixant d'en bas. Son verre levé, il a scanné la salle d'un regard vide, mais un sourire narquois étirait ses lèvres.

— Aujourd'hui, je voudrais rendre hommage à Éthane, notre tapette préférée !

Je m'étouffai avec la fumée de ma cigarette. Mes sourcils se froncèrent aussitôt.

— C'est vrai qu'on l'a pas mal charrié ici, hein ? J'ai raison ?

Quelques gars de l'équipe de foot se mirent à ricaner bruyamment.

Mon sang battait dans mes tempes. Incapable de rester assis, je me suis levé et planté devant lui. Ses yeux rougis me fixaient alors qu'il souriait encore plus largement.

— C'était une petite prude, non ? Tu n'es pas d'accord, Hayden ? J'ai entendu dire que t'avais des sentiments pour lui, pas vrai ?

Il éclata de rire, mais le son résonna dans mes oreilles comme une insulte de trop.

Je n'ai pas réfléchi. J'ai attrapé son col de chemise et tiré pour le faire basculer en arrière. Il s'est écrasé par terre, son verre volant en éclats. Sans hésiter, j'ai serré son col, plus fort à chaque seconde, jusqu'à ce qu'il manque d'air. Éric Hole, roi des terrains de foot, était pathétique au sol, incapable de se défendre.

— Ne parle plus jamais de lui, c'est clair ?
— Lâche-moi, mec... tu me fais mal...

Sa voix étranglée montait à peine au-dessus du brouhaha de la salle. Mais le premier coup est parti tout seul. Puis le deuxième. J'entendais vaguement ses hurlements, mais j'étais aveuglé par ma colère. Je l'ai plaqué à terre, mes jambes l'immobilisant, mes poings martelant sa mâchoire.

Depuis toujours, Éthane avait été mon point faible. Quiconque disait du mal de lui déclenchait en moi une rage incontrôlable.

Il essayait encore de se débattre, mais j'avais serré si fort qu'il peinait à respirer. Quand je l'ai enfin lâché, il s'est effondré, toussant violemment pour remplir ses poumons. J'ai essuyé le sang qui maculait mes doigts sur mon jean avant de ramasser mon paquet de cigarettes tombé au sol.

— Ne reparle plus jamais d'Éthane comme ça.

Il m'a craché dessus, le souffle court :

— Va te faire soigner, Sawyer.

Je l'ai ignoré, ramassant mes affaires pour claquer la porte d'entrée.

Ce que j'ignorais, c'est que quelqu'un m'avait filmé. Et que, quelques minutes plus tard, la vidéo faisait déjà le tour des réseaux sociaux.

Devant la maison, une voiture de police m'attendait.

— Encore toi, Sawyer…

Ronnie, un vieux flic, soupira en me voyant. Adossé à sa voiture, il secouait la tête avec lassitude.

— T'en as pas marre de te battre ?
— Il l'a cherché.

Je n'ai même pas attendu qu'il me dise quoi que ce soit d'autre : j'ai ouvert la portière et je suis monté à l'arrière de la voiture, résigné.

Ronnie me connaissait depuis toujours. Lui-même avait dû nous envoyer, mon frère et moi, vivre chez notre tante un été, le temps que mon père purge sa peine de prison. Il conduisait en silence, écoutant de la musique classique. De temps en temps, il jetait un coup d'œil dans le rétroviseur, comme pour s'assurer que je ne tentais rien.

Quand nous sommes arrivés au commissariat, j'ai reconnu tout le monde. Après tout, ce n'était pas la première fois que je me retrouvais ici.

Amanda était assise sur une chaise en plastique dans le hall. En me voyant, elle s'est levée précipitamment.

— Qu'est-ce que tu as encore fait, Hayden ?

Je détestais entendre cette phrase sortir de sa bouche. Elle avait ce regard triste qui me tuait à chaque fois. Depuis qu'Éthane était mort, elle s'occupait de moi comme d'un fils, mais je savais que je n'étais qu'un pauvre substitut.

Ronnie a tenté de la rassurer d'un sourire, expliquant que ce n'était qu'une bagarre de plus avec Éric Hole.

— Où est mon père ?
— On va y venir, répondit Ronnie en se grattant la tête, visiblement mal à l'aise.

Je m'assois en face de lui, Amanda attrapant son sac à main. Il pose ses avant-bras sur son bureau, croisant les doigts entre eux. Il me fixe.

— Pour commencer, je ne veux pas que tu t'énerves. C'est clair ?
— Hum. J'acquiesce, la boule au ventre. J'espérais au fond de moi qu'il m'annonce sa mort.
— Ton père a été arrêté à Lakeview.

Qu'est-ce qu'il foutait là-bas ? Lakeview est à une heure d'ici. Mon père n'a ni voiture, ni argent.

— Il est en prison.
— J'avais compris. Je souffle en fixant mes pieds en croisant les bras.

— Tu ne vas pas aller chez ta tante, Hayden. Il gronde en essayant de sourire.
— Je peux rester ici, tu sais. Je suis grand.
— Je sais, gamin, mais malheureusement, la loi, c'est la loi. Tu es mineur, il te faut un endroit.
— Je vais aller où ? Là, à cet instant, je pensais au pire. J'avais la gorge nouée de m'imaginer loin d'ici, loin d'Amanda, loin d'Éthane, même s'il est mort. C'était notre monde ici.
— Chez ton frère, on l'a appelé, il est d'accord.

Je regarde Amanda qui essaie de sourire, prenant ça comme une bonne nouvelle.

— Ça fait des années que je ne l'ai pas vu ! Pourquoi je ne vais pas chez Amanda ? Je grogne en fourrant mes mains dans mes cheveux.
— Je ne suis pas de ta famille, chéri. Essaye de me faire comprendre la blonde en caressant mes cheveux poisseux.

— Tu ne peux pas refuser de toute façon. Maintenant, deuxième mauvaise nouvelle.

J'ai déjà envie de tout casser dans cet endroit. Me voilà parti à Lakeview pour une année, jusqu'à ce que je décide de revenir à ma majorité.

— Tu vas devoir passer quelque temps à l'hôpital, à Lakeview. Tes problèmes de colère doivent être contrôlés. Un seul faux pas et c'est la prison, Hayden. Là-bas, ce n'est pas nous.

L'hôpital, un endroit redouté par moi à cause de mon père.
Je n'ai jamais mis les pieds là-bas, je n'ai aucun vaccin, aucun suivi. Je pourrais avoir, je ne sais quelle maladie, que je ne le saurais même pas.

— Amanda, dis-leur que je n'en ai pas besoin. Je la regarde, perdu. Toute ma vie vient de chuter en un instant.
— C'est pour ton bien, chéri, tu sais que cette vie n'est pas bonne pour toi. Elle touche mon visage avec son toucher maternel, qui me donne envie de pleurer.
— S'il te plaît, je chuchote, alors que le flic se lève pour me diriger vers la voiture.

Il est cinq heures du matin. Me voilà avec mon sac de vêtements préparé par Amanda, dans la voiture des flics, direction les fous.

🎵🎵🎵

Quand je me réveille ce samedi-là, dans cette chambre entourée de murs blancs qui me donnent la nausée, j'étais comme perdu, je n'arrivais plus à assimiler mes pensées, comme si on m'avait volé ma conscience. J'étais allongé sur ce lit, le regard fixé sur le plafond qui prenait des couleurs jaunâtres. Je me sentais mort, comme si mon âme était partie avec ma colère.

Puis un médecin est entré dans la pièce. Le docteur Polos, il portait une tenue qui me donnait la gerbe, il avait la barbe noire qui contrastait avec ses cheveux d'un blanc presque translucide. Il m'a demandé comment je me sentais, je ne lui ai pas répondu.

Il m'a expliqué que dans quelques minutes, je verrais le psychiatre de cet établissement. Je ne savais même pas ce que c'était qu'un psychiatre.

Je lui ai demandé d'une voix monotone :

— Je pars quand ? Il m'a juste souri, puis a dit :
— On verra avec le psychiatre. J'ai grogné et je me suis retourné pour ne plus le voir. Je ne l'aimais déjà pas.

Quand je tourne la tête, je suis face à un garçon assis sur son lit, juste à côté du mien. Sa tignasse ébène entoure son visage, et ses bras bandés attirent mon regard. Il a l'air frêle et vulnérable. Son visage anguleux et fin me fascine pendant quelques secondes.

Entre-temps, d'autres médecins sont arrivés pour s'occuper de lui. Ils essaient de le faire manger, mais il refuse en poussant des sons plaintifs. Au bout d'un moment, ils ont fini par abandonner et repartir, nous laissant seuls. Il me fixe à son tour, ses yeux sont d'un vert très clair, presque bleu.

— Salut, dit-il d'une voix fluette, ses yeux clignant rapidement comme un tic nerveux.
— Salut. Ma voix cassée déraille intégralement, essayant de former un son correct.
— Pourquoi tu es là ? Il lâche en souriant.
— Longue histoire.
— J'adore les longues histoires ! Je remarque à son sourire qu'il n'est pas dans son état normal, comme s'il planait complètement, mais c'est quand je remarque le tuyau qui passe dans ses veines que je comprends.
— Et toi ? J'essaie de détourner l'attention vers lui.
— Problème personnel. Ça m'a pousser à vouloir me jeter par la fenêtre du salon.

Un silence s'installe entre nous, et soudain, il éclate de rire.

— Ne me prends pas pour un fou, hein, je vais bien. Il lâche en s'allongeant sur son pieu.

C'est bien une phrase de fou, de dire que tout va bien alors que tu as frôlé la mort.

— Je perds souvent le contrôle, murmure-t-il.

J'avais envie de lui dire « Bienvenue au club », mais je me suis retenu de parler.

— Mais sérieusement, ça va s'arranger. On va sortir d'ici et on va recommencer à vivre. Ça ne peut pas être pire que ça, non ?

Parle pour toi. Mais j'ai acquiescé à nouveau, pendant qu'il me regardait en souriant bêtement.
Soudain, la porte s'est ouverte à nouveau, et un psychiatre est entré dans la pièce, posant ses papiers sur le bureau de la chambre.

— Bonjour, messieurs, a-t-il dit en souriant. Je suis le Dr. Wilson, et je vais m'occuper de vous pendant votre séjour ici. Comment vous sentez-vous aujourd'hui ?

Plus ils me posaient cette question, plus j'avais envie de crever pour qu'ils me laissent tous tranquilles. À la vue de notre mutisme, il nous a tendu un formulaire.

— Je vais avoir besoin que vous remplissiez ce formulaire pour que je puisse mieux vous connaître, a-t-il dit. Il contient des questions sur votre état de santé, votre historique médical et vos antécédents psychiatriques. Il est important que vous soyez honnêtes et complets dans vos réponses.

Le brun et moi avons échangé un regard. Je n'aimais pas les formulaires. Pourquoi devais-je donner toutes mes informations personnelles à un inconnu ? Quand j'ai tendu le formulaire au Dr. Wilson, il a froncé les sourcils en le lisant. J'avais coché la case "aucun antécédent psychiatrique", mais il semblait douter de ma réponse. Il m'a demandé si j'étais sûr de ne jamais avoir ressenti de stress, d'anxiété ou de dépression, mais j'ai simplement haussé les épaules en lui disant que j'étais un adolescent normal.
— Les ados « normaux » ne se battent pas à plusieurs reprises, monsieur Sawyer.
— Ils ne savent pas ce qu'ils ratent alors. J'ai vu dans ses yeux qu'il essayait de comprendre ce qui n'allait pas chez moi. J'avais cette colère qui me grignotait l'estomac. J'ai serré la mâchoire fermement.
Quand il est parti, j'ai fini par demander au brun ce qu'ils allaient me faire ici.
— Pas grand-chose, tu sais, si tu ne fais pas de connerie, tu es là jusqu'au 21.
J'ai soupiré de lassitude, puis je me suis senti encore perdu. J'ai fermé les yeux en lui tournant le dos. Je voulais oublier où j'étais, oublier que j'ai dû changer de ville, oublier que je suis complètement paumé sans Éthane. J'avais cette terrible envie de fumer qui me démangeait la gorge.

2
Changement

« *But I'm just waiting 'til the medication kicks in, and I feel like myself again* » Kodaline

Aujourd'hui, quatrième jour où je suis enfermé dans cette chambre avec le présumé Lukas. Il a les yeux ternes et ne sourit même plus. J'étais perplexe, car il avait cette mauvaise habitude de faire du bruit tout le temps. Il ne passe pas une seconde sans mettre la télé ou lire à voix haute. Pire, il chante.

J'avais l'impression que ma tête allait exploser à tout bout de champ.

Je suis allongé, le bras tendu vers la jeune infirmière qui me prélève du sang. Les médecins n'aiment pas le fait que je n'ai aucun vaccin à jour et que je ne fasse aucune visite médicale de temps en temps. Ça les dérange. De mon plein gré, je n'aurais jamais pensé aller chez le médecin.

Avec mon père, c'était : « On va chez le docteur quand on est proche de la mort. Tu penses que tu es en train de mourir ? »

L'infirmière blonde me regarde et me sourit gentiment, comme pour s'excuser de me voler mon sang. Après tout, ce n'est pas la première fois qu'elle en voit, et sûrement pas la dernière.

J'entends Lukas parler à côté, refusant de manger son déjeuner. Je l'entends froisser les draps avec ses pieds. Les médecins l'obligent à manger, sinon il va devoir rester là plus longtemps qu'il ne le pense. Pour qui se prennent-ils, sérieusement ? S'il ne veut pas avaler leur nourriture dégoûtante, c'est son choix, non ? Moi, ils m'insupportent à se croire plus forts que toi. Alors qu'ils ne savent rien de toi, rien du tout. Ils abandonnent encore une fois, le laissant en pleurs sur son lit. Mélanie, l'infirmière, me retire l'aiguille et me salue en sortant de la chambre.

J'entends encore le bruit de leurs crocs sur le sol et ça me donne mal à la tête.

Je repense à mon frère. Edward Sawyer. On a huit ans d'écart, lui et moi. Lui, il a connu ma mère et a même vécu avec elle avant qu'elle ne décide qu'après ma naissance, elle se suiciderait au milieu du salon. Quelle belle surprise pour mon père.

C'est probablement pour ça que mon père ne me regarde jamais plus de trois secondes dans les yeux. Je lui rappelle sûrement ma mère, brune aux mirettes vertes, alors qu'Edward est tout le contraire, un beau blond cendré aux yeux marron.

J'entends la voix de Lukas m'appeler depuis la salle de bain. Il a la voix tremblante et, au bout de quatre jours de cohabitation, cette voix veut dire : « Viens me tenir les cheveux, je vais vomir mes tripes et pleurer des heures dans la salle de bain. » Je me disais bien qu'il était trop heureux le premier jour où je suis apparu dans sa piaule merdique. C'était possiblement son numéro habituel, le même que les politiciens qui te disent qu'ils vont tout changer et améliorer le pays alors qu'ils te poignardent dans le dos gentiment.

J'accours à son secours, ne voulant pas qu'il se vomisse dessus. Il est à moitié avachi sur le sol en se tenant le ventre avec son bras momifié. J'attrape ses cheveux noir corbeau pour les tirer, puis je ne vais pas vous faire un dessin, il a vomi.

— Comment tu fais pour vomir sans manger ?
— Je ne sais pas, j'ai mal. Il souffle en se tenant, bougeant de gauche à droite.
— Je vais appeler l'infirmière, d'accord ?
Il acquiesce, son visage posé sur le rebord de la toilette, les yeux vides. Quand elle arrive en courant, je m'écarte pour ne pas la déranger, elle et les médecins. Même si j'ai toujours cette peur qu'ils l'obligent à faire quelque chose qu'il ne veut pas.

À la télé, accrochée au milieu de la pièce, passe une chaîne d'info pourrie qui vous informe de toutes les actualités de partout. Je vais pour changer de chaîne quand j'entends mon prénom sortir de la bouche du présentateur.

« Une vidéo d'un garçon de Milwaukee frappant un autre a tourné sur les réseaux sociaux. Cette personne dangereuse a été amenée par la police. »

Je l'éteins en jetant la télécommande sur mon lit, qui rebondit doucement. Mais de quoi je me mêle ? Quand je repense à la vidéo, je me dis que j'ai peut-être abusé. Assis sur mon lit, je pense à Amanda qui doit regarder ça. Milwaukee était connue pour tout sauf la sécurité. Après tout, on était tous dans la galère.

Dans notre ville, Amanda et Léo, les parents d'Éthane, faisaient partie des rares personnes aisées à Milwaukee. Au début, je ne pouvais pas les voir, j'avais l'impression qu'ils nous narguaient avec leur fils trop bien nourri et leurs vêtements propres. Mais j'ai fini par les connaître et, depuis, je ne me suis jamais détaché d'eux.

<u>Flash-back. 2010, 10 ans</u>

Le petit blond me fixe avec sa mère, je suis assis sur le trottoir en face du banc où ils sont posés. J'ai le visage en sang, mes yeux pleurent à cause de la douleur qui me brûle tout le côté droit. J'ai au moins gagné la bagarre et je grignote ma victoire avec mon trophée, des M&M's.

J'entends le petit garçon demander à sa maman s'il faut me soigner d'une voix indiscrète. J'ai arrêté de les regarder pour fixer le petit oiseau bleu en face de moi. Je lui lance la cacahouète, partageant mes chocolats, pendant que je grignote le chocolat au lait. Il chantonne puis s'envole quand il aperçoit la grande dame s'accroupir en face de moi.
Je la regarde, la jugeant. Elle avait l'air trop parfaite pour cette ville. Ensuite, elle commence à me parler de sa voix douce et dorlotante.

— Bonjour, Любимый, veux-tu des soins ?
Elle avait un accent bizarre, je ne saisissais pas grand-chose de ce qu'elle disait. Elle regarde mon visage boueux en grinçant des dents. J'acquiesce d'un ton plaintif, j'avoue que je commençais vraiment à souffrir le martyre.
Elle me tend la main et me laisse m'asseoir à côté du petit garçon blond aux jolis yeux bleus. Elle nous informe qu'elle va chercher de quoi s'occuper de mon visage en nous suppliant de ne pas bouger. L'ange à la voix fluette lui répond gentiment, tandis que moi, j'émet un léger son. Il me tend son petit jouet bleu en me souriant.
— Je suis Éthane et aujourd'hui, on est amis pour la vie.

— Je suis Hayden et je suis d'accord.

♫♫♫

J'aperçois Lukas rentrer dans la chambre après une heure sans nouvelles. Le voilà pimpant et sur pied. Il s'assoit sur mon lit et je remarque la sonde gastrique qui décore son visage.
— Je ne savais pas qu'on pouvait en avoir de plusieurs couleurs, je lâche en lui pointant le tuyau en plastique.
— Ils ne voulaient pas au début, je les ai menacés de l'arracher pendant la nuit s'ils ne me donnaient pas la bleue. Et me voilà.
Il pose sa main sous son menton en souriant, fier de son coup. Je lui souris en retour, il s'allonge sur mon lit à côté de moi. À deux, l'espace est tout de suite réduit. Il joue avec ses bracelets pour faire du bruit.
— Tu fais toujours du bruit ? je demande, intrigué.
— Oui, ça m'évite de péter les plombs, le silence me ronge. Je suis désolé si ça te dérange, mais je ne vais pas arrêter.
— Toi, je n'arrive pas à te cerner.
Il me toise, les sourcils froncés, en croisant les bras, l'air vexé.
— Va te faire voir.
Et il s'allonge sur son lit en me tournant le dos, soufflant exagérément pour m'informer que je l'ennuie. Je me masse les tempes et décide de sortir de la chambre pour me changer les idées.

3
Salut Chicago

21 octobre 2017

Sa chevelure blonde et sa carrure imposante me troublent. Je tiens ma valise à la main, tandis que le psychiatre s'entretient avec lui. Il a l'air tellement plus mature, plus comme avant. Quand j'avais douze ans, il a décidé de partir de Milwaukee à 20 ans pour ses études et sûrement pour échapper à notre père. Et maintenant, le revoilà cinq ans plus tard, moi à côté de lui, le fixant du regard.

« Hayden, tu verras la psychologue de cet établissement une fois par mois, » déclare-t-il en tendant une ordonnance à mon frère. « Et des calmants en cas de crise. » Edward le remercie et je hoche la tête pour montrer que j'ai bien noté.

Je fais rouler ma valise vers la sortie, mon frère à mes trousses. J'entends la voix de Lukas, assis sur un des fauteuils de l'entrée, m'appeler. Il me mime avec ses doigts un téléphone. Je l'ignore en tirant ma valise plus rapidement. Lukas Anderson, tu es la rencontre la plus étrange et la plus courte que j'ai faite dans ma vie.

Je suis parti de l'établissement, marchant à grands pas pour essayer de quitter cette atmosphère étouffante qui m'agrippait la gorge. C'était difficile de revoir mon frère après toutes ces années, il m'avait abandonné du jour au lendemain sans me prévenir. J'avais l'impression de ne plus le connaître. À vrai dire, je ne l'ai jamais vraiment connu.

Dans la voiture, aucun de nous n'a parlé, sûrement trop gêné. J'ai regardé le soleil se coucher, le visage collé contre la vitre. Edward chantonnait les paroles de "Here Is Gone" des Goo Goo Dolls.

And I want to get free
Talk to me
I can feel you falling
And I wanted to be
All you need

J'ai fermé les yeux, laissant la musique s'incruster dans mes oreilles. J'essaye de trouver les mots justes pour exprimer ce que je ressens, mais rien ne me vient. C'est comme si mes pensées étaient bloquées, coincées dans ma tête.

Finalement, nous sommes arrivés chez lui. J'ai sorti mes bagages de la voiture, remerciant Edward pour le trajet. Il m'a souri en me promettant que tout allait bien se passer. Comment pouvait-il en être sûr ? Comment pouvait-il savoir que je n'allais pas perdre les pédales ? Comment pouvait-il savoir ce qui se passait dans la tête d'un adolescent de 17 ans ?

Quand je suis rentré chez lui, ça sentait le bois, le parfum et la cannelle. Ce n'est pas vraiment ce que je m'étais imaginé. Après avoir jeté un coup d'œil à l'entrée, j'ai entendu des voix provenir du salon. Probablement des amis à lui. Il m'a poussé à avancer, abandonnant mes chaussures et ma valise au passage. Quand je suis arrivé dans le salon, j'ai vu les amis de mon frère. Un brun et un autre aux cheveux étrangement rouges. Mon frère a posé ses mains sur mes épaules en souriant.

— Les gars, c'est mon frère Hayden. Il va vivre avec moi maintenant.

Ils ont posé leurs yeux sur moi, comme s'ils m'analysaient. Le brun s'est présenté sous le nom de Kyle, pendant que le rougeâtre se faisait appeler Lo (son nom, c'est Lode).

Je me suis finalement senti mal à l'aise et j'ai demandé à mon frère où était l'endroit où j'allais dormir pour ranger mes affaires. Il m'a conduit à une chambre loin de la sienne pour « plus d'intimité ». Quand il l'a ouverte, ce n'était qu'une pièce blanche avec un lit et un bureau avec une armoire collée contre le mur.

— On pourra la décorer si tu le veux, je ne pense pas que le blanc te représente vraiment.

J'ai simplement acquiescé, et quand il a fermé la porte, je me suis glissé au pied de mon lit. J'ai sorti mon téléphone qui ne m'a été rendu qu'aujourd'hui. En l'allumant, j'ai vu la panoplie de messages que j'ai reçus de mes amis.

Vous avez 14 appels manqués.
Will 14 octobre 5:07
Hayden, t'as foutu quoi, putain ? Rappelle-moi.
Arthur 14 octobre 7:22
Mec, je viens de voir les infos, où es-tu ?
James 14 octobre 7:34
Qu'est-ce que t'as fait encore ! J'espère que t'es pas encore chez les flics !
Rappelle-moi quand tu peux.

Eux, ce sont mes amis de Milwaukee. James, Arthur et Will. On a à peu près tout vécu ensemble. Surtout, la mort de notre meilleur ami. La mort de mon ange blond, Éthane. Je n'ai jamais su pourquoi il a fait ce qu'il a fait. Je pense qu'il voulait que son cœur cesse de battre si fort contre sa poitrine parce qu'il en avait assez de ressentir une douleur constante.

Comment vivre après sa mort ? La vraie question que je me posais avant qu'il parte, c'était : y a-t-il une vie après la mort ? Aujourd'hui, j'en suis convaincu : la vie après ta mort, c'est dans le cœur des autres. Quand tu meurs, ce n'est pas toi qui continues à vivre, ce sont ceux qui restent : ta famille, tes amis, toutes ces personnes qui se sont attachées à toi, parfois sans que tu le saches.

Au fond, je pense que le pire moment n'était pas de savoir qu'il est mort. C'est d'accepter qu'il le soit, car tu dois tout réapprendre. Oublier que tu n'as plus besoin de prendre du jus de raisin à l'école parce qu'il ne sera plus là pour le boire. Ne plus l'attendre derrière l'église où les vieilles de la ville vont le dimanche. Ne plus pouvoir lui faire la devinette quotidienne lue sur internet ou même lui envoyer un texto alors que tu sais pertinemment qu'il ne te répondra pas.

Après sa mort, c'est moi qui ne vis plus.

Flash-back 14 juin 2015

J'ai détesté le jour de ton enterrement. Le soleil de juin me faisait réaliser que tu faisais constamment semblant d'être heureux. Aujourd'hui, je suis seul devant ce funérarium où l'on passait devant tous les jours pour aller en cours sans se douter qu'un jour, tu y finirais. Les gens sont assis dans la salle, certains pleurent et d'autres essayent de sourire. J'aperçois Arthur avec sa mère. Il a la tête baissée, sûrement pour ne pas affronter le regard d'autrui. Entre nous, personne ne le regarde, à part moi.

J'ai vu James et Will parler en se souriant finement.
Même après ta mort, les gens arrivent à dissimuler leur
peine. J'aperçois leurs parents parler avec les tiens. Moi,
le mien est certainement au bar du coin ou chez une de
ses nombreuses conquêtes de la veille.

Quand ils m'ont vu, Amanda m'a serré dans ses bras
fermement, comme si elle ne voulait pas que je
disparaisse moi aussi. Léo m'a juste regardé, ses yeux
marqués par le manque de sommeil.

— Merci d'être là, chéri. Ton père n'est pas là ?
demande-t-elle en le cherchant.
— Non, je ne suis pas sûr qu'il se rappelle qui je suis,
alors pour se rappeler d'Éthane, ne comptez pas sur lui.
J'essaye de lui sourire, mais à la vue de son regard peiné,
j'aurais préféré me taire.

Elle finit par hocher la tête en pinçant ses lèvres entre
elles. Je lui souhaite toutes mes condoléances, elle me
les renvoie en retour.

Puis les garçons sont arrivés vers moi et on a fini par se
prendre dans les bras. « Le câlin groupé », chose qu'on
faisait avant les évaluations importantes ou avant un
concert dans les bars où on jouait souvent. J'ai entendu
Arthur pleurer en premier. C'était silencieux, comme s'il
voulait juste que les âmes qui nous entourent
l'entendent. Après, c'était Will, je sentais ses épaules se

secouer légèrement, puis James et moi avons suivi. D'une vue extérieure, cette scène devait être triste. Un groupe d'amis qui pleurent dans les bras les uns des autres. Quand on s'est assis et que j'ai vu l'énorme photo de ta tête, mon cœur s'est serré douloureusement. Tu souriais sur cette photo. Maintenant, je ne te verrai plus jamais sourire.

🎵🎵🎵

— Hayden, tu veux manger de la pizza ?

J'entends la voix étouffée d'Edward derrière la porte de ma chambre. J'ai la tête en vrac, comme si j'avais dormi pendant des heures. Je me lève pour ouvrir la porte, il est collé contre celle-ci, donc il chute légèrement en souriant idiotement. Il s'excuse et je le suis dans le salon. Les garçons sont partis, je réalise qu'il est déjà plus de dix-huit heures. Il y a juste la télé et la nourriture qui nous attendent.

Quand il se met à parler, c'est pour m'indiquer que je rentre dans une nouvelle école dans une semaine. L'école de Lakeview High School est connue pour ses taux de réussite. Je me demande comment il a fait pour qu'ils me prennent. Moi ? Hayden ? Je détestais l'école, mais parfois, c'est une échappatoire pour oublier mon père.

Quand je suis arrivé au lycée, Éthane était encore en vie. Il avait l'air d'aimer y aller, même si on n'était pas dans la même classe, puis du jour au lendemain il n'était plus là et ma vie a chuté. Je n'étais pas beaucoup présent, ce qui m'a causé pas mal de soucis avec l'établissement. J'ai failli me faire renvoyer définitivement, à cause des absences principalement, mais aussi à cause des bagarres. J'aime me battre, j'aime la sensation de brûlure sur la peau, l'adrénaline qui monte dans le cerveau, j'aimais tout oublier, ne plus rien ressentir.

Mais les parents d'Éthane m'ont défendu auprès de la proviseure. L'excuse était que j'avais un beau cocktail de vie : j'étais un adolescent avec une mère morte et un père drogué. Je ne voulais pas que le lycée soit au courant de ma vie, toutefois je n'avais pas eu le choix d'acquiescer quand Amanda en a parlé à la proviseure. Alors, avec le peu de pitié qui restait au fond du cœur de la directrice, elle m'a laissé faire ma vie au lycée. J'avais dû promettre à Amanda de venir plus souvent en cours et de diminuer les bagarres.

Léo avait fini par m'inscrire à la boxe là où il bossait. J'avais d'abord refusé, ne voulant pas le déranger, après tout, je n'étais pas son fils. Mais il ne m'avait pas laissé le choix. Je me souviens toujours des regards d'Amanda quand elle me voyait rentrer chez elle, par la gouttière, avec le visage en sang. Elle avait ce regard brisé. Mais ça, ce n'était jamais à cause de la boxe.

Elle me prenait habituellement dans ses bras comme pour me dire : « Je suis là pour toi, chéri. »

Car finalement, je n'étais que l'adolescent qui n'avait pas de repère, pas de limite

🎵🎵🎵

Edward me rassure que tout va bien se passer. J'ai l'impression qu'il arrive à lire à travers mes yeux. Mais quand je vais pour le regarder, il détourne le regard pour fixer le film en faisant comme si de rien n'était. Entre nous, rien n'est plus pareil. Plus rien ne sera pareil maintenant

4
Découverte

Mercredi 23 octobre 2017

Alors que je déambulais dans les rues, le crépuscule enveloppait lentement la ville, annonçant l'arrivée de la nuit. Soudain, mes yeux furent captivés par un groupe de garçons, leurs visages partiellement dissimulés par des capuches. Ils s'amusaient à faire des graffitis sur les murs. Je m'arrête pour regarder l'énorme tête de mort peinte sur le mur sale. Le plus grand les regarde en souriant.

— Hé, les gars, regardez ça ! Ce mur va devenir notre putain de chef-d'œuvre, ton père va nous détester, Charlie ! s'exclame un grand au pull vert en posant sa bombe sur le sol.
— Arrête de faire le pro, Noah, tu ne sais même pas dessiner un cube !
— Mais je peux dessiner ta mère nue en fermant les yeux ! s'exclame-t-il, taquinant l'autre qui lui met une patate dans le bras.
— On n'avait dit pas les mères !

Le plus petit lui donne un coup de coude dans les côtes pendant qu'il se marre. J'aperçois la brume de nicotine créer un halo de fumée au-dessus de leurs têtes.

— On devrait faire gaffe, les mecs. Je n'ai pas envie qu'on se fasse choper par les flics dès notre première nuit ici. Mon père peut vous détruire.
Intervient le garçon, assis sur le trottoir, plutôt que de partager leur passion de peindre les murs.
— Oh ! Arrête de faire ta prude, Charlie ! Tu veux faire chier ton père, non ? C'est le maire de la ville après tout.

Je l'entends marmonner et lui balancer des insultes. Je continue mon chemin, les mains dans les poches. Qui fait encore des graffitis sérieux ? Je sursaute légèrement quand je sens mon téléphone vibrer dans la poche de mon pantalon. Surpris, je le sors rapidement, me demandant qui peut bien m'envoyer un message à cette heure-ci. En regardant l'écran, mon cœur rate un battement : Éthane.

Le dernier message que vous avez envoyé à Mon Ange date du 12 juin 2015, il serait temps de réengager la discussion !
Je soupire, puis supprime la notification. Comment expliquer à mon téléphone qu'il est mort ?

♫♫♫

Quand je suis rentré chez moi ce soir-là, j'ai pleuré. J'ai senti mes yeux se remplir de larmes, prêtes à se libérer.

Les sanglots ont commencé à secouer mon corps, mes épaules s'affaissant sous le poids de la douleur. Chaque respiration devenait un effort, entrecoupée par des hoquets irréguliers. Mes mains tremblaient, incapables de contenir cette détresse qui jaillissait de moi avec une force inouïe.

Les larmes ruisselaient le long de mes joues. Chaque goutte était une libération, un cri muet qui éclatait en mille à l'intérieur de moi. Les sanglots déchiraient ma poitrine, emplissant l'air de plaintes étouffées. Mon souffle se mêlait à mes larmes, formant une mélodie triste et déchirante. J'ai cherché désespérément un réconfort, une étreinte chaleureuse qui pourrait apaiser cette douleur insoutenable. Il n'y avait personne, juste moi et ma douleur.

Quand Edward est rentré, il m'a retrouvé allongé sur le sol de ma chambre. Il s'est précipité pour me rejoindre. Il m'a posé des questions, beaucoup de questions. Je l'ai juste regardé, les yeux vides. Il m'a relevé pour me serrer contre lui. Il a enfoui son nez dans mes cheveux. Entre mes hoquets instables, je lui ai demandé :

— Pourquoi tu ne m'as pas sauvé, moi aussi ? Pourquoi tu m'as abandonné, Edward ?
Il m'a juste serré plus fort. Je me suis laissé faire, la sensation de mon corps commençant à fondre comme une bougie allumée trop longtemps. J'ai fini par

m'endormir sur lui, et quand je me suis réveillé, il faisait jour. Ce matin, ma première pensée, c'était lui. De rage, je me souviens que je ne pourrais plus jamais rire avec lui.

♪♪♪

Je ne suis pas sorti de mon lit de la journée. J'ai entendu Edward faire des allers-retours dans ma chambre, essayant de savoir si j'allais bien. J'ai juste fait ce que je savais faire de mieux : faire semblant. Pour qu'il me laisse tranquille. Je hais me sentir comme si j'étais mort.

Flash-back, juin 2015

Éthane, ta mort a été la pire chose qui me soit arrivée. J'ai pu supporter les coups de mon père et ses mots quand plus rien n'allait dans sa vie. J'ai supporté le regard des autres, car je ne venais jamais en classe, puis le deuil de devoir accepter que je n'aurais jamais de maman pour m'apprendre la vie. Ta mort a été ma descente aux enfers, j'ai fini par comprendre mon père, la douleur de perdre quelqu'un qu'on aime, sa douleur éternelle de perdre ma maman.
J'imagine que son addiction à l'alcool a été le seul moyen facile pour oublier ses problèmes.

Le lendemain de ta mort, le 15 juin, j'avais pleuré dans ton lit toute la journée, le nez dans tes affaires, comme

pour m'enivrer de ton odeur que je ne sentirais plus. Puis ton petit frère, Louis, m'avait rejoint pour pleurer avec moi. C'est possiblement une des scènes les plus déchirantes de ma vie, voir ton petit frère pleurer à chaudes larmes dans mes bras. Tu adorais l'appeler « chérubin », car tu le considérais comme un petit ange, celui qui t'a fait sortir de la solitude.
Le deuxième jour, j'étais mort. Tout avait explosé en moi comme un ouragan ou une supernova.
Le troisième jour, j'étais en colère contre le monde entier. J'avais envoyé valser les gens comme si c'était leur faute. J'avais détruit ma piaule. À chaque fois que je posais les yeux dans cette pièce, je te voyais allongé sur mon canapé-lit ou assis en tailleur sur ma chaise de bureau quand tu faisais mes devoirs de maths. Ou posé sur le rebord de ma fenêtre pour fumer tes cigarettes préférées que James nous ramenait du Portugal.
Le quatrième jour, je suis retourné chez moi pour laisser tes parents et ton frère faire leur deuil en famille. Je n'avais pas vraiment ma place. Et bien sûr, je me suis échappé par la fenêtre de ta chambre, si tu veux savoir. C'était trop dur de leur dire au revoir en face.

Puis la semaine d'après, j'avais revu les garçons chez Will. Ils m'avaient tous appelé le jour où on t'a retrouvé mort, agonisant sur le sable, les vêtements trempés. Je n'ai jamais répondu à leurs appels, j'avais cette douleur dans le crâne et la poitrine trop lourde. C'était trop dur à gérer, puis, je leur aurais répondu quoi ?

♪♪♪

J'entends un bruit assourdissant venant du bas. Je prends le courage de me lever de mon nid, les yeux pas encore habitués à la lumière qui émerge du salon. Je n'imagine pas ma tête pour cacher mes cheveux emmêlés. J'enfile ma capuche et je descends l'escalier central. En arrivant dans le salon, un rire me prend en les voyant. Mon frère et ses potes sont en train de hurler les paroles de "Smells Like Teen Spirit" de Nirvana. Ils sont debout sur les canapés, la musique à fond, en train de sauter et de danser.

Et j'oublie, pourquoi je goûte
And I forget, just why I taste
Oh ouais, je suppose que ça me fait sourire
Oh yeah, I guess it makes me smile
J'ai trouvé ça dur, c'est dur à trouver
I found it hard, it's hard to find
Eh bien, peu importe, pas grave
Oh well, whatever, never mind

— Hello, hello, hello, how low !

Je regarde Edward faire voltiger ses cheveux blonds dans tous les sens, mimant une guitare électrique qu'il gratte entre ses doigts. J'ai esquissé un sourire malgré ma mauvaise humeur. Les gens heureux te rendent heureux, que tu le veuilles ou non.

Quand la musique termine, les garçons ne m'ont toujours pas remarqué. Ils rigolent entre eux en s'asseyant et en reprenant leur respiration. La musique de Queen enchaîne. J'adore cette musique, je marmonne les paroles légèrement.
— Mamaaa, life had just begun, but now I've gone and thrown it all.

Mais j'ai dû me faire remarquer, car Lode baisse la musique en me souriant. Mon grand frère tourne la tête et m'invite à m'asseoir à côté de lui. Kyle m'a souri avec ses dents blanches. Je remarque qu'il a un piercing à la gencive. C'est étrangement beau.

Edward va me chercher de l'eau, puisque je n'ai pas bu de la journée et qu'il est important de s'hydrater. Quand je l'entends parler comme ça, on dirait un vieux papa. L'Edward d'avant m'aurait hydraté à coup de vodka et de Jack Daniel.

Quand j'ai fini de boire mon verre, mon frère descend ma capuche, révélant ma tignasse enchevêtrée, et me frotte les cheveux, les rendant encore plus emmêlés. J'émets un grognement pendant qu'il rigole.

— Tu es prêt pour l'école ? C'est dans quatre jours ! Il s'exclame en posant son verre sur la table basse.
— Ne me parle pas de ça, je suis obligé d'y aller ? Je m'apitoie en posant ma tête sur l'accoudoir du canapé.
— Bien sûr que t'es obligé, tu ne vas pas rester dans ta chambre toute ta vie, morveux.

Il me pince le nez et je le repousse avec mes pieds. Il attrape le paquet de chips et fourre ses grosses mains tachées de peinture dedans. Kyle et Lode sont en train de fredonner une musique dont je ne connais ni le titre ni l'artiste. Ils reprennent leur conversation, m'oubliant, et je finis par m'enfoncer dans le canapé, espérant disparaître de la circulation.

5
Nouveau.

« But i don't fucking care at all » idfc-blackbear

27 octobre 2017

Je suis devant le lycée, il est 7 h 53. L'établissement est immense et je remarque vite que chacun a son propre style, ce qui fait que tout le monde semble très différent. J'étais angoissé toute la nuit, j'ai même sauté le petit déjeuner que m'avait préparé Kyle, qui m'a d'ailleurs déposé aujourd'hui.

En entrant, j'ai fourré mes mains dans mes poches et je suis allé au secrétariat pour récupérer mes affaires. La dame de l'accueil était aigrie, elle mâchait un chewing-gum avec ses grosses lunettes qui prenaient la moitié de son visage. Elle m'a tendu des documents et m'a posé des tonnes de questions, dont la plupart n'avaient pas de réponse. Les adultes posent toujours trop de questions.

Je suis en 2ᵉ année dans la classe G et mon professeur principal est un prof de sport. J'ai flâné dans les couloirs pour trouver la salle d'histoire au numéro 128. Au bout d'un moment, à ne pas la trouver, j'ai fini par comprendre que je n'étais pas dans le bon bâtiment. Quelle idée de faire des endroits aussi grands !

En arrivant devant, j'ai pris une grande respiration et j'ai toqué. Bien évidemment, j'étais en retard. Le prof, M. Colomb (quelle belle coïncidence pour un prof d'histoire), m'a présenté à la classe et j'ai remarqué quelque chose. Les garçons qui faisaient des graffitis sont assis tout au fond de la salle. J'aperçois enfin leurs visages. Le métis est assis à côté d'un brun qui a l'air costaud. Je pense que s'il fallait qu'on se batte, lui et moi, à mort, j'aurais rejoint ma mère plus vite que prévu.

Derrière eux, un autre garçon est assis, le dos droit, la chemise rentrée dans son pantalon ; on dirait un vrai fils à papa. J'ai dû m'asseoir à côté de lui, comme par hasard. Quand j'ai posé mon sac et que je me suis assis, le gars métis s'est retourné, il a souri largement, me montrant ses grandes dents blanches. Il avait plein de cristaux plantés dans ses dreadlocks rouges, qui faisaient un bruit sourd quand il bougeait trop fort la tête. Il portait un pull avec une tête de mort, que je trouve plutôt beau.

— Salut le nouveau !
— Salut.
Il se présente en souriant, ce mec renvoie une bonne énergie.
— Je suis Ilyes et je suis portugais !

Je ne lui avais pas demandé ses origines, car j'avoue que je m'en fichais pas mal, mais pour ne pas le vexer, je hoche la tête. Il pointe du doigt le costaud à côté de lui.

— Lui, c'est Noah !
— Merci, mais je sais encore me présenter, l'arlequin.
— Et l'asiatique à côté de toi qui se la joue mystérieux, c'est Charlie ! Dis-lui bonjour, Charlie !

Il souffle de désespoir, me salue d'un sourire et cogne la tête du brun qui gémit en se la frottant. Ils s'échangent mutuellement des insultes. Puis Noah entame la conversation discrètement pour ne pas se faire prendre par le prof et me demande d'où je viens.

— Milwaukee. Vue le visage du brun, je comprends qu'il me juge.
— Et pourquoi tu es venu ici ?
— Problème de famille.

Il va pour enchaîner, mais le prof le remarque enfin et le reprend. Il se retourne et je peux contempler sa nuque. J'avais musique deux heures le mardi matin et le vendredi après-midi. Quand je suis arrivé au secrétariat ce matin, elle m'a coincé entre quatre murs en me proposant six choix de spécialité obligatoire : la littérature, la musique, le théâtre, le sport et le cinéma/photographie. Je n'ai pas hésité à prendre la musique. La musique, c'est en moi depuis toujours, je tiens ça de mon père qui autrefois jouait du piano pendant que ma mère l'accompagnait au violon.

Ilyes, lui, a choisi le théâtre, car il cite : « Je tiens ce monde pour ce qu'il est : un théâtre où chacun doit jouer son rôle. » Une phrase très connue de Shakespeare. Noah a choisi le sport (ça ne m'étonne pas du tout) et Charlie a choisi cinéma et photographie. Je sais que si Éthane avait été ici, il aurait sauté de joie devant l'option cinéma. Il adorait tout ce qui concernait écrire des scénarios. Avec les garçons, on jouait les scènes qu'il écrivait pour lui faire plaisir. On y mettait du cœur, il a même pleuré une fois.

Je n'ai plus parlé de l'heure, je n'avais rien à dire. En revanche, Ilyes en avait des choses à raconter. Charlie a fini par lui remettre un coup derrière la tête pour qu'il se taise. Je me suis demandé comment les professeurs pouvaient supporter les gens comme Ilyes. Ceux qui parlent tout le temps, qui ont toujours quelque chose à ajouter.

À l'heure suivante, j'ai eu mathématiques, matière que je n'ai pas eu le choix d'accepter, car le groupe était déjà formé et on m'avait mis dedans. Je me suis retrouvé à côté d'une fille aux cheveux violets qui griffonnait sur son cahier. Elle m'a souri, elle avait un joli piercing à la lèvre. J'ai imaginé la sensation de son anneau contre mes lèvres, mais j'ai vite chassé l'idée d'un clignement de paupières.

Elle s'appelle Faith et elle a redoublé à cause de sa phobie scolaire. Je n'ai pas écouté grand-chose du cours, je n'aime pas les maths de toute façon. Qui aime encore les maths sérieusement ? Faith est très drôle, elle s'entendrait bien avec Ilyes, j'en suis sûr. Elle avait ce truc inné chez elle qui la rendait marrante.

J'ai fini la matinée dehors car le prof de sciences n'est pas venu. Je traîne sur mon téléphone assis sur un banc. Il ne fait pas très beau, mais j'aime ce temps. Le vent souffle frugalement, nous rappelant qu'il est constamment là. Je pianote les touches de mon clavier pour répondre à un message d'Amanda, elle me manque.

Voici vos anciennes photos Snapchat qui datent de mars 2015, regardez-les !

Je ferme les paupières fermement et pousse un soupir plaintif. Avant que je clique dessus, je sens quelqu'un sauter sur le banc, à côté de moi. Il chante fort et faux.

— Oh, oh, oh, oh I'm Fallin' so I'm taking my time on my ride ! J'entends le son de la musique jaillir de son téléphone.
— Ferme-la, Ilyes, vraiment.

Noah lui plaque sa grosse main sur la bouche. Ilyes se tait, néanmoins j'aperçois sur son visage une lueur d'amusement. J'entends Noah crier en s'essuyant la main sur son jogging noir. Le métis lui sourit, content de sa blague.

— T'es dégueulasse, Ilyes !
— Pouah, ça va, tu vas t'en remettre, mon poulet !
— Ne m'appelle pas comme ça. Il l'avertit en fronçant les sourcils.
— Mon - il commence effronté en souriant.
— Petit poulet !!!

Il se lève et court partout dans l'arrière-cour. À la vue de mon visage perplexe, Charlie me rassure en m'expliquant que c'est totalement normal. Donc là, ce spécimen est normal. Je ne veux pas imaginer quand il est bourré. Noah l'attrape et l'accroche sur son épaule pour le jeter sur l'herbe. Le brun me tend une cigarette que j'accepte volontiers. Je pense que Charlie est le plus sensé des trois.

— Pourquoi tu as pris cinéma/photographie ? Je lui demande en allumant la cigarette qui s'infiltre dans mes narines.
— J'écris pas mal de scénarios, c'est cool de les voir au grand jour grâce au groupe de théâtre. Et toi ?
— J'avais un groupe de musique à Milwaukee. Puis la vieille de l'accueil m'a stressé alors…

On rigole pendant qu'Ilyes hurle de rire en jouant à être traîné sur le sol par Noah. Je vois le Portugais revenir, le visage cramoisi d'avoir couru. Il s'assoit à côté de moi et Noah s'assied sur la pierre en face de nous. Le Métis pose sa tête sur mon épaule en reprenant son souffle encore saccadé. J'avoue que ça me gêne légèrement, il est vraiment à l'aise.

— Je t'aime déjà bien, Hayden, on va bien s'amuser, tu verras.
— Laisse-le tranquille, tête de pioche, tu vas le faire flipper. Charlie lui tire une mèche de cheveux en passant son bras derrière ma nuque pour le toucher.

Je suis en sandwich entre les deux et voilà qu'ils se battent, super. J'essaye d'éviter de me prendre un coup en lissant mes baskets.

— Bon, calmez-vous, s'exclame Noah qui remarque mon malaise.

Charlie se remet à tirer sur sa cigarette pendant qu'Ilyes se roule un joint. Chose qui a l'air normale vu leurs visages impassibles.

Quand ça sonne, il est midi et Ilyes m'entraîne avec eux à la cantine. J'aperçois que Noah s'assied, mais ne mange pas, il s'empiffre d'eau et de chewing-gum à la framboise. Charlie mange en silence, bouquinant calmement, malgré les bruits des autres autour de nous.

Il ne parle pas beaucoup, je pense que je vais bien l'aimer. Au loin, j'ai aperçu Faith avec ses amies, une a les cheveux roses et l'autre blond platine. En s'approchant de nous, elle m'a salué, je lui ai fait un geste timide en retour. Ilyes me chuchote à l'oreille en reluquant cette dernière :

— C'est qui ?
Encore et toujours, il est intrusif.
— Une fille de mon cours de mathématiques.
— Tu vois Noah, on aurait dû prendre maths et pas science économique, toutes les filles canons prennent mathématiques !
— Mais c'est toi qui as choisi, tu rigoles ou quoi !
— C'est quand même ta faute, tu aurais dû m'en dissuader.
— La blague.

Il continue à me poser des questions sur elle, je réponds une fois sur deux, trop concentré à décortiquer ma viande. La journée a continué comme ça, avec Ilyes qui parlait énormément et nous qui l'écoutions jacasser pendant des heures. On a fini les cours à seize heures trente et il pleuvait à verse.
— Oh non, mais mes cheveux, ils vont gonfler !

— Ce n'est pas possible, quel dramaqueen. Soupire Noah.

J'ai vu la voiture de mon frère garée devant l'établissement, Dieu merci, je n'avais pas envie de marcher sous le torrent de pluie qui noyait les routes. Certes, j'aime la pluie, elle est captivante. Ses gouttes me rappellent les yeux d'Éthane et étrangement les larmes de Lukas. Mince, je ne l'ai jamais rappelé, le pauvre, il avait l'air mal quand je suis parti.

Dans la voiture, mon frère m'a demandé comment s'était passée cette journée.

C'était bien, j'ai parlé avec des gens, ils sont cool.
— Je suis content que tu arrives à parler aux autres, tu n'étais pas hyper sociable plus petit.
— J'ai changé. Je lâche mollement, réduisant la discussion en cendres. Les discussions avec Edward n'étaient jamais vraiment longues ou profondes.

Le reste du trajet s'est déroulé en écoutant de la musique. J'ai le menton planté dans le creux de ma main, le coude posé sur le rebord de la fenêtre. Je regarde les gouttelettes faire la course contre la vitre.

But something's missing, I got an empty space
Mais il y a un truc qui manque, j'ai un vide en moi
And something's different when you leave my place
Et les choses changent quand tu quittes ma maison
So I'll try not to say what I mean when I call you up
Alors je tacherai de ne pas dire ce que je pense quand je t'appellerai
And I'll try not to think of the distances between us
Et je vais essayer de ne pas penser aux distances qui nous séparent

London is lonely : Holly Humberstone

6
Qui va pleurer pour moi ?

18:30

Je suis assis sur le rebord de ma fenêtre, le poste de radio posé sur mon bureau. La musique empêche ma chambre de sombrer dans le silence. Je déteste le silence depuis que j'habite ici. C'est ma plus grande peur. Mon regard se perd sur l'horizon, et je m'imagine sautant de montagne en montagne pour attraper le soleil. J'aimerais parfois qu'il réchauffe autre chose que ma peau. Il ne fait toujours pas nuit, mais le soleil commence à vouloir partir. Mon téléphone vibre sur le rebord, à mes pieds. Une notification d'Instagram apparaît et je fronce les sourcils.

« Ilyes.lemagnifique a commencé à vous suivre. »

Ce mec n'est pas du tout narcissique, à peine. Je souris en m'abonnant en retour. Je jette un œil à son compte, et je tombe sur une photo où il a la tête remplie de crème glacée. Une autre le montre en soirée, Charlie derrière lui, faisant un doigt d'honneur en souriant. La suivante est prise par quelqu'un d'autre ; il est allongé dans une baignoire, nu, avec du savon plein les cheveux, son sexe caché par un émoji.

Puis, j'ai reçu un appel d'Amanda. J'ai décroché en souriant.

— Bonjour chéri !!
— Amanda ! Bonjour, comment vas-tu ?
— Oh chéri, un peu triste de ne plus t'avoir dans les parages, mais je vais bien et toi ? Alors, cette nouvelle école ?
— Ça va, j'ai rencontré des gens, ils sont sympas. J'ai pris l'option musique.

Je gratte mon jean avec mon ongle rongé. On a continué à discuter, mais à un moment donné, elle s'est tue, laissant un silence lourd.

— Alors, hum, chéri, je ne sais pas si tu as envie d'en parler, mais tu peux me dire non, d'accord ?
— Oui, Amanda.
— On sait pourquoi George est en prison.

Mon père.

— Il a braqué une supérette ? Il a volé une vieille dame ? Il s'est battu dans une boîte ? Je lance, sachant pertinemment que c'est bien plus grave que ça.
— Non, chéri, ce n'est pas ça. Il a tué quelqu'un. Il a assassiné un enfant.

Je déglutis difficilement, mon cœur se serre dans ma poitrine. Je sens que je vais vomir, l'acidité commence à me monter à la gorge. Ma main qui tient le téléphone tremble, et mes yeux se perdent sur le paysage. Je retiens les larmes qui me brûlent les yeux. Mon père est devenu un monstre.

— Hayden, est-ce que tout va bien ?
— Pourquoi ? Je ne comprends pas.
— Je ne sais pas, chéri. Ton père est devenu malade.
— Ne le compare pas à des gens qui le sont vraiment.

Je gronde en posant le téléphone en mode haut-parleur.

— Tu es fort, chéri, tu le sais ?
— Je n'ai pas vraiment le choix.
Je soupire, une larme m'échappe.
— Je sais.

J'entends sa respiration saccadée, la fin de la conversation me fait comprendre qu'elle va pleurer elle aussi. Amanda, elle vit tout cent fois plus intensément que les autres, et ça lui cause beaucoup de soucis. J'essuie mes yeux pleins de larmes en reniflant. Au bout de quelques minutes, elle m'a promis de venir me voir dès que possible. Pendant un instant, j'ai eu l'impression d'avoir une maman.

🎵🎵🎵

Il est maintenant 20 h 45. Edward rentre tard de son service au restaurant, donc je ne le verrai pas ce soir. J'ai pris une douche, toujours avec de la musique. L'eau ruisselait contre mon corps fatigué, qui ne voulait qu'une chose : dormir. Je sens mon sexe se lever, m'indiquant qu'il est temps de m'occuper de lui.

À la radio, Kaleo commence à jouer. Je suis assis sur mon bureau, les cheveux encore trempés. Mes maudits devoirs de maths n'allaient pas se faire tout seuls. Après dix minutes de lutte, j'abandonne les maths, quand l'alphabet s'associe aux chiffres. Quelle idée ?

La musique suivante écrase mon cœur. J'ai l'impression qu'il éclate contre ma poitrine comme un ballon de baudruche.

Pray for Me – The Weeknd.

Une des musiques préférées d'Éthane. J'ai l'impression que son fantôme me hante, comme s'il faisait tout pour que je me souvienne de lui à chaque instant.

Flash-back 15 ans, 13 mai 2015 (un mois avant la mort d'Éthane)

On était chez Will. Éthane chantait à tue-tête en me regardant, et je le suivais dans son délire.

— Who gon' pray for me? (Qui va prier pour moi ?), take my pain for me (Supporter ma souffrance pour moi ?), save my soul for me? (Sauver mon âme pour moi ?), 'cause I'm alone, you see (Car je suis seul, tu vois).

Son regard bleuté me rendait fou, il avait le pouvoir de me contrôler à travers ses yeux. Je n'étais qu'une vulgaire marionnette entre ses mains. Je chante la suite des paroles.

— If I'm gon' die for you (Si je dois mourir pour toi), if I'm gon' kill for you (Si je dois tuer pour toi), then I spilled this blood for you (Alors je répandrais ce sang pour toi).

Il ferme les yeux et chante le reste des paroles.

— I fight the world, I fight you, I fight myself, I fight God, just tell me how many left, I fight pain and hurricanes, today I wept, I'm tryna fight back my tears, flood on my doorsteps. (Je combats le monde, je me bats contre toi, je me bats contre moi-même, je combats Dieu. Dis-moi combien il reste de fardeaux, je combats la souffrance et les ouragans ; aujourd'hui, j'ai pleuré, j'essaye de refouler mes larmes, le pas de ma porte est inondé.)

Quand il ouvrit ses yeux brillants, j'arrivais à y voir la mer de l'intérieur. Essayait-il de me faire passer un message ? Puis son sourire revint, il détacha ses yeux de moi pour regarder son téléphone. Il expira de désespoir, remit son téléphone dans sa poche arrière.

— Tout va bien ? Je lui demande en m'approchant de lui.
— Ne t'inquiète pas, Hayden, c'est seulement Louis qui a eu des ennuis à l'école.
— Tu veux que je fasse quelque chose ?
— On ne peut rien faire, ce sont des gamins de dix ans qui n'écoutent pas leurs parents.
— Ce n'est pas parce que ce sont des enfants que je ne vais pas les remettre à leur place, Éthane. Le harcèlement détruit des vies et j'interdis qu'ils détruisent celle de ton frère. Ils sont conscients de ce qu'ils font. On ira à l'école demain avec les gars pour leur foutre la trouille.

Il me sourit et me remercie. Je ferai tout pour revoir son sourire, encore et encore.

♪♪♪

Je repense aux paroles de la chanson, je pense que c'était un appel à l'aide de sa part. Au collège, moi et Éthane n'étions pas dans la même classe, juste dans le même groupe de biologie. Et si lui aussi avait des problèmes ? Il me regardait avec tellement de souffrance et d'attente. Ses yeux criaient à sa place. J'aurais pu l'aider, mais je

n'ai rien vu. Et si je l'avais vu, serait-il toujours en vie ?
J'ai fermé les yeux, enfouissant mes mains dans mes
cheveux bruns et humides. Cette douleur constante dans
ma poitrine m'étouffe. Je vais finir par mourir de
tristesse.

J'ai reçu un message d'Edward.

Edward 20 h 55
Amanda m'a envoyé un message au sujet de ce qui s'est
passé avec papa. Je suis désolé, mon grand. Je rentre
vers 21 h 30. Si tu veux parler, tu sais où me trouver.

J'avais encore envie de pleurer. « Arrête de chouiner,
mauviette », m'a crié ma conscience. Alors, j'ai retenu
mes larmes aussi fort que j'ai pu et je me suis allongé sur
mon lit, fébrile. J'ai fermé les yeux, fort. Pour tout
oublier. Oublier que mon père est un criminel. Que ma
mère n'existe pas et qu'Éthane ne reviendra jamais.
J'étais seul, perdu dans le monde qui m'entourait.

7
Tu me soules !

Mardi 28 octobre 2017
Je me suis brusquement réveillée en sursaut, le cœur battant à tout rompre, pour découvrir qu'il n'était que cinq heures du matin. Je grogne en frottant mes yeux encore alourdis par le sommeil. Ce qui m'a soudainement réveillée, c'est un chiot. Depuis quand avons-nous un chiot ? Il me lèche le visage. Surpris, je lâche un cri assourdissant qui le fait se cacher sous la couverture. J'entends les pas d'Edward courir jusqu'à ma chambre. Il entre en trombe, plongé dans le noir. Grâce à la lumière du couloir, j'aperçois ses longs cheveux en pétard et le jogging à moitié mis.

— Ça va ? Je t'ai entendu crier. Son regard inquiet me perturbe.
— Il y a un chien sous ma couverture.
— On n'a pas de chien. Un frisson frôle ma peau. Mais au son du chiot qui bouge sous la couverture, Edward se claque le front.
— J'avais complètement oublié, je garde Cookie qui n'a plus de famille.
— Cookie ? Je lève un sourcil, trop fatiguée pour comprendre ce qu'il me dit. Je soulève la couette et découvre le chien allongé sur le ventre.

Je soupire de fatigue en m'étalant sur le lit, les bras ouverts. Edward récupère la chienne, car c'est une femelle, et lui gratte le derrière des oreilles.

— Ma pauvre, t'as eu peur ? Et voilà qu'il lui parle. Je frotte mes yeux en le regardant.
— Tu peux le sortir de ma chambre, s'il te plaît, Edward ?
— Allez, vilain toutou, tu retournes en bas avec moi !

Il finit par sortir en fermant la porte de ma chambre. J'ai essayé de fermer les yeux, mais impossible de trouver le sommeil. Alors, je me suis assise sur le rebord de ma fenêtre, une cigarette entre les lèvres, attendant que le soleil se lève doucement. Vers six heures trente, je me suis levée pour me préparer, enfilant un pull mauve et un pantalon noir. En descendant, le chiot m'a aboyé dessus. Finalement, je me suis vraiment demandé si elle était bébé ou si c'était sa taille normale. Elle avait la taille d'une peluche.

Le blond était dans la cuisine, en train de manger des céréales à la cannelle. Je fais une grimace de dégoût, qui aime la cannelle ? Surtout dans des céréales.

— Ne fais pas cette tête et viens déjeuner, m'invite-t-il en tirant la chaise à côté de lui. T'as faim ?
— Non, merci, ça me donne la gerbe.

Je déteste manger tôt le matin. Il a tenté d'engager la conversation sur ce qu'il s'était passé hier, mais je n'avais pas envie d'en parler.

— Je sais que tu le détestes, et je le déteste aussi. Mais tente de ne pas te faire mal avec ça, d'accord ?

Son visage impassible qui regarde son bol me donne mal au ventre. Il me dit ça avec tellement de lassitude.

— Tu ne peux pas contrôler ce que je ressens. J'ai toujours vécu avec lui, Edward ! Et tu ne peux pas me comprendre. Je hausse le ton en le dévisageant.
— J'ai vécu avec lui moi aussi, d'accord ? Je sais que tout n'a pas été rose avec lui.
— Tu t'es barré, Edward, tu ne sais pas tout ce qui s'est passé.
— Alors, parle H.

Il utilise ce surnom, que j'avais oublié, c'était le seul qui m'appelait comme ça. Après, il est parti, emmenant l'ancien Hayden avec lui.

— Je n'ai pas envie, ok ? Je soupire en me levant.
— Ne hausse pas la voix avec moi, Hayden, ce n'est pas ma faute. Il me regarde, et même assis, il sait que c'est lui qui me domine complètement.
— On en parlera plus tard. Va à tes cours, Hayden. Il se lève, posant son bol dans l'évier.

J'attrape une pomme, mon sac et je claque la porte de l'entrée. Parfois, il oublie à quel point il a eu de la chance d'être le préféré de mon père. J'enfile mes écouteurs pour mettre le son à fond et chasser mes pensées destructrices. Je rabats la capuche de mon pull sur ma tête, pour me fondre dans la masse.

♪♪♪

Arrivé dans la classe, je vois Ilyes me faire de grands signes en souriant. Je n'avais pas envie de lui parler, ni aux autres d'ailleurs. Puis, de toute façon, je ne les connais même pas, je n'ai aucun compte à leur rendre.

Je me suis assis près de la fenêtre, tout devant. J'entends sa voix m'appeler, mais je ne me retourne pas, l'ignorant complètement. Je pose ma tête dans ma paume en attendant que le cours de philosophie commence.

— Pst Hayden, tu fais quoi là ? Viens ! Je sens un bout de papier frôler ma tête.
— Monsieur Kaden, pouvez-vous vous taire et sortir vos affaires ? Encore un avertissement et vous êtes dehors ! Gronde M. Rousseau.

Je l'entends souffler, et le cours se passe tranquillement. Je griffonne sur le coin de ma feuille des paroles de musique qui me viennent en tête et dessine des personnages. Après la pause, j'aurais deux heures de musique avec M. Roger. Ça me stresse de ne pas savoir ce qu'on va faire. J'espère juste ne pas devoir jouer de la flûte, comme dans tous les films. L'horreur.

À la récréation, j'ai croisé Faith. Quand elle a vu mon visage, elle a fait la moue. Elle s'est approchée de moi, amusée, abandonnant ses meilleurs amis. Ses yeux étaient maquillés et ses cils recouverts d'une couche de mascara bleu électrique. Elle est jolie.

— Bah, alors, qu'est-ce que tu fais tout seul ? Tu n'es pas avec tes potes ? Elle s'assoit à côté de moi sur le muret.
— Non.
— Tu peux être compliqué, toi alors ! Elle me tend une clope que j'attrape entre mes doigts.

Elle me sort son briquet. La flamme qui danse grâce au vent m'hypnotise complètement. Elle me tend la flamme et j'approche mon visage d'elle, faisant brûler le bout de ma cigarette. Elle lâche un sourire en coin.

— Tu veux qu'on sèche les maths cet après-midi ? Je n'ai pas révisé pour le devoir d'aujourd'hui.
— Il y avait un devoir ?

— Tu es à l'ouest, Sawyer. Elle rit en touchant mon genou du sien. Pourquoi tu n'as pas pris SES au lieu des maths ?
— Je n'ai pas eu le choix.
— C'est con.
— Ouais.
— Tu es vraiment spécial, Hayden, mais tu es beau, donc ça rattrape.

Elle papillonne des yeux. Ses yeux bleus ressemblent à l'océan. Ils sont moins bleus que ceux d'Éthane.

La fois où je lui ai dit que ses yeux étaient magnifiques, il est devenu rouge comme une tomate, il m'avait frappé l'épaule du revers de la main en me traitant « Идиот », j'adorais quand il me parlait dans sa langue natale. Les mots dansaient sur sa langue, étouffant mon cœur de plus en plus.

— Tu me trouves beau ? Je lui demande, prenant une bouffée de ma cigarette.
— Et toi, tu me trouves belle ?

Elle avait toujours ce sourire qui voulait dire : « J'aurais toujours le dernier mot ». Je la trouvais jolie, ça c'était sûr, mais toutes les filles sont jolies, non ?
— Oui, tu es une fille, quoi. J'affirme nonchalamment.
— Eh !!

Elle me frappe le bras très fort. Je serre les dents, essayant de cacher qu'elle vient littéralement de me le broyer.

— Tu es censé dire : « Tu es la plus belle du monde, Faith, personne ne peut être plus belle ou beau que toi », répond-elle sarcastiquement.
— On m'a toujours dit que les mensonges, ce n'était pas bien. Je lui souris.
— Oh, tu es méchant. Quelqu'un a détrôné ma place alors ?

Ses yeux sont remplis de malice. Je me suis promis de ne jamais parler d'Éthane aux autres. Pas que je ne veuille l'oublier, loin de là. Mais j'ai encore du mal à accepter le fait qu'il ne soit pas là. Je ne me vois pas dire : « Alors, c'est Éthane, mon meilleur ami, qui s'est suicidé ! » Non, merci. Alors j'ai menti, comme d'habitude.

— Ma mère prend ta place, désolé.

La seule image de mère qui m'est apparue n'a pas été celle aux cheveux noirs et aux yeux verts, mais celle aux cheveux blonds bouclés et aux yeux bleus. Ceux d'Amanda.

— Trop mignon, un fils à maman !

Si tu savais, Faith, si tu savais tout.

♪♪♪

Je suis parti un peu avant la sonnerie pour trouver la salle de musique. La porte de celle-ci est décorée de notes de musique et de phrases encourageantes. Au moins, je sais que c'est ici. Je me suis collé contre le mur en traînant sur mon téléphone.

Edward, 10 h 30
Quand tu vas rentrer à la maison, on va s'expliquer, ok ?

Je n'ai même pas pris la peine de répondre.

8
Problèmes ?

Quand je suis rentré ce soir-là, Edward m'attendait assis dans la cuisine. La lumière tamisée rendait l'ambiance angoissante. On dirait un film. Mais ma vie n'est pas une fiction, elle est bien réelle. On s'est engueulés, fort. Très fort. Je lui ai dit des choses méchantes. Je lui ai hurlé dessus en pleurant. J'ai tout mélangé. Le thème de la dispute n'était même plus le même. Je ne parlais plus de mon père et de ma haine envers lui ; je lui en voulais à lui, mon frère, de m'avoir abandonné. Il était calme au début, et après, il a haussé le ton.

— Tu voulais que je fasse quoi, Hayden, hein ? Rater ma vie pour subir tout ça ?
— Et moi, tu y as pensé ? Ma lèvre tremble, mes yeux se mouillent de rage.
— Je ne pouvais rien faire, Hayden, murmure-t-il.
— J'ai cru mourir là-bas, Edward. Tu es parti, tu m'as laissé tout seul.
— Il buvait juste, Hayden. Je fronce les sourcils en déclinant d'un geste sa phrase.
— Avant, oui, mais quand tu es parti… je m'arrête, reprenant mon souffle. Il m'a battu, Ed'. Il marmonne une insulte en s'approchant de moi.
— Pourquoi n'as-tu pas fait appel aux flics, H ?
— J'aurais fini où ? Je lui souris en laissant des perles de larmes tomber de mes yeux et rejoindre le sol.

— Ici, avec moi.
— Je pensais que tu m'avais rayé de ta vie. Tu n'es jamais revenu me voir. Je renifle en essuyant mes joues.
— C'est lui que j'ai rayé de ma vie, H. Il me prend dans ses bras, posant son menton sur le dessus de ma tête.
J'étais tellement triste, rempli de colère.
— J'ai envie de mourir, Ed. Je lui murmure. Il me serre plus fort en embrassant mon front.
— Ça va aller, il affirme.
— Et si ça n'allait jamais mieux ?
— Je suis là. J'ai fermé les yeux, pleurant les derniers sanglots qui me restaient dans le fond de ma gorge.

La mort. Un terme vague, mais que tout le monde connaît. C'est la seule chose à laquelle tu ne peux pas échapper. Je trouve que la mort est plus belle que la vie. La vie te fait endurer des choses horribles, qui finissent par donner envie à des gens de mourir. Je pense que la mort est un héros, mais détesté par le monde, car il n'est pas comme tout le monde.

En montant dans ma chambre, j'ai reçu un message sur Instagram d'un compte qui n'a ni photo de profil ni nom d'utilisateur.

User04125474158
Tu m'as vite oublié, Sawyer, je suis déçu.

J'ai supprimé le message, puis j'ai enfilé un pull et mes baskets et je suis sorti tel un ninja. Je ne voulais pas avoir le malheur de croiser Edward après notre altercation dans la cuisine. Je suis passé par la fenêtre de ma chambre. Avec la chienne dans les parages, je me serais fait repérer à des kilomètres à cause d'elle.

Quand j'ai enfin respiré l'air frais du dehors, j'ai flâné dans la rue, cherchant un endroit où squatter. Un endroit où je serais tranquille. J'ai fini par grimper sur le toit d'une vieille bâtisse qui avait l'air abandonnée. Il n'y a même plus de fenêtres et les escaliers sont en ruine ; on pouvait à peine marcher dessus. J'ai allumé une cigarette en regardant mes jambes pendre dans le vide.

— Bas alors, le fumeur solitaire, tu ne m'attends pas ? Faith.

Je me retourne vers elle. Elle a les cheveux attachés en chignon, c'est joli. Elle s'assoit à côté de moi, laissant ses jambes pendre à son tour. Un joint au bord des lèvres. Elle tire dessus, laissant la fumée et l'odeur l'enivrer complètement. Ses lèvres sont colorées de rouge, laissant des traces sur le bord de la clope. La fumée qui sort de ses narines m'hypnotise encore. Je l'imagine assise au milieu de la rue en face de nous, entourée de cette fumée blanchâtre et de flammes. Elle ne finirait pas par danser au milieu sur une musique de The Weeknd, probablement.

— Le fumeur solitaire, tu es sérieuse ? Je pouffe.
— Bah, tu fumes et t'es seul, donc oui. Conclut-elle.
— Qu'est-ce que tu fais là ? Tu me suis ou quoi ?
Elle lève les yeux au ciel en souriant. Elle me traite d'idiot en cachant son sourire.
— Au cas où tu ne sois pas au courant, Sawyer, tu n'es pas le seul à venir squatter ici. Je viens ici quand je m'engueule avec Ella, mon plan cul, elle me saoule.
— Tu es lesbienne. Je conclus à mon tour.
— Je ne me mets pas dans une case, j'aime qui je veux, mais j'ai une préférence pour les mecs. Pour ne pas débattre là-dessus, je continue :
— Et du coup, vous vous êtes engueulées ?
— Ouais.
— Arrête de dire "ouais".
— Ouais. Elle continue de me dire "ouais", en batifolant, et c'est à mon tour de lever les yeux au ciel.

Je l'insulte et elle rit encore plus. Son visage part en arrière pendant que son corps bascule vers le mien. Son joint est consumé entre ses doigts. Elle l'éteint et le fourre dans la poche de son pantalon. Elle m'a dit : « C'est pour l'écologie », comme si fumer comme un pompier, c'était bon pour l'écologie. J'ai souri en faisant la même chose.

— Plus sérieusement, oui, on se prend pas mal la tête en ce moment.

— Pourquoi ?
— Car elle pense que je couche avec quelqu'un d'autre.
Face à mon visage confus, elle reprend rapidement.
— Tu trouves ça con, moi aussi. T'es gay, toi ?
— Non.
Menteur, assume ! Me crie ma raison.
— Parfait, alors embrasse-moi ! Elle sourit en approchant son visage du mien. Ça me changera les idées.

Je n'ai jamais embrassé de fille, juste Éthane. Elle m'a rassuré en marmonnant que ce n'était pas de la tromperie envers sa copine, juste un test comme un autre. Ses yeux ont papillonné quelques secondes, puis sa bouche a attrapé la mienne dans un mouvement lent. J'ai senti son nez caresser le mien. C'était seulement un petit bisou, et heureusement. Quand elle s'est retirée, elle a gloussé.

— Je ne sais pas si c'est juste toi. Mais j'ai bien aimé.
— Bah, c'est un bisou.
— Tu es sûr que tu n'es pas gay ? Me questionne-t-elle, perdue, comme si j'étais obligé de ressentir des papillons dans le ventre à chaque fille que j'embrasse.
— Non, bon, arrêtons avec ça, je dois rentrer chez moi. À plus, Faith. Je me suis levé pour m'enfuir le plus loin possible d'elle et de ses lèvres tentatrices.

Avant de ne plus la voir complètement, je me suis retourné vers elle. Une nouvelle cigarette en bouche, elle me regarde.
— Bonne soirée ! Si tu veux savoir, tu embrasses bien !

Je suis parti, le sourire aux lèvres. J'ai pensé à Éthane comme si on était en couple, alors que lui ne se gênait pas pour embrasser n'importe qui, car lui, il n'était pas amoureux de moi.

9
...

Mercredi 26 novembre 2017
1 mois plus tard

Salle d'attente.

Un mois s'est écoulé depuis mon dernier rendez-vous. Je suis assis dans la salle d'attente, en train de frotter mes mains moites contre mon jean. Mon pouls s'accélère, mon pied tapote le sol, j'ai chaud. La chaise couine légèrement chaque fois que je bouge et, malgré les jouets éparpillés un peu partout, je me sens seul. Mes yeux tombent sur une affiche témoignant de la lutte contre la maltraitance infantile. Soudain, j'entends une voix m'appeler :

— Hayden ?

Je me lève précipitamment pour rejoindre ma psy, Mme Martine, qui m'invite à la suivre dans son bureau au fond du couloir.

Une fois confortablement installé sur un fauteuil douillet, Mme Martine me demande comment je me sens. Mais comment répondre quand on ne se sent pas bien ? Mon esprit est fatigué, mon corps est douloureux et tout tourne autour de la mort d'Éthane. J'ai l'impression que le monde continue son chemin sans moi. Pourtant, je mentirais si je disais que tout allait bien.

— Tout va bien.

— Veux-tu parler de quelque chose en particulier aujourd'hui ? Dans la dernière séance, on a parlé des cours et de ton frère. Elle feuillette ses pages en relisant des passages.

— Je ne sais pas.
— Et si on parlait de ton père ? suggère-t-elle.
— Il n'y a rien à dire.

Elle me regarde et continue.

— Tu m'as dit que toi et ton frère n'aviez pas vu la même facette de ton père. Quelle est la facette que tu as vue ?
— Sa violence. Mais je n'ai pas envie d'en parler, s'il vous plaît. Les monstres, ça reste dans les placards.

Martine avait ce don pour toujours m'arracher les mots de la bouche. Des mots que je gardais enfouis au plus profond de moi, les protégeant.

— Très bien alors.
— Je veux parler d'Éthane, dis-je en grattant mon jean à l'aide de mon ongle.

— Parle-moi de lui. Qui est Éthane ?
— Mon meilleur ami, décédé. Elle se tait et je continue de parler de lui.
— C'était un peu toute ma vie. Si j'avais su qu'il allait s'ôter la vie… Je marque une pause. Je lui aurais peut-être plus ouvert mon cœur. Mais de toute façon, c'est trop tard.

— Il n'est jamais trop tard. Tu peux toujours aller lui parler à cœur ouvert sur sa tombe.

Je décline, refusant. La tombe d'Éthane était ce que je ne pouvais pas accepter. Me dire qu'il est là-dessous me terrifie.

— Tu n'as pas vraiment fait le deuil, je me trompe ? demande-t-elle en buvant son thé.
— Pas complètement, je ne me sens pas d'y aller.
— Tu as le droit, Hayden. Rien ne t'oblige, tu iras là-bas quand tu seras prêt. Elle me sourit.

Un blanc s'installe. Elle regarde sa montre en cuir et claque ses mains sur son jean en se levant.

— On se voit dans dans trois semaines ?

♪♪♪

En rentrant chez moi, Ilyes m'a téléphoné avec son ton habituellement joyeux, me racontant son après-midi. Ce soir, il m'invite à une petite soirée avec les gars dans son garage et j'ai bien évidemment accepté. Passer du temps avec eux me fait du bien, malgré leur comportement quelquefois bizarre. J'ai appris par Sarah, une des potes de Faith, que cette dernière ne voulait plus me parler depuis notre baiser à la vieille bâtisse et maintenant, elle s'assoit à côté de Madeleine en cours de maths. Je me suis retrouvé seul au fond à écouter d'une oreille le cours de Mr. Pythagore.

En rentrant, Edward m'a appelé du salon où il est assis avec la chienne à ses pieds qui ronfle. Avec lui, tout est plus simple. Nous n'avons jamais parlé de cette nuit-là, et j'en suis même soulagé qu'il agisse comme si rien ne s'était passé. Un joint entre les lèvres, il m'attire à lui avec son bras en disant :

— Viens ici, mon grand.
— Tu sais qu'Amanda ne pouvait pas venir la dernière fois, me dit-il, puis ajoute : elle vient ce week-end avec Louis et son mari. Tu es content ?

J'acquiesce en souriant. Ça fait tellement longtemps que je ne l'ai pas vue. J'ai l'impression d'avoir oublié les lignes délicates de son visage. Elle m'envoie régulièrement des messages, mais ce n'est pas pareil que de l'avoir devant moi.

À vingt heures, je suis parti chez Ilyes, qui m'a accueilli avec un câlin et un sourire enjoué, me promettant une soirée amusante.

— Il y a intérêt, sinon je me casse.
— Ta gueule, Sawyer et va prendre une bière ! s'écrie Charlie au fond de la salle.

Je lève les yeux au ciel, Ilyes continue à mordiller son ongle. Il a dû prendre ma phrase au sérieux. Je finis par le rassurer :

— Je suis content d'être là, Ilyes. Il a retrouvé son sourire du début.

— Noah a invité deux autres personnes. Et moi, j'ai invité Faith et ses amis. On parle beaucoup sur Instagram, elle et moi, me confie-t-il, tout souriant. Peut-être que je vais l'embrasser ce soir, dit-il, persuadé de son pouvoir de séduction.

Merde, je ne lui ai jamais dit que je l'avais embrassée ! Je prie silencieusement pour que ce secret reste enterré. D'ailleurs, en parlant du loup, elle arrive avec ses deux acolytes. Sa jupe noire épouse ses hanches larges. Elle ne me salue pas en passant devant le canapé sur lequel je suis assis. Puis quelques minutes après, je vois le rouquin de mon groupe de musique entrer. Je ne sais toujours pas comment il s'appelle et, au fond de moi, je n'ai pas envie de le savoir. Il sourit en s'approchant de Noah qui lui caresse la hanche et lui embrasse la joue pour lui dire bonjour.

— Il n'est pas là ton pote ? demande Ilyes en lui tendant une limonade.
— Lukas arrive dans pas longtemps.

La soirée promet d'être longue, très longue. Le roux ne m'a pas dit bonjour, mais il m'a adressé un joli doigt d'honneur. Ses ongles sont peints d'une couleur verte faisant ressortir ses cheveux de feu. J'ai souri en lui renvoyant son geste mal poli.

Quand le noiraud est entré dans le garage, son sourire s'est un peu fané à mon égard. Il s'attendait à quoi en venant à une fête chez mon pote ? Mais lui, au moins, il m'a salué gentiment en s'asseyant à côté de moi sur le canapé trois places. Il a attrapé ma bière et ma cigarette en souriant effrontément. Fauchant un peu de mes possessions tout en se gavant de mon attention.

— Eh, ma bière !
— Prête un peu. Il souffle, c'est bizarre de le revoir en pleine forme.

Il est beau, vraiment beau, avec son pull en laine noir qui met en valeur son teint blafard et ses cils noirs. Ses bottes frôlent légèrement les miennes, et je me sens bien en sa compagnie.

— Alors, tu ne m'as pas oublié à ce que je vois ?
— Comment oublier un chouineur comme toi ?
— Tu n'as pas répondu à mon message.
— Je me disais bien que c'était toi, tu t'es pris pour un serial killer avec ton faux compte ?

Il marmonne un connard discret pendant que j'esquisse un sourire. Je remarque qu'il n'a plus sa sonde gastrique collée à la figure qu'il avait la dernière fois en musique. Il parle fort, sa voix prend toute la pièce, il rigole fort en pointant du doigt le roux assis collé-serré contre Noah. Le brun se fout complètement de sa gueule, je ne sais même pas pourquoi. J'aperçois Ilyes en train de draguer Faith, collée contre le mur. Je me demande si elle est vraiment intéressée par lui ou si elle fait semblant.

La soirée a continué jusqu'à ce qu'Ilyes, qui a pas mal d'alcool dans le sang, se mette à crier « action ou vérité tout le monde !!! ».

Ce jeu est indémodable, j'imagine. J'ai poussé un soupir en m'asseyant à côté de Noah. Le jeu commence.
Je regarde Ilyes qui détaille Faith avec un sourire moqueur. Il lui pose la fameuse question « action ou vérité ».

— Tu ne vas pas m'embrasser ce soir, mon vieux, vérité.
— Moi ? Jamais, t'es folle ou quoi ? Il a un rire pas du tout assuré, ça me fait marrer. Il reprend après un raclement de gorge :
— Très bien, alors as-tu un crush ici ?

Elle le fixe en souriant pendant que ses ongles grattent le sol. Elle regarde la pièce en papillonnant des yeux, ils finissent par tomber sur moi d'un regard discret.

— Peut-être.

Je n'ai même pas eu le temps de cligner des yeux qu'Ilyes fronce les sourcils. Il doit se triturer le cerveau pour savoir qui peut être la personne qui fait battre un peu trop fort le cœur de Faith Waterson. Puis les questions s'enchaînent et les actions aussi. J'ai dû boire quelques shots d'affilée, fumer une cigarette créée par Lukas et Noah. Le goût du basilic et de la lavande n'est pas très bon, et tu sens les toilettes de la bouche. Sarah a dû s'asseoir sur mes genoux pendant tout un tour, je me suis pris ses cheveux dans la gueule tout le long et j'ai dû faire un compliment au rouquin.

— Tu as de beaux cheveux roux, il me brûle la rétine. Il m'a fait un doigt comme remerciement, bien évidemment j'aime vraiment sa couleur rousse mais je ne lui dirais jamais, je préfère faire des blagues.

Je ne sais pas comment c'est arrivé, mais les actions ont mal tourné. Ce n'était plus aussi drôle qu'au début. On aurait dit que chaque personne se vengeait d'une autre, essayant de toucher son point sensible. Quand Noah a ordonné à Ilyes de toucher un cafard alors qu'il en a la phobie, il s'est vengé.

— Noah, mon cher poulet, action ou vérité ? Son sourire à moitié effacé m'a fait me fondre dans la masse, buvant ma bière discrètement.
— Action. Dit-il sans aucune hésitation.
— Tu n'hésites pas, dis-donc. Bon, tu vas devoir manger beaucoup de choses pas bonnes pour ton corps de super héros.

Le visage de Noah s'est effondré. Il a fixé l'amas de nourriture qui flottait sous son nez : des chips, un burger au fromage, du soda, de la pizza et des dizaines de bonbons. Ses mains tremblaient et ses yeux cherchaient l'aliment le moins calorique de la table. Je ne comprends plus trop ce qu'il se passe à cet instant. Ce n'est que de la nourriture après tout, non ? Il attrape le burger que lui a confectionné Le Brun. Le fromage dégouline sur ses doigts, j'en ai un haut-le-cœur. Il a croqué dedans à pleine bouche comme s'il était affamé de ne pas avoir mangé pendant des jours et des jours. Quand il a fini de le manger, il a englouti plus d'une portion énorme de chips. Ilyes l'a applaudi avec un mauvais sourire. Il est complètement arraché, il est dans son monde, il a enchaîné les verres et surtout la drogue depuis le début de la soirée.

— On continue, Hayden, à ton tour.

J'ai relevé la tête vers lui, me demandant ce qu'il pouvait bien me poser comme question. Il enchaîne avec cette célèbre question.

— Action ou vérité ?
— Vérité. Ça prendrait trop de risques de dire action.
—   Petit joueur. J'aimerais savoir ce que ça fait de battre presque à mort un mec ?

10
Chaos total

« You're losing control à bit, and it's really distasteful »

Voilà, je n'étais plus Hayden, le nouvel élève solitaire qui passait sa vie à tirer la gueule et à fumer devant l'entrée du lycée. J'étais devenu la bête de foire, l'énigme à résoudre, le garçon mystère.

— Comment ça t'a failli tuer quelqu'un ? commence Lukas, qui, depuis le début, était resté silencieux.
— Juste une bagarre qui a mal tourné, puis ça ne vous regarde pas.
— Pourtant, Éric Hole a fait une story pour expliquer son « agression », m'explique Ilyes en me montrant une vidéo dans laquelle Éric est assis dans un lit d'hôpital, avec des bandages et quelques bleus par-ci par-là. Il cherchait juste à ce faire de l'argent avec des vidéo qui buzz sur les réseaux comme il a toujours fait.
— Vous ne connaissez pas mon histoire.
— C'est vrai, il tire une taffe de son joint. Juste ton nom, Sawyer.

Son ton était arrogant, son but était clair : m'humilier devant tout le monde. Il finit par lâcher un rire comme si tout ça était une de ses pièces de théâtre du lycée. Je sens la colère monter en moi, mêlée à une pointe de honte et de gêne. Comment Ilyes pouvait-il me faire ça ? Il me poignarde dans le dos juste pour se marrer.

— Ilyes, arrête de le faire chier, s'exclame Charlie. Puis le mec est vivant, tout va bien.
— Oh toi, le fils parfait, tu te la fermes, il grogne en se posant. Les amies de Faith et elle-même s'extirpent du groupe en se levant pour attraper leurs affaires.
— On va vous laisser, vous avez des choses à régler « entre amis ». Elles claquent la porte du garage.

Il reste Lukas et son meilleur ami, Noah, qui a le regard rempli de rage, Charlie et moi. D'ailleurs, Noah disparaît avec le roux qui l'aide à se lever ; il va sûrement se faire vomir. Je l'ai déjà entendu faire ça au toilette du lycée.

— C'est quand que tu vas sortir du déni, Charlie ? Sérieux ?
Il s'amusait à faire notre procès comme s'il était irréprochable, comme si sa vie n'était pas non plus un secret.
— Assume que tu n'aimes pas ton père.
— De quoi je me mêle ?
— Tu fais toujours semblant sur les photos pour la mairie, mais tu ne le vois même pas. Il t'a brûlé la main, quand même.

Je fixe la main de Charlie ; les bosses creusées, parfois encore rougeâtres, me troublent en imaginant l'histoire.

Il est clair qu'Ilyes ne se rend même pas compte de l'impact de ses paroles. Sa tête d'ivrogne penchée en arrière, il se tient les côtes en se bidonnant comme un idiot.

— Vous êtes tous faux de toute façon, il renifle en se levant.
— Et toi ? commence Charlie. Tu crois qu'elle est mieux, ta vie ? Tu ne te souviens pas de tout ce qu'on a fait pour toi, Ilyes, ou quoi ?

Le métis se mord les lèvres, sûrement gêné.

— Tu veux que je le dise à Hayden vu que tu ne t'es pas gêné pour nous ? Charlie me fixe à mon tour, fait des gestes avec son visage. Il me regarde et ouvre la bouche pour dévoiler la chose la plus intime qu'Ilyes possédait :
— Il a vécu de l'inceste par son frère, depuis il se drogue.

Je ne sais plus comment réagir, ma colère disparaît d'un coup, faisant place à de la peine. J'ai l'impression de ne plus connaître leur pseudo-personne. Ilyes le fixe, la bouche ouverte. Il ravale un sanglot. Comment cette soirée a-t-elle pu aussi mal tourner ?
Charlie s'excuse à la seconde où il voit le visage du brun se décomposer.

— Pardon.

Ilyes s'assoit sur son lit qui est dans le garage, le visage fourré entre ses mains. Je me lève et m'assois à côté de lui.

— Je ne veux pas en parler, il s'exclame avec une voix chevrotante.

J'aperçois du coin de l'œil que Lukas ne sait plus où se mettre. Il se lève et s'approche d'Ilyes à son tour. Charlie, lui, reste sur le sol et essaie de s'excuser et de lui expliquer.

— Arrête, Charlie, tu avais raison de te venger, excuse-moi. Et je m'excuse aussi, Hayden.

Quand il s'est relevé, il a souri comme s'il essayait d'oublier que tout le monde sait maintenant. Que désormais, on connaît une petite partie de son histoire et qu'on ne le verra plus jamais sous le même angle.
Il a fini par s'enquiller des pintes de bière à en perdre la tête, la musique à fond, il dansait, mais moi, enfin nous, on n'arrivait pas à s'enjailler avec lui.

— Je crois que je vais partir, s'exclame Charlie en enfilant son manteau.
— À plus tard. Rentre bien.
— Merci. Il claque à son tour la porte, laissant le froid de l'automne me refroidir les pieds.

Il reste moi et Lukas.

Je le regarde totalement perdu, ne sachant quoi faire. Il m'envoie un sourire désolé en réponse. Il fixe Ilyes qui est en train de planer complètement. Il avait éteint la musique, laissant le silence m'envahir.

— On fait quoi de lui ? me demande-t-il.
— Je n'en sais rien.
— On n'est pas dans la merde alors.

Il rigole. Son rire cristallin résonne dans le garage. Puis Ilyes se met à pleurer d'un coup. Il se met à s'excuser en regardant les chips posées sur la table. Il a beau être con, il est drôle, malheureusement.

— Ilyes, mec, arrête de chialer.
— De-désolé petite chips de t'avoir fait mal.
— Ce n'est pas aux chips que tu dois t'excuser, mon gars. L'alcool ça te réussi pas non plus.

Ses yeux rouges en pleurs m'observent. On aurait dit un enfant et ça me fend le cœur. Je le prends dans mes bras pour le porter jusqu'à la salle de bain, voulant le rafraîchir.

— Lukas, tu peux jeter la drogue qui traîne, s'il te plaît ?

Ilyes lève les bras en l'air, je prends ses mains dans le visage. Je grogne en le posant dans la baignoire. Je lui verse de l'eau froide sur le visage.

— Froid ! s'écrie le brun.
— C'est le but maintenant, tais-toi et dessaoule.

Lukas arrive et le prend en photo. « Vengeance », je lui fais un clin d'œil. Il s'empourpre en quelques secondes.

Après la petite douche du brun, je l'ai forcé à s'habiller et à se coucher dans son pieu.

— Je suis désolé d'avoir dit à tout le monde que tu avais presque tué un gars, pardon. Je suis sûr qu'il le méritait de toute façon.

Une partie de son visage est coincée dans l'oreiller, la couette le couvre complètement. Je lui tapote doucement le crâne.

— Ce n'est pas grave. Tu t'excuseras auprès de Noah aussi ?
— Bien sûr, c'est mon meilleur ami.
— Tout ira mieux. Allez, dors.

Je suis parti quand je l'ai entendu ronfler. Lukas est installé sur le rebord de la fenêtre, une cigarette à la menthe dans le creux des lèvres. La nuit s'est installée, enveloppant tout dans son manteau sombre. Les étoiles brillent timidement dans le ciel obscur, tandis que la fumée de sa cigarette flotte dans l'air, captivée par lui. Il semble si calme, comme s'il était en parfaite harmonie avec l'instant présent. Sa silhouette se dessine distinctement contre le fond nocturne, et la lueur de sa cigarette ajoute une touche de rougeoyant à son visage pâle.

Quand il pose son regard sur moi, il a l'air de vouloir me poser une question. Je m'assois à côté de lui, laissant mes jambes pendre dans le vide.

— C'est toi le crush mystérieux de Faith ?
— Je n'espère pas. On s'est juste embrassés une fois, je lui avoue.
— Oh.

Il frotte le tissu de son jean avec son ongle. J'arrive à distinguer les traits de son visage illuminé par la lune. Ses cheveux volent légèrement.

— En fait, c'était pour tester.
— Tester ? Tu voulais savoir si tu pouvais aimer les filles ? Il rit.
— Ouais, je n'avais jamais embrassé de fille avant.

Il me fait les gros yeux. C'est bizarre à croire, mais je ne voulais pas qu'une fille m'embrasse. Même quand je couchais avec elle, elle pouvait faire tout ce qu'elle voulait, sauf m'embrasser. Mon premier vrai baiser sera avec une personne que j'aime.

Au vu de son visage sceptique, il n'a pas l'air de me croire. Alors, je continue :

— J'aimais mon meilleur ami.
— Ce n'est plus le cas ? Je reluque la forme de ses lèvres, qui me rend fou pour je ne sais quelle raison.
— On va dire qu'il m'a quitté.
— Je suis désolé. Il ne te méritait pas, me rassure-t-il.
— Oh non, c'est moi qui ne le méritais pas.

Il écrase sa clope et la pose dans le cendrier rose poudré laid. Il se met à fixer le ciel sombre et moi, je le détaille lui.

— Tu sais ce que j'aime le plus dans la nuit ? C'est la lune. Peu importe à quel point tout peut être chaotique ici, elle est là-haut, constante et belle. La lune a une manière de nous rappeler que, même dans l'obscurité, il y a de la lumière quelque part. Parfois, je me demande ce qu'elle voit depuis là-haut. Toutes ces vies, ces histoires qui se déroulent sous son regard.
Je lâche un léger rire.

— C'est vrai, m'assure-t-il. Peut-être qu'elle a toutes sortes d'histoires à raconter si nous pouvions l'entendre.
— Tu as sûrement raison.

Il sourit pendant que je continue à le regarder.
— Regarde la lune, me murmure-t-il doucement.

J'avais envie de lui répondre : « Pourquoi regarder la lune quand c'est toi qui brilles le plus ici ? » Mais à la place, j'ai posé les yeux sur lui.

— Tu fixes beaucoup, tu sais ?
Il se tourne pour me regarder à son tour.
— J'essaie de ne pas oublier.
— Oublier quoi ?

Un silence se crée entre nous. Finalement, je murmure :

— La vie. De temps en temps, j'arrive à mieux accepter le fait de vivre.
— Alors moi non plus, je ne veux pas oublier. Tu me passes ton numéro ?

Son sourire m'embrase tout entier.

11
Tout mais pas ça.

<u>1 semaine après la soirée</u>

La cantine est bondée comme d'habitude, un brouhaha constant remplissant l'air. Je me suis assis à ma place habituelle avec Charlie et Ilyes. Noah ne veut plus parler à Ilyes et il a été blessé qu'on traîne avec lui. Ce que je peux comprendre. Je garde dans le coin de ma tête qu'il faut que j'aille lui parler. J'aimerais passer un moment tranquille. Mais bien sûr, le destin en avait décidé autrement.

Alors que je m'apprête à mordre dans mon sandwich, j'entendis un murmure s'élever parmi les tables. Mon nom était prononcé, accompagné de chuchotements tout sauf discrets. En ce moment, une rumeur circulait, se propageant comme une traînée de poudre. On disait que j'avais presque tué quelqu'un à mains nues, que j'étais un fou malade. La rumeur avait été lancée par Sarah, l'amie de Faith. Cette grognasse avait envoyé à tout le monde une photo du journal où se trouvait mon visage en grand, accompagnée de l'explication : « Adolescent dangereux ou malade ? »

J'avais pété un plomb au milieu du salon. En quoi cela les regarde ? Le mec va bien pour mon plus grand malheur. Personne n'a le contexte du pourquoi et du comment. Comme quoi, les gens sont comme ça. Ils jugent à la première seconde.

Mon estomac se noua, une boule d'anxiété grandissant à l'intérieur de moi. Les regards se tournaient vers moi, remplis de curiosité malsaine. J'aurais voulu disparaître, me fondre dans le décor.

C'est alors qu'Antoine, ce gars populaire plein de suffisance, s'approcha de notre table avec son groupe d'amis à deux balles qui se crache les uns sur les autres. Il avait un sourire narquois accroché à ses lèvres. Il avait bien évidemment entendu la rumeur et pensait qu'il avait là une occasion en or de me ridiculiser devant tout le monde. Il commença à me provoquer, à me chercher des noises.

— Fais gaffe, Charlie, il va te tuer avec son couteau !

Il rit en faisant basculer mon plateau, qui finit tête la première sur le sol, accompagné d'un bruit assourdissant. Mais Charlie ne l'entendait pas de cette oreille. D'un ton ferme, il lui lança :

— Arrête de chercher les ennuis, Antoine. Tu n'es qu'un pauvre crétin qui se nourrit de rumeurs stupides. Laisse

Hayden tranquille, sinon tu vas te retrouver avec plus que des paroles en travers de la gorge.

Les mots de Charlie résonnèrent dans la cantine, percutant les tympans de tout le monde qui nous regardait comme si on jouait une scène. Une lueur de colère brillait dans ses yeux noisette. Il était prêt à en découdre pour me défendre.

Les murmures autour de nous s'étaient transformés en un silence tendu, chacun attendant la suite des événements. Qui allait frapper le premier ? Est-ce que j'allais ouvrir ma bouche ? Ilyes, toujours silencieux, fixait la scène avec appréhension, sans savoir comment tout cela allait se terminer.

Je me suis levé, j'ai ramassé mon plateau devenu immangeable et je lui ai claqué mon sandwich au poulet mayonnaise sur la tronche. Il retire le pain de son visage, maintenant recouvert de nourriture, il me frappe.

J'entends les gens se presser, faire du bruit. Au début, je pensais qu'ils trouvaient ça scandaleux, mais quand j'ai entendu « Battez-vous ! Battez-vous ! », je me suis rendu compte que les gens se nourrissaient de la noirceur du monde.

Alors, j'ai enchaîné, rendant le coup. On a fini chez le proviseur, assis tous les deux à côté, attendant nos parents. Ses parents sont arrivés en premier, des gens aisés, bien habillés, avec un regard hautain, le même que leur progéniture. Le père d'Antoine lui a mis une sacrée claque quand il a su qu'il était renvoyé pour deux jours. Ça m'a retourné l'estomac.

À force d'attendre pendant une heure, le proviseur a compris qu'il n'arriverait pas à joindre mon frère.

— Et est-ce que ton frère prend soin de toi ? Tu sais, Hayden, je connais tous tes antécédents familiaux. Je peux comprendre les bagarres, les absences, mais je ne les cautionne pas, tu le sais ?
— Mon frère travaille de nuit, monsieur, là, il dort.
— Bon, bah je vais te laisser repartir, mais je ne veux pas te voir en cours pendant deux jours, Sawyer.

Je prends une profonde inspiration, essayant de me détendre. Je finis par me lever, attraper mon sac à dos noir et quitter la pièce après lui avoir souhaité une bonne journée, hypocritement. Je me suis posé sur un banc derrière le lycée. J'ai soupiré puis j'ai juré en m'asseyant. Sortant une cigarette, j'en avais gravement besoin.

— Fais chier.
— Pas de gros mots, Mr. Sawyer.

C'était Mr. Roger, mon prof de musique. Il tenait sa petite mallette et ses lunettes décoraient le peu de cheveux qui lui restaient au-dessus de la tête. Je remarque son petit badge accroché à sa veste : « La vie est belle, donc souriez. » Ça me fait lever les yeux au ciel.

— Désolé, monsieur.
— Pas de monsieur, mon petit. Moi, c'est Martin.

Il prend place à côté de moi sur le banc. Il fixe ma cigarette.

— Tu ne devrais pas fumer à ton âge. Tu n'aimerais pas mourir à 25 ans, quand même ?
— On meurt dans tous les cas, monsieur.

Il lève les bras en l'air.

— Mais ce n'est pas vrai ! Tu mérites de voir encore beaucoup de choses, mon grand. Pas de gober des mégots de cigarette ! Il faut voir la vie en rose, voyons !
— Vous m'excuserez, mais je ne vois plus la vie en rose depuis longtemps, monsieur.

Il soupire et cale sa mallette sur ses jambes habillées d'un pantalon de costume bleu. Il en sort un petit badge rose. « La vie en rose. » Il me le fourre dans la main. Il me sourit en froissant mes cheveux pendant que je fais tourner le badge entre mes doigts.

— Maintenant, la vie en rose est entre tes mains. À toi de la vivre et pas de la regarder. À demain pour notre cours, Sawyer.
— Hayden, pas Sawyer. C'est moche.
— Je vais t'appeler petit merdeux si tu continues. Il sourit.
— À demain, monsieur Martin.

Il tapote mon épaule et disparaît entre les voitures. Je cache le badge dans la poche de ma veste. Une musique sort de sa voiture quand il s'arrête devant moi.

> Quand il me prend dans ses bras
> Qu'il me parle tout bas
> Je vois la vie en rose
> Il me dit des mots d'amour
> Des mots de tous les jours
> Mais moi, ça me fait quelque chose

J'ai souri, un sourire un peu forcé mais sincère. Puis il est parti, la musique de sa voiture remplissant l'air un instant avant qu'il ne disparaisse. Je suis resté là, les doigts serrés autour du badge rose, un peu perdu dans mes pensées, le vent frais me caressant le visage.

12

L'épicerie de madame Waterson

« Vieux frères, je crois que je suis en train de retrouver la vue » *fauve*

Deux jours plus tard, en sortant des cours, Ilyes, notre arlequin, nous a embarqués, Charlie et moi, dans un de ses plans foireux : voler chez la petite épicière au bout de la rue. Je n'avais pas spécialement envie de voler une vieille dame, mais Charlie, lui, semblait intéressé, comme s'il savait quelque chose. En entrant, je vois la petite mamie assise derrière le comptoir. La sonnette de la boutique annonce notre arrivée. Elle avait l'air de ne rien entendre, comme si elle était autant sourde qu'aveugle. Avec les gars, nous parcourons la petite épicerie. J'arrive à un rayon qui fait sourire Charlie.

— Ok, Ilyes, on prend ça.
— Quoi ! Tu es fou, je vais en faire quoi, moi ?
— J'ai un plan pour que tu puisses conquérir Faith.

Notre intello lui dépose des préservatifs et tout ce qui va avec.

— Et le gode, c'est pour quoi ?
— Le plaisir sexuel, mon gars.
— Comme si tu t'y connaissais, toi !

— Plus que toi, en tout cas.
— Si tu le dis.
— Tais-toi et prends-le, je t'ai dit.
— Euh, d'accord, donc je vole ça pour le plaisir sexuel avec Faith.

Le brun hoche la tête, pas vraiment sûr de ce que lui dit Charlie, mais crédule comme il est, il le fait sans hésiter. J'attrape quelques bières et un paquet de clopes qui coûte un rein. Puis Charlie m'attrape le bras pour me faire reculer et nous cacher derrière un rayon de bonbons. Elle est devant Ilyes, les sourcils froncés. Il ne percute pas tout de suite qu'elle est là, continuant de prendre des choses qu'il va voler. Puis, quand il la voit, il fait tout tomber sur le sol en lâchant un petit cri très peu viril. Il se précipite sur ses affaires pour les camoufler et s'excuse.

— Faith, qu'est-ce que tu fais, le haha ? Il se gratte la nuque, gêné.
— Et toi ? Tu es encore venu voler ? » Elle soupire.
— Moi ! Jamais.
— Donc, tu vas tout payer ? Je te rappelle que mon grand-père t'avait surpris avec des cigarettes la dernière fois.

Je l'aperçois hocher la tête, elle a les bras croisés, méfiante. Sa robe bleue la met en valeur et son chignon mal fait ressort son visage avec sa mâchoire ronde.

Charlie est hilare à côté de moi ; il plaque sa main sur sa bouche, puis je rigole à mon tour quand je vois Faith ramasser l'objet rose bonbon en forme de sexe masculin. Elle lève un sourcil, le jugeant. Elle lui tend et l'accompagne à la caisse. On les suit discrètement, en gloussant. Au comptoir, la petite vieille le regarde choquée.

— Tu vas passer une belle soirée, jeune homme.

Il tremble et acquiesce. Quand il va pour partir, nous disparaissons dehors avant que quelqu'un nous distingue. C'est trop facile de voler ici.

Charlie est assis sur le trottoir, mort de rire. Il ouvre sa bière de la main gauche. Je fixe ses doigts brûlés en repensant à son histoire.

— JE VOUS HAIS !

Ilyes arrive en trombe avec son petit sac plastique. Je pouffe, le visage caché dans ma veste. Il s'assoit sur le sol, le visage rouge d'embarras, et il pointe du doigt Charlie.

— Tu savais qu'elle y serait, avoue !
— Mais qui ne sait pas que Faith Waterson est la petite-fille de l'épicière ?

— Je n'ai pas fait le rapprochement, connard ! Toi aussi, tu le savais ? Il se tourne vers moi, le regard accusateur.

Je lève les mains pour ma défense.

— Je suis nouveau, je ne connais rien. Tiens, une bière pour nous faire pardonner.
— Vous êtes des cons, vous le savez ? Il l'attrape et l'ouvre pour avaler une gorgée.
— Pas autant que toi.

Il fait un doigt à Charlie en souriant mesquinement. Ils me rappellent Will et Arthur, toujours à se chercher des noises

Flash-back 2014

J'étais avec Will dans l'épicerie de notre ville. Cette supérette est minuscule et le petit vieux qui travaille dedans ne voit plus grand-chose. Il nous connaît depuis qu'on est gosses, il nous offrait nos bonbons pour Halloween. Arthur organise ce soir une soirée pour notre bande, et nous avons pour mission d'assurer l'approvisionnement en alcool sans pour autant être majeurs.

— Hayden !! Le brun me sourit diaboliquement en me montrant le petit vieux des yeux.
— Qu'as-tu en tête ?

— Va occuper le petit vieux, ce soir, il chuchote, on s'amuse et c'est payé par le magasin.

Ne me dis pas que – et si, il marche en direction du comptoir où sont disposées les bouteilles. Il me dit du bout des lèvres de me dépêcher. Je souffle, fourrant mes mains dans mon pull à capuche noire, et je pars aborder le papy.

— Monsieur Walker !!! Il sursauta, surpris de mon ton réjoui.
— Mon petit Hayden, qu'est-ce qui te rend de si bonne humeur ?

Il mit ses petites lunettes plus adaptées à sa vue. Du coin de l'œil, je vis Will escalader sans bruit le comptoir et remplir son sac à dos.

— Je vais voir, euh, ma petite amie. Will me regarda et me fit signe de continuer.
— Auriez-vous des conseils ? Il se mit à s'esclaffer en souriant.
— Je ne te croyais pas amoureux, gamin. Offre-lui des roses, les femmes adorent ça.

Il poursuivit avec enthousiasme, mais avant que je puisse répondre, le brun m'arrêta d'un geste de la main. Il portait son sac maintenant rempli d'alcool et sa capuche était relevée sur sa tête, cachant ses cheveux noirs lisses.

Il sauta soudainement, faisant un vacarme assourdissant avec les bouteilles tintant dans le sac à dos. J'ai failli éclater de rire, mais le vieux s'est figé, tournant lentement dans la direction du brun. Comme dans un film d'horreur.

— Will ? Il fronça les sourcils d'incompréhension.
— Monsieur Walker, je viens chercher Hayden, on a un rendez-vous. Il lui fit sa gueule d'ange qui faisait craquer tout le monde. Qui pourrait imaginer que l'enfant modèle de Milwaukee volerait de l'alcool dans une supérette ? Je peux vous le dire, personne.
— Ah oui, je dois y aller, m'sieur, au revoir.

On se mit à courir et les portiques se déclenchent. On l'entend nous crier de revenir.

On court à en perdre l'haleine jusqu'à nos vélos, amusés. On roule à pleine vitesse jusqu'au sous-sol d'Arthur, l'adrénaline coulait dans nos veines, je pouvais sentir mon cœur trembler dans ma poitrine, c'était divin de ressentir quelque chose.

— Alors, tu as rendez-vous avec ta petite amie ? Éthane ne va pas être content ! Il éclata de rire en rangeant nos vélos devant la porte du sous-sol et mon visage se mit à chauffer, connard.
— Je ne sors pas avec Éthane, on est potes !

— Tout le monde sait que tu es amoureux de lui, Hayden, sauf toi, apparemment.

Il leva les yeux au ciel en marchant jusqu'à la porte. En entrant, la musique me brûle les tympans et j'aperçois mon ange, le sourire aux lèvres, accompagné d'une cigarette, se trémousser au milieu de la pièce en rigolant. Arthur nous vit et baissa la musique. Il attacha ses cheveux noirs en un chignon mal fait. Puis Éthane se retourna en souriant doucement et m'aperçut. Ses yeux me fixent, ses yeux bleus me font couler à l'intérieur de son âme.

13

Confrontation silencieuse

Jeudi 30 novembre 2017

Je me tenais nerveusement devant la prison. Aujourd'hui, c'était la première fois que j'allais voir mon père derrière ces murs sombres, la toute première fois qu'il avait été enfermé. J'étais si petit à l'époque, confié aux soins de ma tante pendant que mon père était ici, à se la couler douce.

Les souvenirs de cette période de ma vie étaient flous, mais l'absence de mon père avait laissé une empreinte. Je me rappelle les nuits où je pleurais en silence, espérant qu'il reviendrait bientôt à la maison. Mais le temps avait passé, et quand il est revenu, je pensais vivre un rêve avec lui, mais mon frère n'était plus là. J'avais 12 ans, et ma vie était devenue un cauchemar sans fin.

Quand je le vois en prison, il est difficile de ne pas ressentir de la colère envers lui. Il a détruit des vies, la mienne en parallèle. Pourtant, quand je l'observe derrière ces barreaux, je ne peux m'empêcher de remarquer un étrange sentiment de satisfaction sur son visage. Il semble presque heureux d'être en prison, comme si ça lui offrait une échappatoire à ses propres démons intérieurs. Peut-être que la culpabilité de ses actes le tourmente moins ici, ou peut-être est-ce simplement son moyen de fuir la responsabilité de ses actions.

Lorsque je m'assois sur la chaise en face de lui, j'ai le tournis. Il me regarde, son regard vide me fait mal. Il n'éprouve rien pour moi, rien du tout. Sa première question me fait mal au cœur.

— Comment va ton frère ?
— Bien, il va bien.
— Il ne veut pas me voir ?
— Il n'aime pas les monstres, tu as oublié ?
— Et toi, tu les aimes non ? Tu en es un, toi aussi.
— Pourquoi ? je lui demande, découragé.
Il lève le sourcil et gratte sa barbe mal rasée, tandis que mon pied frappe le sol.

— Je t'ai vue. Il change de conversation.
— Tu m'as vue ?
— J'ai vu tes yeux. Cet enfant, il avait ton visage.

Il parle de lui, de l'enfant qu'il a tué de sang-froid, sans aucun remord, sans aucun regret. J'ai appris dans le journal qu'il avait huit ans et qu'il pratiquait le foot à ce moment-là. Les larmes voulaient monter. Mon propre père veut ma mort. Il glousse, ses menottes claquent quand il bouge les poignets.

— Comment tu as pu faire ça ? je le regarde, horrifié.
— Je l'ai fait, c'est tout.
— Qu'est-ce que je t'ai fait, papa ?
— Tu es gay, sale gosse. Tu étais obligé d'aimer les hommes, hein. Voilà pourquoi je préfère ton frère, il me ressemble. Toi, tu es comme ta connasse de mère !
— Ferme-la. J'aimerais que tu pourrisses ici, t'as tué un pauvre enfant innocent !
— Il le méritait.
— Tu es un sale monstre.
— Et j'adore être un monstre, tu sais pourquoi ? Parce que tu as toujours eu peur de moi, quelle satisfaction de revoir cette peur briller dans tes yeux de grand garçon.
— Arrête. Je ferme les yeux, voulant oublier son visage grotesque.
— Je te finirai, Hayden. Je te le jure. Il crache en souriant.
— Pour l'instant, tu crèves ici à pourrir.

Je me lève et raccroche le téléphone, où sa voix résonne encore. Je quitte la prison. Dehors, il pleut des cordes. Les gouttes qui tombent ressemblent à mes larmes. La musique coule dans mes oreilles et je maudis l'univers pour avoir lancé cette chanson en même temps que ce moment.

C'est la fin
This is the end,

Retiens ton souffle et compte jusqu'à dix,
Hold your breath and count to ten,
Sentez la terre bouger et ensuite,
Feel the earth move and then,
Entends mon cœur éclater encore.
Hear my heart burst again,
Ça c'est la fin,
For this is the end.

Skyfall – Adele

Hiver
Destruction

14

Petit coin de paradis ?

« La nuit est noire pour que tu puisses rêver. » Orelsan

On est début décembre, il neige. Cookie s'écroule sur l'herbe blanche, se roule en boule dedans et hurle de bonheur. Je suis assis sur les marches de la maison, je l'observe et lui lance des morceaux de bois que je trouve sur le sol. Mon pull noir enveloppe mon corps, gardant sa chaleur, car il fait un froid de canard.

Edward fume à côté de moi, il la regarde aussi. Au loin, Lode et Kyle descendent de leur voiture et arrivent avec des sacs de courses.

Ce soir, mon frère veut manger des fajitas. Il a toujours aimé la bouffe du Texas, depuis petit. Avant, papa lui en faisait, mais ça, c'était avant.

Aujourd'hui, Amanda et Léo viennent manger ici chez Edward, qu'ils n'ont pas vu depuis des années. J'avais peur de les revoir, on m'a arraché brutalement deux membres de ma famille, et j'ai mis du temps à accepter. Amanda m'a beaucoup appelé, je n'ai pas encore répondu. C'est horrible, mais je n'y arrivais pas. Sa voix me rappelait tout ce que j'avais abandonné.

♫♫♫

Edward me tapote l'épaule en se levant, il écrase son mégot dans la neige, la colorant d'une tache marron qui me dégoûte. Cookie arrive avec sa gueule d'ange, trempée de la tête aux pattes, et se cache dans mes jambes. Lode arrive près de moi et me fait un clin d'œil en levant les sourcils.

— Dis donc, Hayden, t'attires les chiennes !
— Va t'enterrer sous la neige, Lode !
Il rentre dans la maison en trébuchant pour enlever ses chaussures. J'entends son rire d'ici.
— Putain Ed', il a du répondant, ton frangin !
— C'est de famille !

Kyle arrive à son tour près de moi, il tient un pack de lait et m'analyse de la tête aux pieds.

— Il faut que tu dormes, Hayden. Les cernes violets, ça ne te va pas.

Puis, il rentre et ferme la porte. Je souffle et enfonce ma tête dans le pelage de Cookie. Elle couine et frotte sa tête contre la mienne. Ma capuche enveloppe mes cheveux fraîchement coupés.

Dans une heure, je dois rejoindre les garçons. Noah, qui a enfin fini de faire la tête, a voulu que l'on aille dans une salle de jeux faire un laser game. Il invite Luka et son meilleur ami le roux, dont je ne connais toujours pas le nom, et Faith. À la base, il ne voulait pas l'inviter, mais Ilyes lui a fait une crise : « Je ne viens pas si tu ne l'invites pas, poulet, je te le dis ! » Comme s'il allait réussir à la tripoter ce soir. Aucune chance.

J'ai fini par rentrer pour me changer en une tenue plus « confortable ». Quand je descends, Edward me remarque et m'incite à venir près de lui dans la cuisine.

— Tu rentres avant dix-neuf heures, s'il te plaît, je veux que tu sois là quand Amanda arrivera avec sa famille. Qui vient te chercher ?
— Noah vient avec la voiture de son père.
— D'accord, je veux le voir avant que tu partes.
— Ed', je ne pars pas en vacances, je vais à une heure d'ici.

Son regard veut tout dire, il ne me donne pas le choix. Ce n'est pas la première fois que je sors, heureusement, mais c'est la première fois que j'ai des contraintes. J'attrape mon téléphone et envoie un message au brun.

Moi 15 h 25
Il faut que tu voies mon frère avant que je puisse partir avec vous.

Noah 15 h 25
D'accord, mon pote, j'espère qu'Ilyes va se la fermer sinon ton frère va penser que tu pars avec des barges !

Je souris devant le message puis range mon téléphone dans la poche de mon jean. Lode arrive dans la cuisine et frappe les fesses de mon frère.

— Alors, ma petite femme, tu cuisines quoi ?
— Ta grand-mère, arrête de me frapper le cul !
— EH ! Laisse ma mamie Simone tranquille !

Je profite de leur amusement pour disparaître de la cuisine et descends dans la salle de musique de mon frère. Le piano est disposé sur le côté droit près de l'énorme fenêtre aux carreaux troubles. Je m'assois sur le siège en face du piano blanc et joue « Lovely » de Billie Eilish.

♪♪♪

J'arrive devant la porte d'entrée et j'aperçois Edward parler à mes amis. Ilyes porte son énorme pull avec des écritures gothiques noires, Noah est en train d'acquiescer à tout ce que dit mon frère.

— Pas de conneries, pas de drogue, pas de choses dangereuses, je le veux ici à 18 h 30.
— Oui, monsieur. répond Noah.
— Coucou Hayden !

Ilyes m'aperçoit et me fait de grands signes, le sourire aux lèvres. Ilyes, je pourrais le comparer à un labrador ou à Cookie, ils ont la même énergie.

— Où est Charlie ? je leur demande après les avoir salués.
Ilyes me répond, le sourire aux lèvres :
— On va le chercher après. Bon, au revoir, monsieur Edward, le frère de Hayden.

Il sautille jusqu'à la voiture. Je pense qu'il est surtout pressé de voir Faith. Mon frère lève un sourcil ; il a fait la même tête que moi la première fois que je l'ai vue. Il me caresse la nuque en tournant son regard vers moi.

— Amuse-toi bien, à ce soir.
— Merci, à ce soir.
— Salut, gamin, amuse-toi bien !
— Bye Lode, bye Kyle.

Alors que je monte dans la voiture avec Ilyes, nous nous dirigeons vers la maison de Charlie. Le trajet est animé ; Ilyes me raconte des histoires drôles et nous rigolons ensemble. Une fois arrivés chez notre intello, on sonne à la porte et sa mère nous accueille chaleureusement.

— Noah et Ilyes ! Quel plaisir de vous voir, mes garçons. Charlie arrive, venez entrer !

Je reste derrière eux, silencieux, examinant sa maison. Elle me sourit et nous attendons qu'il descende. Quelques instants plus tard, Charlie descend en trombe les escaliers.

— C'est bon, on peut partir.

Il embrasse sa mère sur le haut de la tête et avance jusqu'à la sortie. Nous le suivons sans broncher. Dans la voiture, Ilyes ne parle que de Faith.

— T'as vu ses hanches, mec ? Incroyablement incroyable.
— Ça ne veut rien dire, Ilyes, gémit Noah.

Il serre le volant, ses bras se contractent, faisant ressortir ses veines violacées ; il a l'air malade. Son teint est blafard. On dirait qu'il va vomir ou s'évanouir à tout moment.

Devant la salle d'arcade, nous apercevons Lukas, assis sur l'escalier devant la porte. Il est accompagné de son rouquin au sourire moqueur. On se fixe ; on ne s'est plus parlé depuis la nuit chez Ilyes. Ses cheveux noirs sont à moitié recouverts par sa capuche bleu nuit et son gros pull cache son corps mince.

— T'as quoi, le mort-vivant ? Crache le rouquin en souriant.

— Ferme-la. Je lui crache à mon tour.
— Arrêtez tous les deux. s'exclame le brun, sa voix est basse, légèrement cassée.

Il se lève pour saluer les autres, nous ignorant nous et nos conneries. Noah s'assied sur les escaliers, il a l'air de transpirer à mort. Je le regarde pour m'assurer qu'il ne va pas nous lâcher à tout moment.

Il me sourit maladroitement, comme pour me dire : « Ça va, mec, je tiens le coup, ne t'inquiète pas pour moi ». Avec lui, j'ai l'impression de parler avec les yeux.

Faith arrive avec sa petite voiture blanche, elle se gare à côté de nous. Quand elle sort, Ilyes la mange du regard. Elle ne fait pas attention à lui, comme d'habitude.

— Bon, on y va ?

À l'intérieur, il faisait chaud ; des gens s'amusaient sur des jeux d'arcade, d'autres sautaient sur des trampolines. Des mecs tapaient dans des punching-balls pour tester leur force. Ça ne m'intéressait pas de taper là-dedans pour me la jouer, je préférais montrer ma force en vrai.

À l'entrée de la salle, un gars qui travaille ici nous demande nos noms pour former les équipes.
Deux équipes, les bleus et les rouges. Je suis avec Charlie, le roux, et les autres sont ensemble.

— Attendez, on ne peut pas choisir qui on veut ? soupire le pote de Lukas, complètement dévasté d'être avec moi.
— Un problème ?

Le mec le regarde avec un regard noir, il soupire et décline. Nous prenons nos armes et enfilons nos gilets, puis nous entrons dans la salle, immergée dans le noir mais illuminée de petites lumières de couleur qui bougent, accompagnée d'une forte musique.

— Vous pouvez aller partout, ne retirez pas vos gilets sinon c'est de la triche. En cas de problème, vous pouvez sortir de la salle par la sortie de secours. C'est parti.

Il ferme la porte et nous laisse. Chacun court se réfugier un peu partout dans la pièce. Il y a plusieurs étages, plusieurs cachettes.

— Tu vas te cacher où ? je demande au roux qui n'a pas bougé de place.
— Je ne parle pas au mort-vivant, désolé.
— T'es chiant, le rouquin. Je ronchonne.
— Rowane. Il répond.
— Hein ?
— C'est Rowane mon prénom, pas le rouquin !
— Alors appelle-moi Hayden.

Je scrute la pièce et repère un genre de coffre avec un trou. Je me cache dedans et place le bout de mon arme à travers l'ouverture. C'est petit, je suis serré et je peux à peine respirer correctement, mais je n'ai aucune envie de courir.

Le décompte est lancé. J'entends des cris, des rires. J'arrive à tirer sur Ilyes qui passe devant moi.

— Mais il est où celui qui m'a tiré dessus ! rouspète-t-il. Puis j'entends sa voix se perdre dans un éclat de rire.
— J'ai glissé, ahah ! Puis il court pour tirer sur les autres.

Pendant ce temps, je souffle, essayant de respirer. J'ai l'impression d'être dans un cercueil. Mon sang pulse dans mes veines, j'entends mon cœur exploser, je n'arrive plus à respirer, je panique. J'essaie de pousser la boîte avec mes pieds et mes mains, mais je n'y arrive pas. J'ai comme l'impression qu'on m'attrape et qu'on me tire. Je vais mourir.

15

Visage de la mort

« La folie est une aquarelle chaotique où les couleurs de l'imagination se mélangent sans crainte et sans limites. »

Je tambourine contre la caisse, je hurle, mais la musique est trop forte, personne ne m'entendra.

— À l'aide !

La boîte s'ouvre. Le visage de Lukas apparaît. Il pointe son flingue sur moi, et j'entends le bruit du gilet m'indiquant qu'on m'a touché. Il sourit, mais son expression se fige à la vue de mes joues mouillées. Il m'attrape et me relève.

— Eh, Hayden, tout va bien ?
Je sors de la caisse et recule, essuyant mes larmes d'un revers de la main. Ses yeux m'observent avec inquiétude.
— La partie est finie ?
— Noah est tombé dans les vapes. Il est à l'entrée, viens, on te cherchait partout.

Je n'ai aucune idée de combien de temps j'ai passé dans cette boîte.

Lukas attrape ma main. Malgré le fait qu'elle soit encore humide de mes larmes, je le laisse me tirer dans le couloir. Arrivés à l'entrée, je trouve Noah pâle et immobile, étendu sur le sol froid. Mon cœur se serre en le voyant dans cet état. Je m'agenouille à ses côtés, inquiet. Noah semble revenir à lui, ses paupières papillonnantes alors qu'il reprend conscience. Ses yeux se posent sur nous, confus, et il tente de se redresser avec notre aide.

— Qu'est-ce qu'il s'est passé ?
— J'ai juste un coup de mou, rien de grave, les gars.
Il rit d'un rire cassé, comme s'il essayait de cacher une douleur.
— Qui a gagné ? demande Charlie au gars qui s'occupait de notre partie de jeux.
— Les rouges.

Ilyes saute de joie avec Faith, se tape même dans la main. Le brun finit même par rougir.

— On va boire un coup ? demande Noah.
— Ouais, tu en as besoin, je lui dis en l'aidant à s'asseoir sur les chaises de notre table réservée.
— T'étais où ? Je ne t'ai pas vu de la soirée.
— Bien caché.
— Moi, je l'ai trouvé, se vante Lukas en attrapant son verre de coca.

Il me regarde avec ce regard doux, presque timide. Mon cœur rate un battement, surpris par la façon dont il me fixe.

♪♪♪

Dans la voiture, Noah est allongé, la tête posée sur ma jambe gauche. Nous sommes sur la banquette arrière. Ilyes conduit et Charlie zieute le paysage sombre et triste.
Le métis met la radio et une chanson commence à jouer : *Berlin* de RY X. Je souris en reconnaissant la chanson ; c'était une des préférées d'Éthane, on l'écoutait souvent ensemble. Je sens une boule se former dans le fond de ma gorge, mais je refuse de pleurer, pas ce soir. Noah regarde le vide, perdu dans ses pensées, tandis qu'Ilyes chante doucement les paroles de la chanson. Le paysage défile lentement sous nos yeux, illuminé par la lumière de la ville, alors qu'il fait complètement nuit. Le temps semble suspendu, comme si le monde avait cessé de tourner pour quelques instants.

Dis-moi que je ne rentre pas à la maison
Tell me I'm not going home
Et j'arrêterai d'attendre près du téléphone
And I'll stop waiting by the phone
Plancher de la chambre
Bedroom floor

Et le silence dans mon sang
And silence in my blood
Désolé mon amour, je cours à la maison
Sorry love, I'm running home
Je suis un enfant du soleil et des étoiles que j'aime
I'm a child of sun and the stars I love

Berlin - RY X

16
Stickers et compagnie.

19 h 25

La porte se referme doucement derrière moi, emportant avec elle le frisson hivernal. Je retire délicatement mes bottes chargées de neige, qui tombent lentement sur le sol, créant une petite flaque givrée. À mes côtés, Cookie s'approche en remuant la queue, sa langue dépassant joyeusement de sa gueule. Je m'accroupis pour lui offrir quelques caresses. Un murmure de voix filtre depuis le salon. Je m'avance avec précaution, essayant de ne pas me faire repérer.

Soudain, la voix familière d'Edward m'appelle, un mélange de reproche et d'amusement. Je laisse échapper un soupir étouffé, sachant que mon escapade silencieuse n'est plus un secret. Mes pas me mènent dans le salon, où la lumière chaleureuse met en valeur les visages qui ont marqué ma vie. Amanda, radieuse comme toujours, arbore un sourire contagieux. Léo, avec ses cheveux récemment rasés, rayonne. Et au centre de tout cela, notre petit chérubin, qui semble avoir grandi à la vitesse de l'éclair en trois petits mois. La reconnaissance me frappe soudainement, me faisant réaliser combien il ressemble à Éthane. Mon cœur se gonfle d'un mélange de joie et de nostalgie. Mon regard croise celui d'Amanda, qui s'approche à grands pas. Sans réfléchir, je l'attire doucement dans mes bras.

— Mon chéri ! Tu m'as tellement manqué.

Léo arrive à son tour pour me prendre dans ses bras.

— Salut mon garçon.

— Tu as rasé tes cheveux ? Son crâne laisse entrevoir de légers cheveux blonds coupés à rebord.

— Effectivement, content que tu voies encore clair !

Il lâche un rire rauque tandis que je lève les yeux au ciel. Quand il se détache faiblement de moi, je pose enfin mes yeux sur notre blondinet timide.

— Hey Louis !

— Bonjour Hayden.

Il s'approche de moi et je l'enferme au creux de mes bras. Il pose sa tête contre mon épaule. Après quelques secondes, je m'éloigne légèrement de lui et lui souris. Je prends place dans le salon. Les rires, les discussions, tout me semble familier et réconfortant. Amanda et Léo prennent place à mes côtés sur le canapé, créant un cocon de familiarité. Il manquerait juste Éthane à côté de moi pour que je sois comblé au maximum.

Alors que la soirée continue, Louis finit par s'endormir sur son père. Le voir caresser les cheveux fins du blond me rappelle que, moi, mon père n'a fait que me les arracher.

🎵🎵🎵

Au moment du café, le regard d'Amanda se fait plus sérieux alors qu'elle me regarde droit dans les yeux.

— Hayden, nous devons te parler de quelque chose, dit-elle d'une voix douce.

Elle se lève et récupère un carnet dans son sac Chanel blanc. Mon cœur rate un battement. Je reconnais ce carnet, c'est celui d'Éthane.

— Il l'avait laissé sous son oreiller, explique-t-elle en me le tendant d'une main tremblante. Elle me confie tout ce qu'il reste de son fils : ses mots.

— Ouvre-le, c'est pour toi, pas pour nous.

Elle dit cette phrase avec une voix étranglée. Au fond, elle aurait voulu que ce carnet soit pour elle, pour eux.

Le carnet est noir, décoré de dizaines de stickers. Je lève les yeux vers Amanda et Léo, cherchant des réponses dans leurs expressions. Amanda baisse les yeux, visiblement émue, tandis que Léo serre les poings, essayant de contenir ses émotions. Sur le carnet, une date est gravée : 12 décembre.

— On est le 12 décembre demain, Hayden.
— Depuis quand avez-vous le carnet ?
— On l'a trouvé deux mois après sa mort, m'avoue Amanda.
— Pourquoi maintenant ? Je lui demande, attristé, en le regardant sous tous les angles.

— Car c'était le moment, continue Léo.
— Vous ne l'avez pas lu ? Pas du tout ?

Ils secouent la tête.

— Il n'est pas pour nous, répond Léo. Ses mots se noient dans sa bouche.

J'ai fermé le carnet et j'ai enlacé Amanda. J'ai chuchoté des remerciements en serrant son gilet en laine. Elle a frotté mes cheveux délicatement, comme elle l'a toujours fait.

17

Playlist et noirceur du monde

12 décembre 2017

Ce matin, avant que je parte, Edward m'a interpellé dans le couloir. Il avait l'air préoccupé.

— Ton prof de musique m'a appelé ce matin. Il m'a dit que tu devais aller le voir pendant ta pause.
— Oh, merci.
— Est-ce que tout va bien en ce moment, Hayden ?
— Oui, tout va bien.
— Tu sais, s'il y a un problème, tu peux m'en parler.

Je lui souris, levant mon pouce en l'air comme réponse, puis je prends une pomme dans la panière à fruits, enfile mes chaussures noires et prends mon sac. Un dernier au revoir à mon frère et je claque la porte derrière moi.

En arrivant au lycée, je repère Ilyes assis avec Charlie dans les couloirs, à côté de leur salle de SES. Je retire mes écouteurs, laissant ma bulle éclater.

— Salut Hayden !
— Tu es en forme ce matin, Ilyes ? Où est Noah ?

— Il ne viendra pas, répond Charlie.

Il n'a même pas levé les yeux de son bouquin d'allemand, absorbé par sa lecture. Au moment où la sonnerie retentit, je laisse derrière moi Charlie et Ilyes pour me diriger vers mon cours de maths. J'arrive devant la salle en même temps que Faith. Elle est revenue me reparler après notre silence lors du laser game de la dernière fois.

Son teint pâle ne m'a pas échappé, mais malgré tout, elle me lance un doux sourire.

On s'assoit côte à côte, au fond de la salle, là où les lumières sont tamisées et n'agressent pas la rétine dès le matin. En s'asseyant, elle fourre directement son visage entre ses bras, sans sortir ses affaires de maths. Bizarre, pourtant, elle est toujours excitée à l'idée de faire des calculs, qui, pour ma part, me font éclater le peu de neurones qu'il me reste.

— Faith, ça va ?
— Super, répond-elle d'une voix étouffée entre ses bras, ce qui ne dit rien de bon.
— Tu es épuisée, tu as mal dormi ?

Elle sort sa tête de sa cachette et me lance un regard jugé, les sourcils froncés, agacée.

— Depuis quand tu parles le matin, toi ?
Son ton agressif me met mal à l'aise.
— Désolé d'être gentil, j'arrêterai la prochaine fois.
— C'est ça, répond-elle en retournant dans sa cachette, visiblement décidée à hiberner pendant cette heure de cours. Moi, je souffle et m'étale sur ma chaise, faisant semblant d'écouter le cours de M. Pythagore.

Après quelques minutes de silence, je décide de briser la glace.
— Tu sais, si jamais tu veux en parler, je suis là, lui murmuré-je doucement.

Elle lève les yeux de ses bras et me fixe sans dire un mot. Le reste du cours passe rapidement, la voix monotone du professeur endormant la moitié de la classe. Lorsque la sonnerie retentit, marquant la fin du cours, Faith émerge de sa cachette. Elle attrape son sac noir, sans me jeter un regard.

— À plus, le fumeur solitaire, murmure-t-elle en partant.
— Salut Faith.

Après avoir attrapé à mon tour mon sac, je me dirige vers le bureau de M. Roger. En quelques pas, j'atteins la porte et frappe faiblement avant d'entrer. Il est assis à son bureau, plongé dans des partitions de musique.

— Ah, Hayden, ravi que tu sois venu, dit-il en m'invitant à m'asseoir. Il continue :
— Comment ça se passe pour toi en ce moment ?
Pourquoi tout le monde me demande ça ?
— Ça va. Pourquoi voulais-tu me voir ?
— Alors, il fait une pause et me fixe toujours avec ses lunettes sur le haut de la tête. J'ai remarqué que tu manquais souvent mes cours. Est-ce qu'ils t'intéressent ? Tu sais, si tu veux changer, tu peux.

— Bien sûr, je l'arrête dans son monologue de prof désespéré. C'est juste que je ne trouve pas ma place dans cette classe. Ils se connaissent tous et moi, je viens d'arriver il n'y a pas longtemps.
— Je vais voir ce que je peux faire pour toi, Hayden. Il frotte mon genou en me souriant doucement. Est-ce que tout va bien à la maison ? J'ai appris, pour ton histoire familiale, que ça doit être compliqué pour toi.
— Tout va bien. Merci. C'est fini de toute façon, mon père est en prison pour longtemps.

Il me regarde dans les yeux. Je détourne le regard pour fixer mes pieds. Je ne sais pas pourquoi je lui dis tout ça. J'ai la tête qui va exploser.

— C'est pour ça que vous m'avez fait venir ? lui demandai-je.
— Non.

Il attrape une boîte de CD et me la tend. Je lis l'écriture noire fraîchement écrite par lui-même.

— Echoes of Emotion ?
— C'est une playlist que je t'ai concoctée. Ces musiques me font penser à toi.
— Pourquoi moi ?
— Tu me rappelles mon fils Alex. Il était comme toi, il ne parlait pas, traînait toujours dehors à fumer, voyait la vie en noir. Il est mort à 16 ans, il y a quatre ans.
— Je suis désolé de vous rappeler votre enfant.
— Ne t'excuse pas, Hayden, ne pense pas à ce que je t'ai dit, je n'aurais pas dû. Tâche juste de l'écouter, c'est important pour plus tard.

Quand la deuxième sonnerie retentit, je remarque que j'ai raté le début du cours de sciences. J'ai laissé M. Roger pour aller fumer

18

Les étoiles ne sont pas faites que pour briller.

Le soir venu, vers 21 h 30, pendant qu'Edward est parti travailler au restaurant, je décide de m'échapper un instant de chez nous. L'air dans cette chambre devient suffocant, lourd de pensées et de silence. J'avais besoin d'un peu d'espace, de m'éloigner de tout. Cette chambre me donne mal à la tête. Elle me rappelle trop de choses. Trop de voix, trop de regards, trop de non-dits.

La lune, un cercle argenté dans le ciel, éclairait faiblement le chemin devant moi, ses rayons filtraient à travers les arbres. Ils se dessinaient comme des ombres inquiétantes, mais quelque part, je savais que c'était la direction que je devais prendre. Mes pas se sont guidés instinctivement vers la vieille bâtisse abandonnée. C'était un lieu que je connaissais bien, un endroit qui m'offrait l'illusion de la solitude, loin des préoccupations du monde, loin de tout ce qui me fait mal.

À mon arrivée, je pensais être seul, moi aussi, perdu dans l'immensité du ciel étoilé. Cependant, mon cœur s'est serré en découvrant Faith, debout sur le rebord de la bâtisse. Elle semblait petite, fragile contre l'immensité du ciel. Les étoiles, telles de minuscules perles brillantes, se reflétaient dans ses yeux, mais surtout dans l'état d'âme qu'elles révélaient. Les larmes coulaient silencieusement sur ses joues, et son regard semblait perdu, se fixant dans l'infini, comme si tout ce qu'elle cherchait se trouvait là-haut, quelque part dans ces étoiles.

— Faith, murmuré-je doucement, ma voix presque emportée par le vent.
Elle n'a pas bougé.
— Ça va ?

Elle a cligné des yeux, comme si elle sortait lentement de sa transe, puis son regard se porte sur moi. Ses larmes brillaient sous la lueur de la lune, accentuant la douceur mélancolique de son visage. Elle secoue la tête, comme pour balayer la question, mais l'expression sur son visage en dit long. Elle ne va pas bien, mais elle ne veut pas le dire.

— Hayden, dit-elle faiblement, sa voix tremblante, mais pourtant, il y a un soulagement dans sa manière de prononcer mon nom.
— Descends de là, Faith, s'il te plaît. Au fond de moi, je voyais Éthane sur ce muret, dans cette posture, seul et désespéré espérant probablement que je le sauve, lui aussi.

Elle baisse les yeux, ses larmes se mêlant aux étoiles comme si elles aussi avaient décidé de pleurer pour elle. Je tends la main, hésitant un instant avant de l'attraper pour la faire descendre du muret. Lorsqu'elle pose enfin ses pieds sur le sol, un souffle lourd s'échappe de ses lèvres, un soupir lourd de tout ce qu'elle porte. Ses épaules s'alourdissent comme si tout le poids du monde venait se poser sur elle d'un coup.

— Tu sais, Faith, si tu veux me parler de quelque chose, tu peux. Je ne peux pas te juger, même si je voulais. Elle pose sa tête contre mon épaule, et pour un moment, c'est comme si le monde autour de nous n'existait plus. Je serre doucement sa main, mais je ne trouve pas les mots. Ils sont trop lourds.
— Ça va aller, ne t'inquiète pas. Elle chuchote, sa voix frêle comme une promesse fragile. Elle cherche à se rassurer, mais ce n'est pas encore suffisant.

Après un long silence, un silence lourd et presque suffocant, elle brise l'immobilité, les mots s'échappent d'elle, hésitants, tremblants.

— Dis-moi, Hayden, ça t'est déjà arrivé de penser que c'était comme fini pour toi ? Elle renifle. Son souffle est saccadé, elle essaie de retenir ses larmes, mais elles ne s'arrêtent pas.

— Ce n'est jamais fini, Faith, je lui réponds d'une voix plus ferme que je ne me sens.
— Comment tu le sais ? Elle relève la tête pour me regarder, mais il y a quelque chose de perdu dans son regard, quelque chose qui dit qu'elle a presque cessé de croire en ça.

Je la regarde dans les yeux, un peu perdu aussi. C'est facile de dire des mots, mais parfois, c'est une autre histoire de les vivre.
— Arrête de faire ça. Arrête de penser que tout est fini. De douter de toi, de ta place, de tout. Faith, si c'était vraiment fini pour toi, sinon tu serais déjà morte. Mais regarde, ton cœur bat toujours. Tu respiras encore, alors arrête de douter.
— J'ai peur d'être rien, Hayden. Elle murmure cela presque comme un secret, une peur qu'elle garde trop longtemps en elle.

Je pose une main sur son épaule, avec une fermeté que je ne savais même pas avoir.
— On finit toujours par être quelque chose, même si on ne sait pas encore quoi. Tu veux une clope ?

Elle acquiesce d'un petit mouvement de tête, alors je récupère mon paquet de cigarettes, mes doigts glissant lentement sur le carton froissé, comme si chaque geste faisait écho à ce que j'avais du mal à exprimer. J'allume mon briquet et laisse la flamme danser un instant, créant une petite lueur dans la nuit. Je le rapproche de ses lèvres, et elle tire une bouffée, le poison addictif remplissant l'air autour de nous. Un instant, on est juste là, tous les deux, avec la brume de la fumée qui s'élève.

— Merci. Elle murmure, les yeux fermés, le corps un peu plus détendu.

Je lève les yeux vers le ciel, observant les étoiles. Elles continuent de briller, immuables et éloignées, comme si elles nous regardaient depuis des siècles, indifférentes à nos souffrances.

Quand Faith est rentrée, il a commencé à pleuvoir. Des gouttes légères, presque timides, ont commencé à tomber. Elles traversaient mes cheveux, glissaient dans mon cou, tombaient sur mes bras et mes pieds, mouillant mes chaussures. Je me suis retrouvé là, à marcher dans la nuit, les panneaux lumineux des magasins floutés par la pluie. En passant devant une pharmacie, j'ai vu la date inscrite sur le panneau en néon. Une date marquée d'une manière que je ne pouvais ignorer. Je vais enfin pouvoir lire le carnet d'Éthane.

🎵🎵🎵

Je suis allongé sur mon lit, assis en tailleur, le carnet d'Éthane posé devant moi. Il est orné de stickers collés un peu partout : des smileys, des fleurs, des cœurs, des personnages inconnus. Ce carnet est comme une façade, un reflet de la joie de vivre qu'il montrait aux autres. Mais je sais, au fond, qu'il cache une toute autre réalité. L'intérieur ne va pas être si beau.

Je prends une grande inspiration, sentant la lourdeur du moment. Je retire l'élastique qui maintient le carnet fermé. La première de couverture est cachée par une enveloppe. Sur celle-ci, il est inscrit, d'une écriture frêle et reconnaissable : *Pour Hayden.*
Mes mains tremblent légèrement, un mélange de peur et de tristesse me saisissant. Mes yeux sont voilés par un tourbillon d'émotions : la peur de ce que je vais lire, la tristesse de savoir qu'il ne sera plus là pour me parler. Mais aussi une sorte de soulagement, peut-être, de découvrir ce qu'il a laissé pour moi. J'arrache délicatement le papier, et je découvre une lettre, remplie de petits dessins, comme un dernier adieu à la vie.

Je ferme les yeux un instant, prenant une dernière respiration. Puis je me mets à la lire. Chaque mot, chaque phrase, me traverse comme une lame. C'est tout Éthane. La dernière fois qu'il a parlé, à travers ses dessins, à travers ses mots. Mais à la fin de la lettre, je sens ma gorge se serrer.

Je serre la lettre contre moi, comme si cela pouvait me rapprocher de lui. Comme si, d'une manière ou d'une autre, il pouvait revenir. Mais il ne reviendra pas. Il n'est plus là. Chaque jour, j'espérais le revoir, ou même juste l'entendre. Mais il n'y a plus rien. La réalité me frappe avec une telle violence que je me sens presque m'effondrer. Mon corps tremble de plus en plus, et les sanglots déchirent ma gorge.

Les minutes s'étirent, interminables. Mon visage est trempé de larmes, chaque goutte brûlant ma peau. Elles me rappellent, avec cruauté, qu'il est vraiment parti. Je relis encore et encore la lettre, espérant peut-être que les mots changeront, que sa présence pourrait revenir. Mais rien ne se passe. Je suis seul avec cette douleur, seul avec la perte.
Je crie intérieurement, un cri silencieux qui ne trouve pas de sortie. Je me redresse brusquement, un cri de frustration et de douleur échappant de ma gorge. La lettre froissée repose sur mes cuisses. Je prends mon téléphone dans un geste automatique, cherchant à me changer les idées, mais la lumière ne s'allume même pas.

À toi,

Je ne sais pas vraiment par où commencer, ni ce que je dois dire. Mais je suppose que tu mérites au moins de savoir ce qui se passe dans ma tête, ce qui m'a poussé à arriver là. C'est peut-être égoïste, mais je veux que tu comprennes pourquoi j'ai fait ce choix, même si c'est difficile à expliquer.

J'ai essayé, vraiment. J'ai essayé de m'en sortir, de lutter contre cette tempête dans ma tête, mais je suis épuisé. Tu sais, ça ne se voit pas forcément, mais parfois, tout à l'intérieur de moi est en ruines, comme si chaque pensée, chaque souvenir, chaque sourire que je vois n'est qu'une illusion, une façade que je ne peux plus maintenir.

Tu sais, parfois je me demande pourquoi je n'ai pas simplement été "normal", pourquoi j'ai tout ressenti si intensément. Pourquoi tout semble plus lourd pour moi que pour les autres. Il y a des jours où tout est tellement plus facile, où je me dis que je vais m'en sortir, mais ces jours-là sont de plus en plus rares. Et quand ils viennent, ils sont trop courts pour me convaincre que les choses peuvent changer.

Je n'ai pas vraiment d'autre solution, même si ça sonne horrible. C'est comme si, chaque jour, je me réveillais dans un corps qui n'était pas le mien, vivant une vie qui ne m'appartient plus. J'ai essayé de parler, de me confier, mais à chaque fois, je me suis senti plus seul, comme si personne ne pouvait vraiment comprendre. Tu as probablement essayé, et je te suis reconnaissant pour cela, mais même ton amour n'est pas suffisant pour réparer ce que je ressens.

Peut-être que ça te fera mal, ou que tu seras en colère, et je suis vraiment désolé pour ça. Je sais que ce n'est pas juste, mais c'est la seule chose que je peux faire. Je ne veux pas être un fardeau pour toi. Je préfère disparaître. Si tu savais à quel point ça me déchire de penser à toi, à ta douleur, à ta déception… mais à côté de tout ce que je ressens, je n'ai pas la force de continuer à te voir souffrir à cause de moi.

Je t'en prie, ne pense pas que c'est de ta faute. Ce n'est pas toi. C'est moi, tout seul. Si tu pouvais juste comprendre que j'ai tout essayé, mais que je n'ai plus de force, peut-être que ça allégerait un peu la culpabilité que tu ressentiras, même si je sais que ça n'effacera rien.

J'espère que tu trouveras la paix, que tu vivras pleinement, sans regarder en arrière, sans porter le poids de ce que je fais maintenant. Je ne veux pas que tu sois prisonnier de mon ombre, même si je sais que c'est ce que tu feras. C'est une partie de moi que je ne pourrai jamais changer, et peut-être que tu ne me verras plus jamais de la même façon après ça.

Tu mérites mieux Hayden. Je te demande pardon, sincèrement.
Adieu,
Éthane, ton ange.

Lukas 23h44
On fête mon anniversaire samedi ça te dis ?

19

Ilyes le chieur de première

Je croque dans ma pomme, écoutant Noah me parler d'un nouveau groupe qui fait le buzz sur les réseaux sociaux, pendant que Charlie envoie des messages à Ilyes pour lui demander de se grouiller.

— C'est bon, je suis là ! Crie le brun, en arrivant en courant avant de s'arrêter en face de nous, à moitié essoufflé. Agacé, il commence sa phrase :
— Les gars, vous savez quoi ? Énorme teuf chez Lukas pour son anniversaire, et je ne suis même pas invité. Ce n'est pas juste. Qui a été invité ici ?

Tout le monde le regarde en silence, puis, à la vue de ma tête, Noah me demande :

— Hayden, tu as été invité à la fête de Lukas ?
— Oui, Lukas m'a invité. Mais il s'est peut-être trompé ?

Ilyes hausse un sourcil, visiblement un peu déconcerté.
— Attends, comment ça se fait qu'il t'ait invité et pas moi ?
Je hausse les épaules, sans vraiment de réponse. Ilyes soupire, un peu frustré.

— C'est bizarre.

Charlie reprend la conversation en posant son téléphone sur le banc.

— Il n'y a rien de bizarre, Ilyes. Il ne t'a juste pas invité. Tu es tellement chiant, je comprends qu'il ne veuille pas de toi à sa fête.
— Mais va te faire !

Il attrape son sac et s'éloigne d'un pas rapide vers le bâtiment de sciences.
— Ça, ce n'était pas gentil, remarque Noah.
— Oh, ça va, toi ! Il lève la main devant le visage de Noah, comme pour se défendre.

Ilyes prend son sac et part en courant rejoindre le brun. Noah, faussement choqué, me regarde comme s'il attendait un peu de soutien de ma part. Je hausse les épaules et lâche un petit rire en réponse. On part ensuite tous les deux rejoindre les garçons, de l'autre côté de la cour. Sur le chemin, j'aperçois Faith avec Marie. Elle me sourit et me fait un signe de la main.

Sachez qu'Ilyes est un être chiant et compliqué. Je pensais qu'il allait oublier cette histoire d'anniversaire, mais non. Il en a parlé toute la journée. J'ai fini par exploser en l'entendant se plaindre : « Moi, je l'invite à mes fêtes, mais monsieur pense que je ne suis pas important pour son anniversaire ! » « Nous, on l'a invité pour la sortie au laser game, il aurait pu faire pareil ! » « Il est égoïste, ce mec, quand même ! »

— Écoute, Ilyes, tu commences sérieusement à me saouler. Donc avant que je t'enferme dans le cagibi, tu vas m'écouter attentivement. Lukas m'a dit que la fête était plutôt décontractée et que tout le monde était bienvenu. Il n'y avait pas vraiment d'invitation formelle. Je mens.

Ilyes semble un peu surpris, mais il sourit en sautillant de bonheur.

— Mais fallait le dire plus tôt, tête d'œuf !
— Ne m'appelle pas tête d'œuf !
— Je rigole, Hayden ! Enfin, tête d'œuf !

Il éclate de rire en me voyant agacé. Quel chieur, ce mec. Noah enroule son bras autour de ma nuque en souriant pour le soutenir, mais malgré son sourire, ses yeux sont toujours éteints, comme si on lui avait volé son âme.

— Vous allez lui acheter quoi comme cadeau, vous ?
— Bah rien, on vient pour boire, pas souffler les bougies.
Ilyes me regarde comme si ma question était idiote.
— Moi, je lui achèterai un cadeau.

♪♪♪

En rentrant à 15 h, je croise Edward assis devant Lucifer. Il me salue et je m'assois à côté de lui, en grignotant quelques-unes de ses chips préférées.

— Woo, ne dévore pas tout, l'ado plein d'hormones, dit-il.
Je tousse dans mon poing pour camoufler mes mots.

— Shut. Il plaque sa main contre ma bouche pour écouter la réplique du personnage à la télé.
— Je peux te demander quelque chose ?
— Ferme-la.
— S'il te plaît ! Je le supplie. Il finit par soupirer et pose enfin son regard sur moi.
— Je t'écoute, H.

Il me sourit, la bouche pleine de particules de chips. On dirait un gamin. Sérieusement, dire qu'il a bientôt vingt-six ans.

— Je voudrais offrir quelque chose à quelqu'un pour son anniversaire, mais je ne sais pas quoi. Tu pourrais me donner une idée ?
— Oh, c'est qui ? Il roucoule en levant les sourcils.
— Personne.

Il insiste encore et encore, puis finit par lâcher l'affaire en voyant mon visage fermé.

— Ok, bah offre-lui un bracelet, c'est cool. Après, quel bracelet… je ne sais pas.
— Non, t'inquiète, je sais, merci.

Je me lève en courant pour enfiler mes pompes.

— Prends mon porte-monnaie. Je ne veux pas que tu utilises ton argent. Fais-le, s'il te plaît !
— Ok, merci Ed'.
— Avec plaisir. Il bâille et s'affale devant l'écran.

Je claque la porte et prends le vélo du blond pour me rendre à la bijouterie la plus proche. Je sais exactement ce que je veux.

20

Cette lune ne brille pas, désoler

En arrivant chez Lukas, l'ambiance était électrique et la piste de danse était déjà pleine de gens qui se déhanchaient au rythme de la musique. Il n'y avait pas autant de monde que je l'avais imaginé. Je m'attendais à des centaines de personnes, comme dans les films américains. On devait être une quarantaine, ce qui est déjà pas mal.

Lorsque j'ai aperçu Lukas, mon cœur a vibré. Il était accompagné d'un mec que je n'aurais jamais voulu revoir : Eric Hole.

Je pense à aller m'enfuir dans la cuisine pour boire un verre, mais au moment où je vois Lukas faire de grands gestes, je comprends qu'il n'est pas censé être ici.

— Qu'est-ce que tu fais là, Hole ? je lui demande en fronçant les sourcils.
— Wow Hayden, quelle belle surprise. Je parlais au charmant Lukas.
— Pourquoi tu n'es pas à Milwaukee ?
— Mon père habite ici.
— OK, tu peux te barrer maintenant ?

— Tu sors les crocs, tu vas faire quoi ? Me frapper à nouveau ?
— Si je le fais, tu vas encore faire une vidéo pour pleurer ?

Il lâche un ricanement mesquin. J'aperçois l'étonnement sur le visage de Lukas.

— Barre-toi avant que je finisse ce que j'avais commencé.

Mon ton est sec, rempli de dégoût envers lui. Quelle merde ce mec. Je n'ai jamais compris pourquoi tout le monde l'aimait. C'est un poison pour l'humanité.

— Du calme, Sawyer. Il fait un clin d'œil à Lukas.
— À plus, bébé ! Texte-moi et la prochaine fois, pense à m'inviter.
— JAMAIS CONNARD !

Je le vois s'engouffrer entre la vingtaine de personnes dans le salon et disparaître de ma vue.

— Merci.
— Avec plaisir.
— Je suis contente que tu sois venu.

Je souris à sa phrase.

— Tu veux voir l'endroit le plus cool que personne ne connaît ?

J'acquiesce d'un simple mouvement de tête, et il attrape doucement mon poignet pour m'entraîner avec lui vers l'escalier. C'est l'occasion idéale pour le regarder davantage. Il porte un pull rayé noir et blanc qui lui donne un air mignon, un pantalon noir qui met en valeur sa silhouette. Ses bottes, bien que malmenées par le temps, lui donnent un côté décontracté. Il marche un peu maladroitement, comme s'il était constamment sur le point de trébucher sur les lacets de ses bottes. Finalement, il m'entraîne dans sa chambre et ferme la porte derrière nous. Il tourne son regard vers moi, arborant un sourire chaleureux. Déstabilisé, je ne sais pas quoi lui dire, alors je zieute sa chambre d'un œil intéressé.

— Euh, ta chambre est cool.
— Espèce d'idiot, on s'en fout de ma piaule, on peut monter sur le toit ! J'ai pris de l'alcool et des clopes.
— Mais c'est ton anniversaire, tu devrais t'amuser avec les autres, non ?
— Je n'aime pas mon anniversaire. C'est Rowane qui a voulu le fêter, alors il se débrouille avec ce bordel, ce n'est pas mon problème !

Il grimpe sur l'échelle située vers sa bibliothèque et ouvre le velux qui mène au toit. Quand j'arrive, je suis complètement choqué par la vue et la décoration.
— Tu as carrément une mini terrasse sur ton toit.
— Et attends, tu n'as pas toute la vue !

Il appuie sur un bouton et une dizaine de lumières s'allument, rendant l'endroit intime. Il s'assoit sur le bord en fixant la lune. Je m'assois à mon tour à côté de lui.

— Elle brille beaucoup ce soir.
— Tu vas avoir quel âge ? je lui demande.
— Dix-neuf ans. Tu sais, quand j'étais gosse, je rêvais d'avoir plus de dix-huit ans et d'avoir cette liberté, mais maintenant que je vais les avoir, je crois que j'aurais préféré rester enfant.

Je hoche la tête, je le comprends totalement et regarde à mon tour la lune.

— Tu souffles à quelle heure tes bougies ?
— Je n'ai pas pris de gâteau. Il tousse en balançant ses jambes, puis les ramène à lui pour les croiser.
— Tu plaisantes ?

Il me sourit en déclinant d'un mouvement de la tête.

— Donc ton anniversaire se résume à boire et à ne pas avoir de cadeau ?
— Exactement ! Tu as tout compris ! Je hais les cadeaux.
— J'espère que tu vas quand même aimer le mien.
— Tu rigoles, j'espère ?

Je sors la petite boîte de la poche de ma veste et lui tends en rougissant doucement. Il lève les sourcils en faisant les gros yeux. Quand il l'ouvre, il a un petit sourire en voyant le bracelet argenté qui le rend encore plus craquant.

— Bon, cette lune-là, elle ne brille pas, désolé.
— Tu me l'attache ?

Quand je lui mets, il touche délicatement la petite lune décorée de pierres bleu foncé, comme si son toucher pouvait casser le bijou ou le faire disparaître.

— C'est vraiment gentil et touchant, Hayden.
— Je n'allais pas arriver les mains vides.
— Ce n'est pas ça, tu t'es rappelé que j'aimais la lune, c'est touchant.
— Oh.

Je fixe le vide en dessous de nous. Malheureusement, je ne peux pas profiter du moment avant que le téléphone de Lukas sonne, nous faisant sursauter. J'entends la voix du rouquin traverser l'appareil.

— Qu'est-ce que tu veux, Rowane !
— Il y a les potes de Hayden, tu ne m'as pas dit que tu avais invité Noah ! Je me serais mieux habillé !

Lukas me regarde, je deviens rouge. Je lui chuchote :
— Je leur ai peut-être dit de venir pour qu'Ilyes arrêtent de rager. Je leur ai dit qu'il n'y avait pas réellement d'invitation. Désolé.
La voix de Rowane surgit du téléphone :
— Quel débile celui-là ! Il râle en m'insultant.
— Rowane ! Gronde Lukas.
— Pardon. Bon, je le laisse chez toi ou je leur demande de se barrer ?
— Laisse-les rester ici, Rowane, merci.
Il me sourit pendant qu'il raccroche.
— Encore désolé.
Je me frotte la nuque, complètement gêné.
— Ne t'inquiète pas pour ça, trois de plus ou de moins, ça ne change pas grand-chose ! Puis, tu sais, Rowane se plaint, mais il est bien content que monsieur Biscoteaux soit là.
— Il l'aime ?
— Disons qu'ils sont en flirt depuis plusieurs mois.
— Oh.
— Bon, on s'en fout ! Nous, on va danser.
— Ah non, moi, je ne danse pas !

Il allume l'enceinte cachée derrière l'énorme pouf mauve et active la musique. Il commence à danser quand la voix d'Adèle commence à retentir ; on aurait dit un ange.

21
You think i'm crazy ?

« Nos cœurs sont des étoiles prêtes à déclencher une supernova. »

Je me suis réveillé confus, allongé sur ce matelas posé sur le toit. Les premières lueurs du jour glissaient doucement sur mon visage, et j'ai cligné des yeux, essayant de comprendre où j'étais. Puis la réalité m'a frappé comme un éclair. Lukas était allongé à côté de moi, dormant paisiblement. Son visage était à moitié avalé par l'oreiller, rien ne perturbait son sommeil. Ce n'était pas la première fois que je dormais à ses côtés, mais aujourd'hui, c'était tellement intime de partager ce moment si proche de lui que mon cœur battait à tout rompre. Au fil des minutes, je le regardais dormir, perdu dans mes pensées.

Les souvenirs de la soirée précédente sont revenus : les rires, les conversations, les étoiles dans le ciel. Mais pourquoi ai-je passé la nuit ici, à côté de Lukas ? Je ne me souviens pas d'avoir autant bu.

Je me suis levé avec précaution, essayant de ne pas le réveiller, et j'ai cherché une réponse à ma confusion. La maison était silencieuse, des corps alcoolisés étaient allongés sur le sol ou sur les canapés du salon.

Je me dirige vers la cuisine pour boire quelque chose, espérant qu'il y ait du jus de raisin. En ouvrant le frigo, je découvre un gâteau avec les mots « Happy Birthday Lukas ! » écrits dessus. L'illumination m'a frappé : nous avons fêté son anniversaire tard dans la soirée, et je m'étais endormi à ses côtés sur le toit.

Un sourire amusé a étiré mes lèvres. « Je n'ai pas pris de gâteau », quel menteur. Je sors le gâteau bleu et le pose sur le comptoir en marbre. J'attrape un briquet pour allumer les bougies plantées dans la crème du gâteau.

— Tu fais quoi là ?

Je sursaute, poussant un cri de surprise. Je lâche le briquet sur le sol, me tapant la main contre la poitrine. Je me tourne pour trouver Lukas, debout devant moi, en train de s'essuyer les yeux pour chasser les traces de son sommeil. Son pull tombe à moitié sur son épaule droite, laissant voir une trace de sa peau laiteuse. Il me regarde en souriant, mais quand son regard se pose sur le gâteau, son sourire s'éclipse.

— C'est toi qui l'as acheté ?
— Il était dans le frigo, je lui montre l'intérieur ouvert.
— Putain de Rowane.

Il souffle et va pour éteindre les bougies d'un coup de main. Je lui attrape le poignet, arrêtant son geste. Il me lance un regard noir.

— Souffle-les plutôt.
— Sans façon. Son ton sec me met mal à l'aise. À la base, je voulais juste boire du jus de raisin.
— Pourquoi ? Moi, j'aurais rêvé d'avoir un gâteau à mon anniversaire.
— Je n'aime pas ça. Alors arrête maintenant !

Je lâche son poignet, ne m'attendant pas à ce qu'il éclate le gâteau à coups de poing. Le gâteau bleu était désormais réduit en morceaux, une œuvre d'art éphémère réduite en débris sucrés et colorés. Lukas était furieux, ses poings serrés, laissant apparaître la tension qui émanait de lui. J'avais cette musique en tête, qui tournait en boucle.

Parce que je déteste vraiment être en sécurité
Les normaux, ils me font peur
Les fous, ils me font me sentir sain d'esprit
Je suis fou, bébé, je suis en colère
L'ami le plus fou que tu aies jamais eu
Tu penses que je suis psychopathe, tu penses que je suis parti

Il prend une profonde inspiration, tentant de se calmer, puis il souffle finalement sur les bougies, les éteignant d'un souffle puissant. Les flammes dansaient un instant avant de s'éteindre à jamais. Je m'approche doucement de lui.

— Lukas, je suis désolé. Je pensais vraiment que tu voudrais le gâteau, sinon je l'aurais jeté.

Il me regarde, son regard pénétrant me laissant toujours aussi troublé, comme s'il pouvait jouer avec mon cœur en un simple regard.

— Ce n'est pas le gâteau, Hayden. C'est… une longue histoire. Rowane n'aurait pas dû le laisser ici. Ce n'est pas ta faute.

Le silence tombe entre nous, pesant, comme les miettes du gâteau brisé. J'ai fait glisser mon doigt entre le glaçage et les restes du gâteau. J'ai goûté sous ses yeux, lui lançant un regard de défi.

— Dommage que tu l'aies éclaté, il était plutôt bon.
— Idiot. Il lâche un rire triste.
— Allez, va me chercher de quoi nettoyer.
— Merci, Hayden. Il part pour revenir avec un chiffon et des produits de nettoyage.
— Je t'en prie. Je lui fais un clin d'œil et nous nous mettons au travail.

Je suis parti avant que les autres ne se réveillent. Mon téléphone était à plat, la batterie avait lâché, donc je suis rentré dans le calme, sans musique pour accompagner mes pensées. En rentrant, j'ai vu mon frère avachir sur le canapé, la bouche légèrement ouverte. Cookie a aboyé en me sautant dessus, réveillant Edward au passage.

— Cookie, silence ! Il grogne à moitié endormi.
— Désolé, Edward, c'est ma faute. Il bâille et éteint la télé, qui affichait un programme téléachat.
— Tu n'étais pas là, toi ? Il ouvre un œil, grognon.
— Bah non, je suis resté à l'anniversaire de mon pote.
— Ah, je n'ai pas remarqué.
— Bon, je vais me préparer. Tu sais où sont les CV qu'on a faits avant-hier ?

Il me désigne la cuisine. Je le remercie et, avant d'aller dans ma chambre chercher des vêtements et me diriger vers la douche, il m'arrête.

— Un jour, si tu as le temps, passe dans le garage, il y a un truc pour toi.
— Euh, ok, j'y penserai. À plus.
— À plus, gamin.

Lukas 9 h 20
T'as oublié ton pull, ;) tu voulais me laisser un souvenir de toi ?

Moi 9 h 45
Les rêves, c'est la nuit, Anderson.

Lukas 9 h 47

J'ai ignoré ce message et je suis sorti de la maison. J'ai emprunté ce petit chemin, qui me fascinait le jour, mais me terrifiait la nuit. Les feuilles mortes jonchaient le sol, humides et glissantes sous mes pieds à cause de la rosée. Les arbres autour de moi étaient dénudés, et les oiseaux commençaient à chanter. Je me suis dirigé vers le café « Bruno », coincé entre deux magasins de vêtements luxueux. Dès que je suis entré, j'ai repéré Noah derrière le comptoir, à servir de la bière aux vieux messieurs qui n'avaient que ça à faire, boire. Son visage creusé laissait entrevoir un léger sourire mécanique, mais il faisait semblant d'aller bien.

— Salut, Noah, je dis en m'asseyant sur le grand tabouret en face de lui.
— Ça va ? Il me regarde avec un sourire forcé. Ses lèvres finissent par craquer.
— Oui, tout va bien, merci. Tu as trouvé un travail ?
— Pas encore, mais j'ai quelques bonnes pistes.
— Cool, tu veux un café noir, j'imagine ?

J'acquiesce et, quand il me sert, je l'observe un peu plus attentivement. Ses mains semblent légèrement trembler, comme si elles étaient fatiguées, mais il reste précis dans ses gestes. Son visage paraît plus fatigué que d'habitude, avec des cernes sous les yeux. Il évite mon regard, comme s'il n'avait pas envie de discuter, mais je ne peux m'empêcher de remarquer qu'il semble épuisé, comme si quelque chose le préoccupait. Ses cheveux sont un peu en désordre, et il paraît vraiment crevé.

Avant de partir, je lui laisse un pourboire et un mot.

> "Parfois, le silence est la manière la plus bruyante de dire que quelque chose ne va pas."
> Derrière ton sourire je vois t'es larmes Noah.
> Parle.
> H

22
Musique et tatouage

17 décembre 2017

Je n'aurais jamais pensé que ça allait arriver. Lukas et moi, ensemble pour jouer de la musique ? Je n'arrivais pas à y croire. Mon cœur battait un peu trop fort chaque fois que je me retrouvais près de lui, et ça me faisait peur. Plus je passais de temps avec lui, plus je sentais mon cœur s'emballer, et je détestais ça. C'était trop. Je savais que moins j'étais près de lui, mieux je me porterais. Mais voilà, Monsieur Roger avait décidé de nous mettre ensemble sans me demander mon avis. Depuis sa soirée d'anniversaire, il était tout le temps dans mes pensées. On parlait peu, mais je n'avais pas besoin de l'entendre pour être obsédé par lui. Il avait ce truc qui me faisait fondre à chaque fois que je posais les yeux sur lui. C'était comme s'il possédait une sorte de magie invisible, et je n'étais pas le seul à le ressentir.

Ce matin-là, je me suis retrouvé assis à côté de Lukas, mon regard fixé sur la partition posée devant nous. J'essayais de me concentrer dessus, de me concentrer sur la musique plutôt que de fixer bêtement Lukas. Mais c'était difficile. Ses doigts effleuraient les touches du piano avec une grâce qui me troublait, et à chaque note, je sentais mon cœur réagir comme s'il se raccrochait à chaque vibration. Lukas avait l'air aussi gêné que moi. Nos regards se sont croisés brièvement, mais il a rapidement détourné les yeux, un peu gêné. La situation était tellement maladroite.

Monsieur Roger, avec son sourire en coin, nous a donné une partition d'une chanson de Sam Smith, « Fire on Fire ». C'était une chanson que j'aimais vraiment, et j'étais excité à l'idée de la jouer. Mais au fond, je savais que ça allait être plus difficile que prévu, avec lui juste à côté.

— On se retrouve chez toi ou chez moi ? me demanda-t-il avant que la cloche de fin de cours ne sonne.
— Chez toi, envoie-moi le jour et l'heure que tu veux à plus, Anderson, répondis-je, en essayant de cacher l'anxiété dans ma voix.

J'attrape ma feuille et la fourre dans mon sac, prêt à fuir pour prendre une cigarette. Mais avant que je puisse m'échapper, Monsieur Roger m'arrête dans mon élan.

— Hayden, ton binôme ne te plaît pas ? Tu as l'air distant avec Lukas, il me dit avec un air un peu déçu.
— Si, monsieur, vous avez bien fait. J'ai juste besoin d'une cigarette.
— Eh bien, Hayden, tu sais ce qu'on dit : « La musique, c'est la meilleure fumée, alors pourquoi chercher ailleurs

? » Il me sourit de façon ironique, mais je comprends qu'il n'est pas sérieux.
— Prof, sérieusement, j'ai franchement besoin de ma pause cigarette. La musique peut attendre quelques minutes, non ?

Il pose sa main sur son cœur, faussement choqué par ma réponse.

— Allez, disparais de ma vue, Sawyer ! me dit-il en riant.
— Merci, Martin ! lui réponds-je, un sourire en coin.

Je claque la porte de la salle de classe, un peu soulagé. Mais à peine dehors, je repère Ilyes, posé sur un banc près de la sortie. J'étais surpris de ne pas le voir avec un joint entre les lèvres comme d'habitude.

— Salut, le beau gosse ! lui dis-je en me dirigeant vers lui.
— Salut, le Portugais. Où sont Noah et Charlie ? Il me regarde de son air détendu.
Charlie est en cours, et Noah n'est toujours pas là.
— T'as déjà fumé ? lui demandai-je, curieux.
— Plus tard, je vais me faire tatouer avant. Tu veux venir avec moi ?

Rater un cours ? Bien sûr.
— Carrément.

Il attrape son sac violet brodé de partout, une vraie œuvre d'art, et saute du banc tatoué de graffitis. Ses bottes martèlent le sol trempé. Je suis à ses côtés, écoutant ses histoires sur la prochaine pièce de théâtre dans laquelle il va jouer, mais ma tête est ailleurs. Je me perds dans les paysages d'hiver autour de nous. Les arbres nus, la route encore mouillée de la pluie, les feuilles mortes qui s'amoncellent un peu partout. Bref, c'était l'hiver.

♩ ♩ ♩

Le salon de tatouage est vraiment stylé. Les murs sont couverts de dessins, des croquis, des œuvres d'art en tout genre. Un endroit où chaque coin semble vibrer de créativité. Un mec, assis derrière un bureau, pose son crayon quand il nous voit arriver.

— Salut, Ilyes, un nouveau tatouage en vue ? demande le tatoueur, un gars aux bras tatoués jusqu'au cou, ses cheveux rasés avec une petite touche de style.
— Ouais, Joe. Il jette son sac sur un siège, comme s'il était chez lui, et s'assoit sans cérémonie.

Puis Joe me regarde, un sourire amusé sur le visage.
— Et toi aussi, le ténébreux ?

Ilyes me fixe en souriant, un regard complice. J'ai toujours voulu un tatouage, mais je n'ai jamais osé. Là, avec Ilyes, l'idée m'envahit et je n'hésite plus.

— Qui commence ? demande Joe.

Ilyes prend place sur la chaise, enlevant son pull vert kaki. Je découvre ses bras couverts de tatouages, certains anciens, d'autres plus récents. Il tend son bras, et le tatoueur place le dessin sur sa peau. L'encre transfère sur sa peau, et je regarde avec admiration.

— « Lost souls also dream of love. »
Les âmes perdues rêvent aussi d'amour.

Le tatoueur me fait signe de m'asseoir à son tour. Il enfile ses gants en latex, et je suis là, nerveux, mais excité. L'aiguille perce ma peau, et je sens une chaleur envahir mes veines. C'est comme si l'encre venait faire partie de moi. Chaque mouvement de l'aiguille est précis, chaque coup me rapproche un peu plus de ce que je veux être.

Une fois le travail fini, je fixe mon bras, qui saigne légèrement. Les fines étoiles autour de la phrase brillent sous la lumière. C'est parfait. Je souris en touchant la peau encore rouge.
— « I just want you to know who I am.»
Je veux juste que tu saches qui je suis.

Ilyes, de son côté, se fait refaire un de ses anciens tatouages, et il semble totalement détendu. C'est comme si l'aiguille était devenue sa vieille amie, une complice avec laquelle il passe du bon temps.

Je me perds dans l'observation des dessins accrochés aux murs. Des dragons, des crânes, des roses, des symboles mystiques. Et au fond de la salle, je remarque un type. Un grand chauve, couvert de tatouages qui descendent jusque dans son cou. Sa peau est un mandala géant, une véritable œuvre d'art en elle-même. Il me scrute, un sourcil levé.

— Tu t'es perdu, gamin ? me demande-t-il d'un ton taquin.

Je le fixe, intrigué, les sourcils froncés.

— Non, je rétorque, l'air un peu défiant.

Il sourit, son œil blanc clignote légèrement.

— T'es le frère d'Ed, non ? J'ai vu une photos de toi dans son téléphone.
— oui, et ? je plissai les yeux
— ton père est en taule si je ne me trompe pas. déclara-t-il, un brin de compassion dans le regard.

— comment tu sais ça ? répliquai-je, la défensive dans la voix.
— Qui ne sait pas que George Sawyer a tuer quelque ici ? Personne.
— Je ne suis pas mon père.
— Je me doute que tu tiens plus d'Ed que de ton père.

Mais d'où tu connais mon frère ?

— Il a bossé dans le club de mon pote, me dit-il, en haussant les épaules. Il faisait de la danse là-bas.

— Un club ? m'étonne-je.

— Ouais, bah il pratiquait la danse là-bas. Un endroit pour les gars qui cherchent à vivre un peu. C'est pas un club comme les autres, mais ça aide à survivre.

Je suis stupéfait.

— Attends, il est strip-teaseur ? m'écriai-je, les yeux écarquillés. Tu plaisantes ?

— Il faut vivre, Hayden. Surtout dans ce monde-là, un soupir lourd s'échappe de ses lèvres.

Je veux répondre, mais Ilyes m'interrompt en m'appelant.

— Hayden, tu viens, j'ai payé pour ton tatouage ! Il a l'air pressé.

J'hoche la tête en reculant attrapant mes affaires au passage. En partant, je remercie Joe et ferme la porte du salon.
Ilyes m'attend dehors, adosser contre le mur puis il me tire par le bras pour me ralentir quand je pars devant lui sans faire attention si il me suivait.

— Tu as parlé avec Hank ? je m'arrête devant lui.
— Ilyes, sois vrai avec moi. Est-ce que tout le monde connaît ce qu'a fait mon père ici ? Il a mordillé sa lèvre inférieure en acquiesçant.
— C'est passé partout, Hayden.
— Pourquoi tu ne me l'as pas dit ?
— Tu aurais accepté d'être mon ami si j'étais venu en te connaissant par ton père ?
— Non, tu as raison.
— Je suis désolé pour ce qui t'est arrivé, Hayden.
— Tout va bien, on va fumer ? Je lui demande, voulant arrêter cette discussion au plus vite, pendant qu'on change de trottoir.
— J'te suis. Il sourit puis fixe un message sur son téléphone en traversant.
Mais avant qu'il arrive de l'autre côté de la route, un énorme camion arrive à toute allure.

23
Bonne weed

— ILYES !

Je cours pour lui attraper le bras et le tirer vers moi. Les phares du camion me brûlent les yeux, le bruit du klaxon me fait sursauter. Tout semble se passer au ralenti. Nos pieds glissent sur l'asphalte, le camion file droit devant nous, et puis… on tombe. Le sol se rapproche bien trop vite. On finit par atterrir sur le trottoir, juste à temps, alors que le conducteur nous crie des insultes en passant. Je regarde Ilyes s'allonger là, sur le sol, et j'entends son rire.

— Putain, pourquoi tu ris ? Tu aurais pu crever et tu m'aurais fait crever aussi ! L'angoisse me fait trembler, mais l'adrénaline… elle me fait bizarrement du bien.

Il rit toujours, comme si tout ça n'était qu'un jeu.

— C'est ça, la vie, Hayden, ressentir que tu es vivant à chaque instant. Il pose sa main sur mon cœur qui bat à mille à l'heure, comme s'il mesurait la vitesse de l'impact. Puis il se relève et me tend la main pour m'aider à me lever.

— Tu es fou, ma parole. Je ris nerveusement, un peu gêné.
— Heureusement que je le suis. Allez, viens, on va sur le toit de chez moi.

Sans attendre ma réponse, il sprinte en me criant de le suivre. Ma flemme et moi, on se met à le poursuivre, mais à contrecœur. C'est pendant cette course folle que je me dis que je devrais vraiment me remettre au sport. Avant de monter sur son toit, il me fait entrer chez lui, direction sa chambre.

— Ta mère est là ? je demande en levant les yeux vers lui.
— Non, elle est partie voir mon père à Porto pour deux semaines. J'ai la maison pour moi tout seul, dit-il avec un sourire qui cache bien des choses.
— C'est cool, mais tu passes ta vie dans le garage, non ?
— Ouais, j'ai tout ce dont j'ai besoin en bas, je n'aime pas trop traîner en haut, me répond-il en haussant les épaules.

On descend les escaliers en silence. Il fouille dans des tiroirs pendant que j'examine sa chambre. Des livres éparpillés, des vêtements qui traînent un peu partout, une batterie dans un coin, des posters sur les murs, et des centaines de dessins, des œuvres colorées accrochées partout. Un univers à lui tout seul. Curieux, je jette un œil dans son tiroir et j'aurais préféré ne jamais y mettre les yeux.

— Tu as tout ça de drogue ? je murmure, stupéfait en voyant la collection qu'il a.
— Ouais, il dit avec un air détaché. Méthamphétamine, ecstasy, LSD, GHB, kétamine, héroïne, j'ai tout ce que tu veux.
— Tu vas prendre quoi ? je demande, la gorge un peu serrée.

— Juste de la weed, t'inquiète, répond-il en allumant un joint.
— Mais tu n'as pas peur de passer de l'autre côté avec ça ?

Il éclate de rire, ses yeux pétillants d'une lueur que je n'arrive pas à saisir.

— C'est ça qui est marrant, Hayden. Puis ça me fait oublier, avec ça j'ai plus mal au cœur.
— Il faut que tu arrêtes, ce n'est pas bon.
— Arrête de jouer les mamans, je n'ai pas besoin de tes conseils, Hayden, tu peux te les garder. Allez, viens, on va fumer, il ajoute en me tendant le joint.
À ce moment-là, je n'ai plus envie de fumer, j'ai cette boule au ventre. J'ai peur pour lui, peur qu'il joue trop près du feu et qu'il finisse par se brûler. Mais comme par automatisme, je le suis. On grimpe une échelle et on se

retrouve sur le toit. Il allume son joint et moi, une simple cigarette.

— Comment t'as commencé à prendre ça ? je lui demande en pointant la weed du menton.

Il prend une taffe et la souffle dans l'air, ses yeux fixant l'horizon comme s'il cherchait quelque chose au loin.

— Au collège. Mon frère venait d'être incarcéré et à la maison, c'était l'horreur. Mon père a foutu le camp au Portugal, alors quand on m'a dit qu'avec ça tout irait mieux, j'y ai cru. Il tire une autre taffe, puis me regarde, une lueur de nostalgie dans le regard.

— Tu sais… Il s'arrête un instant. Laisse tomber, c'est complètement débile.
— Ilyes, je ne vais pas te juger. Je me tourne pour le regarder.
— Je n'arrive pas à aller au-dessus à cause de lui. Et quand je suis seul, j'ai toujours peur de le revoir assis sur le canapé. Mon père n'a jamais supporté cette histoire, comme si c'était ma faute.
— Alors que ça ne l'est pas. Je le rassure. Tu sais, Ilyes, ce n'est pas la drogue qui te sauvera.
— Et toi avec ton père ? C'était comment ?
— C'était comme avec un alcoolique qui se morfond dans la colère.

Il garde le silence un moment, les yeux perdus dans la nuit, comme s'il avait besoin d'encaisser mes mots.

— Il t'a déjà frappé ? Il me demande en allongeant ses jambes, l'air presque désinvolte.
— Ouais, mais bon, ce n'est pas si grave.
— N'importe quoi, c'est super grave. Hayden, tu es dans le déni. Il râle, un peu frustré.
— C'est du passé, je réponds en haussant les épaules.
— Un jour, ton passé va te sauter à la figure. Arrête de l'engouffrer au fond de toi, le passé détruit plus qu'il fortifie, crois-moi, me dit-il d'un ton plus sérieux.

Je reste là, silencieux, à regarder devant nous, à contempler les feuilles mortes des arbres qui dansent sur le sol à cause du vent. Il ne parle plus non plus, profitant de ce moment où il oublie sa propre vie.

24
Fuir

Quand je suis rentré, Lode et Kyle étaient assis sur le canapé, une bière à la main. Ils fixaient attentivement l'énorme télé où se diffusait un match de rugby. Kyle avait un coquard à l'œil et Lode des points de suture à la lèvre. Quand je retire mes chaussures et que je les jette dans un coin de la pièce, ils se tournent vers moi.

— Où est mon frère ?
— Salle de bain, répondent-ils d'une voix monotone, répétant la même phrase.

Je me suis douté qu'il devait être dans le même état qu'eux, mais je m'en fichais : ce n'était pas la première fois qu'Ed rentrait avec le visage défiguré. Je me retrouve devant l'énorme porte blanche et frappe trois coups. Quand il a ouvert, j'ai eu un haut-le-cœur : c'était pire que ce que je pensais.

— Putain. Il t'est arrivé quoi ?
— Ça ne te regarde pas, Hayden. Va faire tes devoirs. Il crache en voulant me refermer la porte au nez.
— Avant, j'ai une question. J'avais ce besoin de le chercher, de le connaître réellement, car finalement, était-il vraiment ce qu'il me montrait ?
— Je t'écoute ?

— Tu gagnes combien en te trémoussant sur une barre ? Ma voix impossible le fait ouvrir grand la porte.
— Qu'est-ce que tu me racontes, Hayden ? Il attrape un coton et se tourne le dos pour ajouter du désinfectant. J'aperçois son regard fixé sur moi dans le miroir.
— Arrête de me mentir, avoue-le, tu ne travailles pas dans un restaurant, pas vrai ?
— Comment tu sais ça ?
— Hank. Je me fichais de dire son nom à ce satané crocodile.
— Qu'est-ce que tu foutais avec Hank, toi ? Son regard colérique ne m'annonce rien de bon.
— Je l'ai croisé, mentais-je.

Il désinfecte sa joue avec son coton plein de sang.

— Mais du coup, tu es gay ?
— Quel est le rapport ?
— Tu ne te balades pas sur une barre pour des femmes, à mon avis. Je lui souris, mais lui, bizarrement, ne me sourit pas.
— Je suis bi, à vrai dire.
— Tu as toujours menti alors.
— Mais de quoi tu te mêles ? Là, je l'énerve.
— Papa m'a toujours détesté parce que je n'étais pas hétérosexuel comme toi, mais en fait, tu te tapes des mecs !
— Je n'y peux rien si papa ne t'aime pas, Hayden. Ne remets pas la faute sur moi !

— Tu m'as laissé, Edward, alors qu'au fond de toi, tu savais ce qui allait se passer.
— Je n'avais personne, Hayden. Ma mère était morte et papa perdait la tête. Tu t'en sors plutôt bien. Tu étais avec Éthane et ses parents, c'était parfait.
— Putain, je me suis tellement détesté de ne pas être comme toi, mais on est pareil. Comment tu oses me dire que c'était parfait alors que je me faisais battre ? Tu n'es qu'un connard, Edward.

Il m'a giflé. Sa main a frappé violemment le côté gauche de mon visage.
J'ai vu ses larmes couler sur ses joues. Instinctivement, je me suis protégé en me recroquevillant entre mes bras. Ma joue brûle encore de douleur. Je l'ai regardé, paniqué. Il a tenté de s'approcher de moi, mais j'ai reculé.

— Je ne suis pas un connard, Hayden. J'ai juste voulu me sauver.
Il a essayé de toucher mon visage avec sa main qui m'avait frappé.
— Ne me touche pas. Je recule, crachant ma rage en faisant tomber des objets par terre, les laissant se casser derrière moi.
— Tu es puni de sortie, Hayden !

Je rentre dans ma chambre et crie :

— J'en ai rien à foutre !

🎵🎵🎵

Ce soir-là, j'ai attendu qu'il parte pour enfin pouvoir m'échapper. J'ai attrapé mon sac de sport, y ai mis quelques affaires, le carnet d'Éthane, mes écouteurs et une trousse de toilette. Pour éviter de déclencher l'alarme qu'il avait récemment installée sur la porte d'entrée après m'avoir surpris en train de sortir discrètement, j'ai sauté par la fenêtre.

Soudainement, je me souviens des paroles d'Edward. En me rendant dans le garage, je découvre une moto rouge et noire. Un post-it est collé sur le siège en cuir.

Je m'assois sur la moto et me souviens de la première fois où j'en ai fait : c'était un cadeau de Léo qui m'a payé mon permis moto, car Éthane ne voulait pas le passer, ça ne l'intéressait pas. Il se disputait beaucoup avec son père à cause de ça. Éthane n'était pas comme Léo voulait qu'il le soit.

Le vent frais de la nuit caresse mon visage lorsque je démarre. Les lumières des lampadaires passent rapidement, créant un kaléidoscope de formes et de couleurs. Je me retrouve là, devant chez lui, sans vraiment savoir pourquoi.

Moi 22 h 45
T'es debout ?

Lukas 22 h 46
Oui ?

Moi 22 h 47
Ouvre ta fenêtre.

Il émerge lentement de la grande fenêtre, sa tête se penchant pour regarder dans ma direction. Lorsqu'il m'a finalement aperçu, son visage arborait une expression d'étonnement, comme s'il n'avait pas prévu de me voir là.

— Je vais t'ouvrir la porte d'entrée, mes parents rentrent dans pas longtemps. Dépêche-toi.
— Merci.

Je pose ma moto dans le jardin de ses parents et ferme le portail derrière moi. Il n'y a aucun bruit, sauf celui de mes pas dans les cailloux.

— C'est bien parce que c'est toi, râle-t-il.

Il m'a souri en ouvrant la porte. Je l'ai fixé, les yeux étonnés et rieurs. Quand il se rend compte, il devient rouge et me claque la porte au nez. Je l'entends murmurer des insultes contre lui-même.

— Allez, ouvre-moi la porte, il est mignon ton pyjama Spider-Man. J'éclate de rire en me posant contre la porte.
— Va te faire, Sawyer.

Je pousse la porte et entre dans l'immense entrée. Ses mains cachent son visage rouge d'embarras. Il est vraiment à couper le souffle, même dans un simple pyjama pour enfant. J'enlève mes chaussures par respect pour la personne qui fait le ménage et mon manteau. Je vais pour parler, mais il me coupe avant que je commence :

— On va sur le toit ?

J'acquiesce et le suis. Il marche vite, comme s'il voulait que j'oublie son pyjama, il me fuit complètement ; j'avoue que c'est assez mignon. Quand j'arrive dans sa grande chambre, il mordille ses ongles déjà bien rongés.
— Monte sur le toit, je vais me changer.
— Lukas, tu n'as pas à te changer pour moi. Si ça peut te rassurer, j'ai un pull Batman chez moi.

Il sourit, ses cheveux cachant la moitié de son visage. Mais je l'écoute et grimpe sur l'échelle en fer décorée de plantes artificielles. Là-haut, la nuit est claire et les étoiles scintillent dans le ciel. Lukas me rejoint quelques instants plus tard, mais il semble gêné, essayant de dissimuler son pyjama Spider-Man sous un vieux pull. Je

ne peux m'empêcher de rire en le voyant agir ainsi. Lui qui a l'air toujours sûr de lui, le voilà gêné devant un mec comme moi.
— Lukas, tu n'as pas besoin de cacher ton pyjama, il est vraiment génial, ce n'est pas une blague.
Il soupire de soulagement et laisse échapper un petit sourire.
— J'avoue que je l'aime bien, mais je pensais que tu me jugerais. Ma mère a soufflé la fois où je l'ai mis.

Nous nous asseyons côte à côte, nos jambes pendantes du toit. La ville s'étend devant nous. J'entends le bruit du bracelet que je lui ai offert en essayant de couvrir le silence ; c'est vrai qu'il déteste ça.

— Pourquoi tu es là, Hayden ?
— Je passais par là et je me suis dit pourquoi ne pas aller réveiller Anderson pour le faire chier ?
— Arrête de mentir, vieille tête. Tu peux tout me dire, je ne te jugerai pas.
— J'ai juste envie de fuir.
— Fuir chez moi, ce n'est pas le meilleur plan, tu sais ?
Il rit en couvrant son sourire.
— Bah, fuis avec moi alors.

Je peignais un tableau
I was painting a picture
La photo était une peinture de toi
The picture was a painting of you

Et pendant un instant j'ai cru que tu étais là
And for a moment I thought you were here
Mais là encore, ce n'était pas vrai, dah
But then again, it wasn't true, dah
Et pendant tout ce temps, j'ai menti
And all this time I have been lyin'
Oh, je me mens en secret
Oh, lyin' in secret to myself
J'ai mis le chagrin à l'endroit le plus éloigné de mon étagère
I've been putting sorrow on the farthest place on my shelf
Et je courais très loin
And I was runnin' far away
Est-ce que je fuirais le monde un jour ?
Would I run off the world someday?
Personne ne sait, personne ne sait
Nobody knows, nobody knows

Runaway : Aurora

25
Il m'a laissé conscient

Il est minuit passé. Lukas est en train de me faire une place dans son lit. Il claque l'oreiller pour le remettre à sa forme initiale. J'ai d'ailleurs remarqué mon pull, que j'avais oublié la dernière fois, à moitié englouti sous son oreiller.

— Tu peux te mettre à l'aise, tu ne vas pas dormir en jean. Tu veux un pantalon de pyjama ? J'en ai un Hulk si tu veux.

Je lâche un rire après sa phrase pendant qu'il s'amuse à me montrer sa collection de pyjamas bon marché en souriant.

— Je ne veux pas être méchant, mais je ne pense pas rentrer dans tes pantalons de pyjama, Lukas.

Il regarde ses petites jambes fines cachées sous son large pantalon en coton. Lukas sourit et hoche la tête.

— Tu as raison, mes pantalons de pyjama sont un peu… serrés pour toi.
— Ne t'inquiète pas, j'ai mon sac.

— Tu as donc tout prévu à ce que je vois ! Il lève les sourcils et j'éclate de rire en sortant un jogging noir et un pull de mon sac. Bizarrement, je me sens un peu gêné d'être en pyjama chez Lukas.
— Merci, pour tout ça. Je sais que c'est un peu bizarre de débarquer chez toi à cette heure-ci.

Lukas secoue la tête.

— Non, ne t'inquiète pas. C'est sympa d'avoir de la compagnie, et puis on peut discuter un peu plus. Tu veux quelque chose à boire ou à manger ?
— Non, ça va. Je suis bien comme ça.

Nous nous allongeons dans son lit, face au plafond, chacun perdu dans ses pensées. C'est étrange de réaliser à quel point on peut se rapprocher de quelqu'un en si peu de temps. Je me demande si lui aussi, il connaît l'histoire de mon père.

— Lukas ? Je regarde les étoiles phosphorescentes collées au-dessus de nous.
— Hum ?
— Toi aussi, tu connais l'histoire de mon père ?
— Euh non, pourquoi cette question ?

Je me suis relevé sur mon coude droit pour le regarder. Il a les yeux fermés, les mains croisées sur le ventre. On dirait un pharaon dans son sarcophage.

— Aujourd'hui, Ilyes m'a avoué que tout le monde me connaissait à cause de Georges.
— Georges ?
— Mon père, il a déjà tué quelqu'un ici. Tu n'en as pas entendu parler ?
— Je suis désolé, ma famille déteste écouter les histoires de dehors. Mais du coup, tu es le fils d'un criminel ? Ses yeux se sont ouverts, puis écarquillés. J'aurais dû me taire finalement.
— Je suis le fils de personne. Je murmure dans la barbe inexistante.
— Je suis désolé, Hayden. Il me chuchote doucement.
— Laisse tomber. Je soupire.

Je me laisse tomber sur le dos en enfouissant mes mains dans la poche de mon sweat gris.

— J'ai l'impression qu'on a toujours des criminels près de chez nous. Il lâche.
— Qu'est-ce que tu veux dire ? Je tourne ma tête vers lui.
— Tu sais, le frère d'Éric, bah lui aussi, il a tué.
— Le frère d'Éric Hole, Marc ? Il a tué qui ?
— Il m'a tué. Dit-il impassible.
— Tu plaisantes ? À ce que je sache, je ne parle pas au mort.
— Il m'a violé, Hayden. Il m'a tué en me laissant conscient. J'avale de travers ma salive.

J'ai réussi à entendre son cœur hurler, je me suis retourné pour le voir me détailler. Il a mordu sa lèvre inférieure et a fait bouger son poignet pour entendre le bruit de son bracelet. J'ai attrapé son poignet doucement. Il m'a regardé, ses yeux étaient éteints, mais je suis sûr d'y voir une flamme danser à l'intérieur.

— Je suis désolé, c'est vraiment horrible. Je ne peux pas imaginer ce que tu as vécu, mais je te crois. Tu es tellement fort. Je ne sais pas comment tu peux encore parler à l'autre con d'Éric.
— Éric n'y est pour rien. Mais sa famille a toujours défendu son frère, j'imagine que c'est normal.
— Non, ce n'est pas normal, mais il est où Marc maintenant ?
— Je ne sais pas réellement, la justice n'a pas fait grand-chose. La famille Hole est tellement riche. Je sais juste qu'il n'a pas le droit d'être près de chez moi ou de m'approcher.
— C'est pour ça que tu étais à l'hôpital la dernière fois ?
— Non. Cette histoire date d'il y a trois ans et demi maintenant.
— Et tu es toujours là.
— Je suis toujours là. Je suis un vivant maintenant.
— Tu es un survivant.
— Tu sais, Hayden, peu importe à quel point tu essaies de faire bonne figure, je vois bien que tu as aussi vécu

l'horreur. Ça se lit dans tes yeux. Je n'ai jamais rencontré quelqu'un avec un regard aussi éteint que le tien.

Je crache le morceau d'un coup, sans réfléchir, comme si à lui j'arrivais à tout lui confier alors que je ne le connais pas vraiment.

— Mon meilleur ami s'est suicidé à l'âge de nos 15 ans. Il sortait avec Éric, qui après sa mort, l'a complètement oublié.
— C'est pour ça la vidéo de toi qui tournait sur internet ?
— Ouais, il avait l'air d'être tellement heureux sans lui alors qu'il était censé être « amoureux ». Il n'est même pas venu à l'enterrement. Je suis devenu fou quand il a levé son verre à la mort d'Éthane en souriant.
— Quel connard. Mais tu n'étais pas en couple avec lui ?
— Non, je pense qu'il ne voulait pas gâcher notre amitié si spéciale pour une amourette. Je l'aimais tellement que j'aurais pu mourir pour lui.
— Maintenant, tu dois vivre pour lui, Hayden.

Ses doigts glissent doucement le long de ma joue et mes yeux se sont posés presque malgré moi sur ses lèvres étrangement humides. Puis, comme par un étrange coup du destin, ses lèvres se sont plaquées sur les miennes, faisant tambouriner mon cœur contre ma poitrine. Il était à moitié étendu sur moi, et mes doigts s'enfoncent dans ses cheveux noirs. J'ai senti sa légère crispation quand ma main a effleuré sa nuque. Je l'ai précipitamment retirée avec des excuses étouffées alors que nos lèvres étaient encore collées.

Ses doigts de fées ont lentement caressé ma mâchoire. Quand enfin nos lèvres se sont séparées, mon cœur semblait battre à une cadence effrénée. Salut mon vieux, content de savoir que tu peux encore battre. Mon regard fixé sur son visage rougi. C'était la première fois qu'après un baiser, Éthane n'occupait pas toutes mes pensées.

— Tu as les lèvres sucrées.
— Oh, c'est probablement mon baume à lèvres à la cerise. Il lâche un léger bâillement, passant une main dans ses cheveux ébouriffés.
— Il faut qu'on dorme, demain, on a du travail. Je m'étire en bâillant à mon tour, me levant pour éteindre la lumière.
— Ah oui, c'est vrai, la musique, j'avais oublié. Je me glisse sous les couvertures, me préparant à m'endormir.
— Bonne nuit, Hayden.
— Bonne nuit, Lukas. Je murmure, sentant le sommeil m'envahir doucement.

Mais avant que je m'endorme, il a claqué sa bouche contre la mienne, puis il s'est retourné. J'ai souri en fermant les yeux, mon cœur a cogné encore un peu contre ma poitrine et j'aime plutôt bien l'entendre se déchaîner contre ma peau.

26
Angèle and Démon

Quand je me suis réveillé, j'ai senti un poids contre ma poitrine. Une touffe noire avait pris sa place pendant la nuit. J'entends de légers ronflements sortir de sa bouche mielleuse. Frissonnant, j'ai tenté d'attraper la couverture pour me couvrir les pieds, mais cela a suffi à le réveiller.

— Pourquoi tu bouges ? Sa voix rauque a fait vibrer mon estomac.
— Désolé, j'ai froid, ai-je répondu en chuchotant.

Sa main s'est posée sur mon ventre à moitié dénudé, caressant doucement les poils en dessous de mon nombril. C'était étrangement apaisant.

— Quelle heure il est ? ai-je demandé.

Il a relevé la tête de mon torse pour s'asseoir, les yeux à moitié clos. J'ai consulté mon téléphone pour constater qu'il était à peine huit heures trente. Il a râlé en affirmant que c'était trop tôt pour un samedi matin. J'ai esquissé un sourire en me levant, prenant une cigarette dans mon paquet posé sur la table de nuit en bois.

Je suis monté sur le toit, le froid piquant à moins de 15 degrés. Je me demande si Éthane me voyait. Avait-il vu notre baiser ? M'en voulait-il ? Je ne regrettais pas mon geste, pourquoi regretter quelque chose de bon ?

En attendant que Lukas escalade l'échelle, j'ai contemplé le ciel gris, voilé de nuages blancs, en pensant à autre chose qu'à Éthane. Puis la main de Lukas s'est posée sur mon épaule, me tirant de mes pensées. Il a déposé un verre de jus d'orange et un gâteau au chocolat à mes côtés.

Je l'ai remercié, et il m'a souri tout en s'enroulant dans son énorme plaid en fausse fourrure noire.

Je suis resté assis là, perdu dans mes pensées. La relation entre Lukas et moi était déjà compliquée, et le baiser avait ajouté une nouvelle couche à tout ça.

Soudain, Lukas a brisé le silence.

— Tu as l'air préoccupé.

J'ai tourné la tête pour le regarder. Il avait l'air sérieux, son verre de jus à la main. J'ai baissé les yeux vers mes pieds. C'est la première fois que j'ai autant la boule au ventre devant quelqu'un.

— Est-ce que tu penses au baiser d'hier soir ?
J'ai hoché la tête.

— Oui. Je ne sais pas trop ce que ça veut dire, Lukas. Est-ce que c'était sur un coup de tête ? On ne se connaît pas vraiment.

Il a posé sa main sur la mienne, me faisant revenir à son regard.

— Arrête de te poser des questions, Hayden. J'ai voulu ce baiser et toi aussi, non ?
J'ai acquiescé.
— Alors, quelle que soit la signification de ce baiser, on la découvrira ensemble. Vie au jour le jour.

Ça ne m'a pas complètement soulagé, mais ça me rassure de savoir qu'il le voulait réellement et qu'il n'avait pas juste de la pitié pour moi. Nous sommes restés là, sur le toit, à regarder le monde se réveiller doucement. J'ai sursauté quand j'ai entendu des coups en bas, à la porte de sa chambre, accompagnés de rires d'enfants. Il a soupiré en criant de dégager.

— Ouvre-nous, grand frère !!
— Cassez-vous ! Il grogne en passant sa tête par le velux pour qu'on l'entende mieux.
— Maman, Lukas ne veut pas ouvrir !
— Maman dit à Angèle et Démon de me laisser tranquille !
— Laissez votre frère tranquille ! Une voix aiguë de femme passe devant la porte.

Il soupire et pose sa tête sur mon épaule. Sa touffe de cheveux chatouille le bas de mon menton. Il sirote tranquillement son verre de jus en regardant devant lui.

— On commence à travailler ?
— Ici ?
— Non, j'ai une salle de musique, mon père est batteur à ses heures perdues. Il se lève et me tire avec lui, serrant ma main dans la sienne.

En descendant, on a croisé sa mère qui faisait des crêpes dans la cuisine. Quand elle m'a vue, elle a fait de grands yeux à son fils. Elle a baissé le feu et m'a salué en souriant.

— Je ne savais pas qu'un garçon était chez nous. Bonjour, je suis Claire, la mère de Lukas.
— Hayden, enchanté madame.
— Ah, ne m'appelle pas madame, tu me vieillis ! Elle pose un doigt sur son menton. Hayden, ça me dit quelque chose. Ce ne serait pas le garçon qui t'a offert ton joli bracelet, celui que tu m'as parlé la dernière fois, mon chéri ? Le beau garçon ?
— MAMAN ! Il se met à rougir, ses joues chauffent de gêne, il essaie de se cacher derrière la porte. Je lui souris en frôlant sa main avec la mienne.
— Excuse-moi, mon lapin. Elle lui caresse la joue tendrement et continue son monologue :

— Je te préviens, mon garçon, plus de madame, compris ? Sinon, je t'enferme dans notre donjon de la mort.
— Oui, Claire. Elle retourne à ses crêpes en sifflotant l'air de la musique qui passe à la radio. Je regarde Lukas, interloqué.
— Le donjon de la mort, c'est le nom de la cabane de mes frères, ne t'inquiète pas, tu ne rentres pas, c'est trop petit.
— Tes frères sont spéciaux. Je lâche en rigolant.
— C'est de famille, regarde ça. Il me pointe d'un simple geste de la tête sa mère en train de danser en chantant avec sa poêle à la main.
— Maman, on va dans la salle de musique faire notre devoir.
— Pas de cochonneries. Elle le prévient en rigolant doucement, il rougit en grognant et me tire avec sa main direction la salle.

La salle de musique est grande, avec de gigantesques fenêtres laissant la lumière du jour passer. Il y a des dizaines d'instruments, mais le plus beau reste le piano blanc qui décore parfaitement l'endroit. Il pose la partition qu'il doit jouer.

— Qui de nous deux chante ?
Il me demande.
— Est-ce que tu es à l'aise en chant ?

— Pas vraiment, j'ai la voix qui casse vite, je préfère jouer. Il m'avoue en me faisant un mince sourire.
— Je chante alors.
— La dernière fois que j'ai chanté, la classe s'est moquée de moi, mauvais souvenir. Je ne chante pas très bien.
— Je ne peux pas te croire si tu ne me montres pas. Je lâche en souriant innocemment.
— Si tu es sage, je te montrerai. Il me sourit en retour et on commence.

Il fait glisser ses doigts sur le piano, je m'installe près de lui, debout, je tiens les paroles entre mes doigts. Sa façon de jouer est plus douce que la vraie. Le but de notre devoir est de créer de nouvelles paroles et un nouveau rythme après la fin de la chanson. On a commencé par chanter et jouer la version originale, puis j'ai dû écrire de nouvelles paroles. Assis en face de lui sur le bureau de la pièce, j'essaie de griffonner des paroles sur le dos de la feuille.

— Tu voudrais parler de quoi ?
— La musique parle surtout des épreuves et de la force quand on aime. Je vais rester dessus. Mais j'aimerais bien parler des étoiles et de tout le reste.

— J'adore l'idée ! Il essaie de composer la suite qui sonne plus aiguë. Quand je lui montre mon texte, il me sourit, ravi de mes paroles. Il continue :

— Tu as un don pour ça, je pense que la musique, c'est une partie de toi que personne ne pourra t'enlever.

On danse comme des étoiles dans le ciel,
On est comme un feu qui ne s'éteint jamais.
Tu fais brûler mon cœur comme une supernova,
Mon amour brûle en moi, cherchant à te toucher.

Tu es comme une étoile qui ne meurt jamais,
Tu fais danser mon cœur malgré les tempêtes.
Dans ce monde en flammes, je ne vois que toi,
Car tu es mon étoile filante.

27
Dérapage

Quand on a terminé notre devoir, on s'est posé près du piano. À cet instant, je suis en train de supplier Lukas de chanter.

— Allez, s'il te plaît ! Tu l'avais promis.
— Si on a une bonne note, je chanterai.
— Tu ne m'as pas dit ça !

Je m'approche de lui pendant qu'il recule, se plaquant contre le piano blanc. Son regard rieur le rendait encore plus beau que d'habitude. Mon visage était près du sien, je pouvais sentir son souffle contre mes lèvres, et ses joues étaient en feu.

— Ce n'est pas bien de ne pas tenir ses promesses, je râle en le fixant.
— Je n'ai jamais promis, il me taquine en mordillant sa lèvre.

D'un geste qui ne me ressemble pas, j'attrape ses lèvres avec les miennes. Sans réfléchir, il ouvre la bouche. Je pose mes mains sur ses hanches fines, les pressant légèrement. J'avais l'impression de brûler de l'intérieur, comme si son simple toucher déclenchait un feu ardent en moi. C'était mon allumette. Ses mains se posent sur mes bras, comme pour se tenir et se rapprocher encore davantage. J'avais toujours besoin de plus, d'être plus près de lui. Alors, je l'ai poussé doucement contre le piano, glissant entre ses cuisses ouvertes.

Entre-temps, nos lèvres se sont séparées pour que l'on puisse reprendre notre souffle. Il avait ce regard qui me déstabilisait, comme s'il pouvait tout contrôler. J'étais sa marionnette, il avait mon cœur en un claquement de doigt. J'ai passé ma main sous son pull pour caresser sa peau, il a frissonné, et j'ai eu peur que ce soit de la peur. Mais quand il a passé ses mains sous le mien, j'ai oublié cette idée. J'ai retiré son pull, mais avant qu'il puisse enlever le mien, sa mère est entrée dans la pièce.

— Oh, je dérange ? Elle gloussa en posant sa main sur ses yeux.
— Maman, pars de là ! Embarrassé, il appuie sa tête sur mon épaule pour cacher son visage rouge.
— Je t'avais dit pas de cochonneries, Lukas Anderson ! Elle rit à gorge déployée avant de quitter la pièce.
— On n'allait rien faire !
— Si tu le dis, mon lapin ! J'entends ses pas se diriger vers l'étage.

Mon cœur bat à mille à l'heure. Heureusement qu'on n'était pas nus ; là, j'aurais eu une honte monumentale. Gêné, il se détache de moi et descend du piano pour récupérer son pull tombé par terre.

— Désolé pour ma mère.
— Ce n'est rien, t'inquiète, puis tu as raison, on n'allait rien faire. Je lui souris alors qu'il se gratte la nuque.
— Bon, on fait quoi ?

Au même moment qu'il dit ça, nos deux téléphones sonnent, Rowane pour lui, Ilyes pour moi. On se fixe dans les yeux quelques secondes, puis je réponds à Ilyes. Sa voix saccadée me donne des frissons.

28
Lit bleu

« Bedroom floor, And silence in my blood » Berlin ry x

Je me suis excusé tout en rassemblant mes affaires, promettant à la mère de Lukas que je reviendrais rapidement. Lukas, tout aussi inquiet que moi, a enfilé ses baskets, et nous nous sommes précipités sur ma moto. J'ai essayé de me calmer et de rouler moins vite, mais la peur était présente. Nous avons couru, monté les escaliers, et couru à nouveau jusqu'à la chambre de Noah. En arrivant au troisième étage, j'ai aperçu Ilyes, tremblant, le visage pâle, les yeux embués de larmes, à peine capable de tenir debout. Je l'ai fait s'asseoir.

— Où est Charlie ? demandai-je.
— Il arrive, m'a-t-il soufflé en regardant dans le vide.

Puis Rowane est arrivé en courant, il s'est collé contre la porte vitrée, essayant de voir ce qui se passait à l'intérieur, mais nous ne pouvions rien voir.

— Ils lui font quoi ? demanda Rowane.
— Ils le mettent sous respiratoire, il s'est ouvert le crâne en tombant, expliqua Lukas en prenant le rouquin dans ses bras.

Charlie est apparu à côté de moi, sans aucune larme, juste des yeux vides, sans émotion, comme si son cerveau avait coupé court à tout ce qui se passait.

Nous nous trouvons à l'hôpital Lakeview, où Noah est soigné. Nous sommes assis par terre en attendant l'arrivée d'un médecin. Ce qui m'a le plus bouleversé, c'est quand j'ai demandé où étaient les parents de Noah.

— Noah a été placé petit, on ne sait pas pourquoi, répondit Ilyes.
— Ils ont le droit de le laisser seul chez lui à 17 ans ? demandai-je, choqué.
— Il est en foyer, Hayden.

Un médecin aux cheveux noirs et très séduisants est arrivé en ajustant sa blouse blanche.

— Votre ami va bien, mais il souffre de malnutrition. Avez-vous remarqué qu'il ne mangeait pas ?
— Pas spécialement, répondit Charlie. Il fait beaucoup de sport, donc il mange sain.
— Pourtant, depuis que je le connais, je l'ai vu manger seulement à la soirée d'Ilyes, là où il est parti en furie.
— Il a des problèmes avec la nourriture, expliqua Ilyes. Grossir l'effraie.
— Merci beaucoup. Attendez 10 minutes, et Vanessa viendra vous informer quand vous pourrez le voir.

— Merci, répondîmes-nous en chœur. Le médecin sourit en reculant, se dirigeant vers une pièce ouverte où de nombreux médecins allaient et venaient.
— Comment tu sais ça, toi ? demanda Charlie en se tournant vers le métis.
— Eh bien, nous sommes meilleurs amis depuis toujours. Je l'ai remarqué, pas toi ?
— Non, pas vraiment, avoua Charlie en se mordillant la lèvre.

Rowane me regardait angoissé. Je lui ai souri pour le rassurer. Il m'a fait un doigt d'honneur, j'ai ri, puis il a souri.

— D'ailleurs, pourquoi étiez-vous tous les deux ? nous interrogea le roux.

Je fixai Lukas, qui semblait stressé et gêné. Il cligna des yeux.

— On faisait notre devoir de musique, répondis-je.
— À 11 h 30 du matin ? demanda-t-il, incrédule.
— Hayden est matinal, dit Lukas et j'acquiesçai.
— Mouais, je vais faire genre que je te crois, dit-il en fermant les yeux en soupirant. Et cette Vanessa, elle fait quoi ? Je veux voir mon copain ! demanda-t-il en levant les bras en l'air.
— Copain ? Avons-nous tous crié en chœur.

Il rougit et haussé les épaules.

— Surprise ? lâcha-t-il avec un sourire en coin.
— Connard, tu ne me l'as même pas dit ! répliqua Lukas en lui donnant un coup de bras.
— Relation discrète, relation parfaite, ma biche !

Le roux lui donna un baiser sur la joue tandis que le noiraud levait les yeux au ciel. Nous entendîmes les talons rose bonbon de Vanessa s'approcher de nous. Son rouge à lèvres débordait à moitié et ses cheveux blonds étaient portés en une grande couette haute. Elle me sourit quand nous nous sommes tous levés pour entrer dans la chambre. Lukas me tira par le bras pour me faire rentrer en la jugeant du regard.

— Quelle pouffe celle-là, marmonna-t-il en prenant place à côté d'Ilyes. J'éclatai de rire, pas très discrètement, et Rowane réagit au quart de tour en me claquant le bras super fort.
— Ça va, pardon. Excusez-moi.
— Tais-toi, râla-t-il en chuchotant.
— Ne me dis pas ce que je dois faire, le rouquin, crachai-je à mon tour.
— Bon, calmez-vous tous les deux ! intervint Charlie.

Je regardai Noah, allongé dans un lit d'hôpital bleu, branché à des moniteurs, mais il semblait paisible, les yeux fermés comme s'il dormait.

Rowane fut le premier à se précipiter vers lui, prenant délicatement la main de Noah. Charlie, Ilyes, Lukas et moi nous approchâmes du lit en silence.

— On peut savoir comment il va ? demandai-je à Vanessa.

Elle prit un moment pour vérifier les moniteurs avant de répondre.

— Pour l'instant, il est stable, mais il a besoin de repos et de récupération. Nous surveillons de près sa santé. Le médecin a parlé de le laisser ici. Il veut comprendre pourquoi il ne se nourrit pas.

Je la remerciai et elle partit en fermant doucement la porte pour éviter de faire du bruit. Nous nous installâmes autour de son lit en silence, attendant patiemment son réveil. Je regardai Ilyes hésiter à prendre la main de Noah. Charlie s'approcha de lui et prit sa main pour la glisser dans celle de Noah avec précaution. Il le remercia du regard et murmura des paroles d'encouragement à notre belle au bois dormant. Charlie ne quittait pas Noah des yeux. Lukas semblait profondément touché de voir Le Brun dans cet état. Nous restâmes dans cette chambre d'hôpital, sans échanger de mots, en attendant que Noah se réveille. Je fixai le ciel, essayant d'apercevoir le bleu du ciel derrière ces nuages glacés.

Nous finîmes par partir un par un, le cœur lourd qu'il ne se soit pas réveillé devant nous pour nous rassurer. Je pris la route, les larmes au bord des yeux.

🎵🎵🎵

Je claquai la porte et Cookie bondit sur moi, me faisant glisser. Edward se précipita pour venir à mon secours. Il me releva tout en grondant la chienne, qui se sentait vexée et fila sur le canapé en couinant. Je le regardai, constatant qu'il n'avait pas dormi sûrement à cause de notre dispute et de ma fuite. Cela se lisait sur ses cernes. À la vue de mon mutisme, il me demanda si tout allait bien. Je bégayai, incapable de trouver les mots. Mes yeux se fixèrent sur son visage, ses mains, ses cheveux, ses bras. Une douleur dans la poitrine m'oppressait, j'avais l'impression que je me vidais.

— Hayden, pourquoi tu pleures ?

Je m'efforçai d'arrêter de pleurer, mais les larmes continuaient de couler. Il essayait de me redonner, de me faire revenir, mais je n'avais que l'image d'Éthane, la voix de mon père et des flashs de la chambre de Noah.

— Edward.
— Oui, c'est moi, je suis là, mon grand, dis-moi ce qu'il est, ce qui se passe.

— Edward, je… je

J'essayai et finalement, je réussis à articuler, ma voix tremblante.

— Noah est à l'hôpital.

Il comprit. J'acquiesçai et Edward me serra dans ses bras, me procurant un peu de réconfort.

— Ça va aller, il va aller mieux.
— J-je suis désolé de t'avoir dit des trucs horribles l'autre soir.
— Ce n'est rien, j'ai oublié. Je m'excuse de t'avoir frappé.
— Je l'ai mérité.
— Personne ne mérite de se faire frapper à part notre connard de père.

J'eus un rire triste en me fondant contre son torse. C'était dans ces moments que je réalisais à quel point Edward était important pour moi. Il me conseilla d'aller me reposer dans ma chambre. Je me laissai tomber sur mon lit, les yeux rivés sur le carnet d'Éthane posé sur ma table de chevet. Mon impatience prit le dessus, et j'attrapai le carnet, pressé de lire la page suivante. Retrouver son écriture m'apporta un peu de chaleur et fit battre mon cœur plus fort. Au milieu de la page, je découvris une citation qui retint mon attention.

— La vie est faite de moments précieux, ne les laisse pas filer.

Ces mots semblaient prendre vie devant moi, comme si Éthane était là, me murmurant ces paroles. Je souris en essuyant le reste de mes larmes qui glissaient dangereusement vers mon cou.
Je finis par m'endormir à dix-sept heures, complètement vidé.

29
Tu cours dans mes cauchemars

Mon père est rentré chez nous complètement ivre, titubant, la haine dans les yeux. Je me souviens de l'odeur d'alcool qui emplissait la vieille maison et du bruit des bouteilles brisées qui résonne encore dans mes oreilles.

— Tu crois que tu peux me provoquer, hein ? hurle-t-il, sa voix rauque de colère. Ses mots sont à peine compréhensibles, mais l'intention derrière est claire : il veut me frapper pour une raison que je ne connais pas.

Je recule, essayant de m'éloigner de lui, mais il m'attrape par le bras. Sa poigne est brutale, et je sens la douleur alors qu'il me tire vers lui.

— Tu n'es qu'un bon à rien, comme ta connasse de mère. Tu ne pouvais pas être comme ton frère ? crache-t-il. Ses doigts se serrent encore plus fort autour de mon poignet, et j'ai mal. Mais je refuse de lui donner le plaisir de me voir pleurer. J'ai plus envie de pleurer.

Il assène son poing contre ma joue, me faisant pivoter la tête qui claque contre le meuble de l'entrée.

— *Tu ferais mieux de t'excuser, ou je vais te montrer ce que c'est que de défier ton propre père ! poursuit-il en me secouant violemment.*

Je résiste comme je peux, ma colère grandissant en même temps que ma peur. C'est un cycle sans fin, une danse macabre entre ce monstre et moi. Chaque fois, je me jure de ne plus jamais le provoquer, mais je ne tiens jamais ma promesse. Énervé, il claque sa bouteille en verre contre mon arcade, me provoquant un hurlement qui me déchire les poumons.

Il me sourit satisfait, me lâche, me jetant au sol comme un vulgaire déchet. Je me redresse tant bien que mal, mon visage meurtri et mon corps endolori. Le monstre s'éloigne, marmonnant des menaces et des jurons, alors que je prends la décision de m'enfuir de cet enfer.

♪♪♪

Je me trouve chez Will, l'arcade sourcilière en sang, mon pull noir deux fois trop grand dissimulant le reste de mon corps meurtri. Will me regarde intensément, certainement en attente que je lui explique pourquoi je suis arrivé chez lui à toute vitesse. Il s'en doutait, tout le monde s'en doutait, mais personne ne faisait rien.

Je n'avais aucune envie de revoir mon père pour l'instant. Je sais que demain, il voudra s'excuser, comme il le fait à chaque fois depuis deux ans maintenant. Ma colère monte, et je pense à ma mère. Je la déteste ! C'est elle qui a fait de mon père un homme vide et triste, et elle m'a laissé seul au milieu de ce chaos que je dois gérer seul.

Le blond me pose une question, brisant le silence. Il veut savoir si je vais bien et si j'ai besoin de soins médicaux. J'essaie de paraître détaché, comme si mes blessures venaient de la bagarre de rue et que j'avais oublié mes clés pour rentrer.

— *Je vais bien. Je peux squatter chez toi un moment ?*

Il semble perplexe, mais il accepte. Il se lève pour demander à sa mère. Moi, je reste là, replié sur moi-même, évitant de penser à ce qui vient de se passer. Sa mère m'a bien sûr acceptée dans sa maison, elle est si généreuse, c'est peut-être juste parce qu'elle est une femme ou juste humaine.

Nous avons fait comme si de rien n'était, bien que la rumeur au collège avait déjà commencé à circuler.

— *Hayden Sawyer est soit un bagarreur dans l'âme, soit un enfant battu par son père.*

Le réveil sonne.

Je me réveille en sursaut, les cheveux collés au crâne. Ça faisait longtemps que je n'avais pas rêvé de mon père ou de mes amis de Milwaukee.

Ce matin, on est dimanche 19 décembre, bientôt Noël. Je commence à travailler depuis peu, le travail est cool, je commence à neuf heures et finis dix-sept heures quarante-cinq les dimanches, pas de quoi râler.

En descendant, Kyle m'a proposé de me déposer à mon travail à cause de la neige qui enveloppe l'Amérique. J'ai accepté en enfilant mon manteau en cuir qui, à l'intérieur, était en fourrure blanche. Dans la voiture, Kyle m'a demandé où j'avais fait mon tatouage au bras. Je lui ai fait promettre de ne pas en parler à mon frère, et je lui parle du salon où j'ai croisé ce fameux Hank. Il a failli s'étouffer avec son café noir en m'avouant d'un mouvement de tête que ce mec ne lui était pas inconnu.

— Tu le connais, le crocodile, toi aussi ? je lui demande, choqué.
— Le crocodile ? C'est toi qui lui as donné ce surnom ? C'est marrant. Bon, tu ne le dis à personne, OK, gamin ?
J'acquiesce en mimant une clé contre mes lèvres gelées.
— C'est l'ex de ton frère.
— Non sérieux ? Mon frère a couché avec lui ! Dis-moi en plus, Kyle !

— T'es bête H, tu en sauras davantage la prochaine fois ! Va au travail, je viens te chercher à dix-sept heures cinquante !
— C'est un supplice de me laisser dans le flou, mais merci quand même, Kyle !

Il me laisse sur le trottoir enneigé. Je le regarde s'éloigner, les pieds complètement gelés dans mes pauvres baskets trouées, je me dirige vers la boutique en râlant. À l'intérieur, Mme Charlène, ma patronne, m'a accueillie en me souriant chaleureusement et m'a tendu un chocolat chaud Starbucks.

— Toujours à l'heure, mon petit Hayden, que tu es appliqué ! D'ailleurs, tu as ton salaire dans mon bureau, tu pourras aller le chercher.

Je prends la tasse, sentant la chaleur se répandre dans mes mains gelées, et lui souris en retour.

— Merci, Mme Charlène.
— Avec plaisir. Alors aujourd'hui, j'aimerais que tu ranges les vinyles par ordre alphabétique, s'il te plaît.

Acquiesçant, je prends une gorgée du chocolat chaud, sentant la douce saveur se mélanger à la chaleur.

— Bien sûr, je m'en occupe tout de suite.

Je mets ma tasse sur le comptoir et me dirige vers les étagères remplies de vinyles aussi vieux les uns que les autres. Charlène met en route la musique qui résonne dans toute la boutique. Les paroles de l'homme français s'écoulent dans mes oreilles. Charlène chante les paroles avec son accent irlandais. Elle s'est mise à danser avec ses bouquins dans les bras.

— Qui est le chanteur ?
— Charles Aznavour, mon chou. C'est *La Bohème* !

Elle se met à chanter à l'aide de sa voix cassée.

— La bohème, la bohème ! Ça voulait dire qu'on est heureux !

Je me retourne et j'aperçois un homme que je connais. Il me sourit en s'approchant de moi. Avec sa mallette marron, toujours le même badge accroché à son veston bleu marine et ses éternelles lunettes au-dessus de la tête, il attrape un vinyle du groupe *Black Moon*.

— Bonjour Hayden, heureux de te voir !
— Bonjour Monsieur Roger, comment allez-vous ?
— Comme un dimanche matin d'hiver ! Quoi de neuf, bonhomme ?
— Travail et les cours, rien de bien nouveau. Il me tapote l'épaule à l'aide de sa main au poil gris.

— J'aurais quelque chose à te proposer, mon petit Hayden ! Mais je t'en parlerai devant un café ! As-tu du temps pour moi ?
— Bien sûr, Monsieur. Quand voulez-vous qu'on se voie ?
— Dimanche prochain à neuf heures ?
— Bien, dimanche à neuf heures.
— Parfait. J'espère que tu vas accepter. À plus, gamin !

Il me fait un signe de la main en glissant ses lunettes sur son nez pour lire les titres des musiques derrière le vinyle, et se dirige vers la caisse sur laquelle Charlène est accoudée en souriant. J'ai continué jusqu'à dix-sept heures quarante-cinq, entouré de musique, de chocolat et de la voix de Charlène qui chante dans la boutique. À la fin de ma journée, j'ai pu répondre au message qu'on m'avait envoyé.

Ilyes 13 h 45
Noah s'est réveillé. Passe le voir quand tu veux.

Moi 17 h 49
Ok merci Ilyes. À plus.

Kyle 17 h 40
Je suis garé sur le parking en face : grouille-toi, Cendrillon.

Moi 19 h 47
Sérieux, Cendrillon ? Va te faire, j'arrive.

Je jette un coup d'œil par la fenêtre de la voiture. La neige tombe encore à torrent. Il fait froid, il pleut aussi. Mais je me sens bien. Pour la première fois, j'ai l'impression que mon cœur arrive à battre un peu mieux.

30
Torrent de pluie

L'horloge émet un claquement à chaque minute. C'est lundi, et je suis devant l'hôpital où se trouve Noah. Aujourd'hui, personne ne m'a déposé ; j'ai essayé de prendre ma moto, même si c'est dangereux de rouler sous la neige et ce torrent de pluie. J'entre dans l'énorme bâtisse après avoir retiré mon casque.

L'hôpital n'avait pas changé. Toujours la même odeur, les mêmes couleurs, les mêmes chemises blanches et surtout ce bruit insupportable des crocs des infirmières. Je n'avais pas prévenu Noah de ma visite. Quand j'entre doucement dans la chambre, suivi par le médecin, le brun est semi-allongé sur son lit. Il semble surpris que je sois là. Je lui souris, et le médecin repart après une énième question posée à Noah. Je lui donne mon cadeau de rétablissement, un carnet, qu'il commence à trifouiller, feuilletant les pages.

— Ce n'est pas grand-chose.
— Merci, Hayden. C'est déjà beaucoup que tu sois venu, alors qu'on ne se connaît pas vraiment.
— Je te connais assez pour savoir que tu es important pour moi.

Il continue de regarder le carnet, ses doigts glissant sur les pages.

— Je sais que tu as du mal a exprimer ce que tu ressent par la parole. Peut-être qu'à l'écrit, ce sera plus simple pour toi
— C'est gentil.
— C'est normal, surtout. Tu te sens comment ? Je m'assois sur le bord du lit, les mains serrées sur mes genoux.
— Ça va. Je me demande ce que penserait ma mère si elle me voyait là, branché de partout. Allongé sur le lit, il fixe le plafond.
— Je pense qu'elle aurait surtout de la peine. Je pose délicatement ma main sur son épaule.
— Je ne veux pas qu'on me regarde avec de la peine. C'est honteux. Il détourne le regard, une lueur de tristesse dans les yeux.
— C'est pour ça que je ne le fais pas. J'ai détesté ça aussi. Je lui adresse un sourire compatissant.
— Tu sais ce qui est fou avec toi, Hayden ? C'est que j'ai l'impression que tu nous connais tous, mais personne ne te connaît vraiment. Qui es-tu, Sawyer ?
— Un garçon comme les autres, je suppose. Je hausse les épaules.
— Oh non, Hayden, je ne vais pas te croire cette fois. Il lâche un léger rire. Tu es fort pour mentir au milieu de tout le monde, mais seul, c'est plus compliqué, non ?

— Ferme-la, Dallas. Je rigole à mon tour, tentant de détendre l'atmosphère. Je ne sais pas qui je suis.
— Tu sais quoi, moi non plus. Et si on n'était personne ? Il propose, cherchant à changer de sujet.
— Ça me va d'être personne. Il me lance un regard complice, un léger sourire aux lèvres.
— Parfait ! Il prend le carnet et un stylo à encre noire. Il griffonne quelques secondes, puis me montre son œuvre.

Il écrit des mots sur le papier blanc :
Hayden et Noah : personne

Un silence s'installe entre nous. Assis sur la chaise en face de son lit, je regarde la pluie s'écouler contre la fenêtre.

— Tu veux bien me parler de quelque chose qui te tient à cœur ?

Je le regarde, le cœur lourd. Je ne sais même pas par où commencer. De mon père ? De ma mère morte ? De mon enfance gâchée ? De mon amour noyé en même temps qu'Éthane ? Alors, j'ai lâché la bombe.

— Je me suis fait battre toute mon enfance, mon meilleur ami est mort, comme ma mère.

J'ai vu ses yeux et ce truc que je ne voulais pas voir, plus jamais : de la peine.

— Arrête ce regard, Noah. Je le préviens.
— Pardon. Je suis désolé, Hayden. Il s'excuse en toussant, gêné.
— C'est du passé maintenant. Il acquiesce, tandis que moi, j'ai la gorge nouée, prête à exploser. À toi.
— J'ai arrêté de manger à cause du harcèlement scolaire, je ne voulais plus être gros. J'ai perdu goût à la nourriture. J'ai peur de jamais m'en sortir.
— Tu vas t'en sortir, Noah. On finit toujours par s'en sortir. Mais ça va être long. Il faut que tu fasses tout ce que l'hôpital te demande, et tu sais, Noah, tu peux nous parler. Tu peux m'appeler quand tu veux. Même pendant que tu manges, pour que je te change les idées ? Tu aimerais ?

Un silence s'installe pendant qu'il me fixe.
Et comme une bombe à retardement, notre monsieur muscle explose en sanglots et redevient cet enfant traumatisé. Je me suis approché de lui, sans dire un mot, et je l'ai serré contre moi. Les sanglots de Noah résonnaient dans la chambre d'hôpital, mais je savais que parfois, il fallait simplement être là, plutôt que vouloir taire les larmes d'autrui.
Quelques minutes plus tard, il essuie ses larmes d'un geste rapide.

Je lui souris, puis je fais une blague. Il rigole en me bousculant doucement.
Et au fil des heures, l'hôpital devient moins angoissant. Les couleurs semblent plus vives, et le bruit des crocs des infirmières devient un fond sonore apaisant.

En sortant de la chambre de Noah ce jour-là, je sens que quelque chose a changé. Même si l'horloge continue de faire son tic-tac régulier, j'ai l'impression que le temps s'est arrêté. Depuis ce jour-là, je n'ai pas arrêté d'appeler Noah à l'heure de ses repas.

Ilyes et Charlie étaient constamment là pour lui, comme si cet accident était la goutte de trop.

Quand je les ai vus prendre soin des uns et des autres, j'ai commencé à comprendre que le monde n'était pas seulement rempli de personnes horribles, mais aussi de gens bien.

31
Martine

J'ai poussé la porte du cabinet de Martine, le cœur battant à tout rompre. Les mots se bousculaient dans ma tête pendant que je m'asseyais sur le siège, un mélange de peur et de soulagement parcourant mon corps.

— Alors, comment ça va aujourd'hui, Hayden ? demanda Martine avec un sourire qui me mettait un peu plus à l'aise.

— Ça va... marmonnai-je, tripotant nerveusement le coin de ma veste.

Elle sortit une boîte de biscuits à l'abricot, ses préférés. J'attrapai un biscuit et le croquai à pleines dents.

— Parlons de ton père, Hayden, dit-elle doucement.

J'hochai la tête, sentant les souvenirs remonter à la surface. C'était comme ouvrir une vieille blessure qui n'a finalement jamais guéri. J'avais l'impression de dire énormément de choses, mais en même temps, rien du tout.

— Tout est devenu différent depuis que ma mère est morte. Je n'ai pas ressenti cette douleur, car je ne la connaissais pas. Edward, lui, doit la ressentir tous les jours. Il a perdu sa mère à cause de moi, je ne suis pas légitime d'avoir mal à cause de sa mort.

— Arrête de jeter tous les malheurs du monde sur toi, Hayden, tu n'es pas responsable. Et tu as parfaitement le droit d'avoir mal à cause de ça. Tu as perdu ta mère, toi aussi, me corrigea-t-elle en souriant.

— Je crois que ça ne me fait plus rien quand je parle d'elle.
— Tu es sûrement en train de faire le deuil, répondit-elle doucement.
— Ce qui m'énerve, c'est que toute ma vie, je chercherai à combler ce vide qu'elle a laissé derrière elle.
— Tu penses que son suicide est de l'égoïsme ?
— Non si elle l'a fait, ce n'est pas par plaisir, il y avait forcément une raison à tout ça.

Je continuai à grignoter du gâteau pour soulager la douleur, comme si cette montagne de sucre allait tout réparer. À mesure que je parlais, je m'éloignais du sujet de mon père. Aujourd'hui, je parlai de Lukas. Pour la première fois.

— Je ne sais pas pourquoi, mais il m'attire, alors que je ne le connais pas vraiment. C'est comme si, en le voyant, je l'avais toujours connu.
— Le coup de foudre, conclut-elle.

— Ça n'existe pas, lâchai-je.
— C'est parce que tu n'y crois pas. Quand tu y crois, tout existe.

Puis, nous avons parlé de Noël, qui arrivait bientôt.

— Je n'ai jamais fêté Noël, c'est une première cette année. Edward, lui, a eu le temps de le faire jusqu'à ses huit ans. Après, quand mon père est tombé dans l'alcool, c'était fini.
— Tu sais quel cadeau tu veux ?
— Que mon père crève en prison.

32
Glace et cœur en feu

24 décembre 2017

Quand je suis descendu pour déjeuner, l'odeur du rôti et des épices flottait déjà dans l'air. Edward était déjà en train de préparer le repas du réveillon, une véritable symphonie de plats. Ce soir, nous serions plusieurs à table, et chaque geste d'Edward semblait fait avec soin pour rendre ce moment spécial. Il avait une énergie inépuisable, une sorte de chaleur qui rendait tout plus lumineux. C'est bizarre de se dire que je n'ai jamais fêté Noël, que je n'ai jamais eu de cadeaux de mon père, jamais vu de sapin dans ma maison. Tout ça me semblait un peu irréel, un peu comme une scène de film, mais je m'y habituais peu à peu, peut-être même que j'y prenais goût.

Vers 19 h, Amanda et Léo sont arrivés, leurs rires dansant dans l'entrée alors qu'ils déposaient leurs manteaux et sacs. Ils étaient en avance, comme toujours. Cette année, ils ne partaient pas en Russie pour fêter Noël avec la mère d'Amanda. Au lieu de ça, Amanda s'installerait à ma table. C'était… surprenant.

— Hayden ? Viens voir, mon grand !

Mon frère m'appelle de la cuisine, je me lève du canapé, me frotte les yeux, et trottine jusqu'à lui. Il est en train de découper des pommes de terre, concentré. L'odeur de la dinde qui cuit dans le four m'ouvre l'appétit.

— Bien dormi ? J'acquiesce légèrement, toujours dans un état de semi-réveil.
— Bien parfait, donc ce soir, on fête le réveillon de Noël, tu t'en rappelles ? Ce soir, il y aura Lode et Kyle, un ami à moi, Amanda, Léo, Louis et toi. Si, à un moment de la soirée, tu en as marre de rester à table, tu peux monter quelques minutes prendre l'air, d'accord ? Je sais que tu n'as jamais fêté Noël avec papa.
— D'accord, mais c'est qui ton "ami" ?
— Curieux ! Tu verras ce soir.

Il commence à sortir la dinde du réfrigérateur, et un rire étouffé se fait entendre dans l'entrée. Kyle et Lode viennent d'arriver, et déjà, Cookie jappe avec enthousiasme, prête à les accueillir. J'entends les bruits de leurs pas dans le hall, les sons familiers de blousons jetés sur le canapé et des clés qui tintent. Lode entre en rigolant, son sac de cadeaux à la main, éclatant de rire à la vue de mon frère en train de manipuler la dinde.

— Kyle, viens voir Ed avec les mains dans le cul de dinde ! Il lui fourre des patates dans le trou !

— Mais ferme-la ! répond mon frère, les mains toujours dans l'orifice de la dinde, tout en souriant d'exaspération.

Le rire de Kyle s'échappe dans la pièce, et mon frère soupire, abattu, marmonnant des mots incompréhensibles.

— Pourquoi je vous ai dit oui pour venir ? Je ne serai jamais tranquille avec vous. Il se frotte le visage de frustration.
— Ne t'inquiète pas, ma petite dinde, je serai sage comme une image ! répond Lode, avec un sourire espiègle, tout en esquivant un coup de torchon lancé par Edward.

Ed enfile son tablier vert, fouettant l'air avec son torchon comme une baguette magique, avant de le diriger dans les fesses de Lode. Il râle, mais c'est évident que la scène est plus amusante que sérieuse.

Kyle me tire doucement par le bras, avec l'air de quelqu'un qui a une surprise sous la main.

— Je t'ai trouvé des vêtements pour ce soir, tu seras beau avec ça. Je me suis douté que tu n'avais pas ce genre de vêtements.

Il me tend une chemise noire, simple, élégante, accompagnée d'un pantalon bien coupé. Je les regarde, un peu surpris.

La dernière fois que j'ai mis une chemise, c'était pour l'enterrement d'Éthane, et je l'avais… détruite. Je n'avais pas envie de penser à ce jour, ni à ce qui s'est passé. Je le remercie en le serrant dans mes bras, un geste simple, mais sincère. Kyle et Lode sont devenus comme des frères pour moi, et ça me fait du bien de l'admettre, même à voix basse.

Je monte dans ma chambre pour me préparer. L'odeur du repas continue de me poursuivre, mais une vague d'appréhension me prend lorsque je me vois dans le miroir. Je me coiffe rapidement, mais mon esprit est déjà ailleurs. Je n'ai jamais eu l'habitude de me préparer pour ces occasions, mais ce soir, il y a quelque chose de différent. Quelque chose qui me pousse à vouloir être à la hauteur.

Soudain, un bruit de sonnette résonne, me tirant de mes pensées. Je me précipite vers l'escalier en entendant une voix fluette.

— Hayden, c'est pour toi !

Je cours et me retrouve face à Lukas, tout petit dans son pull bien trop large et son écharpe enroulée plusieurs fois autour du cou. Ses joues sont rosies par le froid, et il porte dans ses bras des paquets-cadeaux aux coins de papier brillant. Je souris.

— Tu ne voulais pas qu'on s'offre nos cadeaux le 25 normalement ?
— Je ne pouvais pas attendre !

Il rit, et je le tire doucement par le poignet. On monte ensemble dans ma chambre, où il dépose son sac et commence à déballer son cadeau. Il m'offre un pyjama Batman, bien trop grand pour moi, mais parfait pour mes soirées trop froides.

— Un de plus pour ta collection, celui-là est plus chaud que les tiens, comme ça tu n'auras plus besoin de prendre toute la couette quand on dormira ensemble.

Je ris, un peu embarrassé par sa remarque, mais je me rattrape.

— Ah, parce que tu veux re-dormir avec moi ? Je rougis légèrement, mais je tente de cacher ma gêne.

Il me sourit de manière espiègle.

— Je rigole, Hayden. Merci pour le cadeau. Ça me fait vraiment plaisir. Maintenant, à ton tour, ouvre !

Je déchire l'emballage, découvrant une veste de moto noire, orné de marquages rouges. Elle est magnifique, mais un peu trop chère pour moi. Je reste un instant sans savoir quoi dire.

— Wow, ça a dû te coûter tellement cher ! Je ne peux pas accepter. Je frôle le tissu de la veste comme si le simple contact pouvait la briser.

Lukas secoue la tête, ses yeux pétillant d'une sincérité désarmante.

— Ne pense pas à l'argent, Hayden. Si ça te fait plaisir, c'est le but.

Je le prends dans mes bras, un frisson me parcourant quand ses mains se posent sur ma nuque. Il m'embrasse doucement, et je me perds dans ce baiser. Trois jours sans lui, et il est comme une drogue dont j'ai besoin pour respirer à nouveau. Lorsqu'on se sépare, il me remercie plusieurs fois, et ses mots réchauffent mon cœur.

— L'argent n'a pas de valeur pour moi, par contre ton sourire si.

Je rigole, incapable de réprimer un sourire. À cet instant, tout semble plus léger, plus lumineux.

— Tu veux sortir ?

Je lui propose. Il acquiesce immédiatement, l'excitation dans ses yeux.

— Patinoire ?
— Ça me va !

Je demande à Edward si on peut sortir quelques heures. Il acquiesce, mais me rappelle de revenir avant 15h30.

Lukas et moi enfourchons ma moto, je lui passe un casque, et ensemble, on roule jusqu'à la patinoire de Franklin. La neige a cessé de tomber, et le paysage autour de nous est d'un blanc pur. Lorsqu'on arrive, Lukas devient tout excité, presque comme un enfant, et me tire sur la glace.

Il virevolte autour de moi, gracieusement, tandis que je peine à tenir debout. Mais bientôt, il me prend les mains, m'entraîne dans une pirouette, et je me retrouve à terre, éclatant de rire. Nos regards se croisent, et un instant, tout semble s'arrêter. Le froid ne nous touche plus, tout se dissout dans le regard que nous échangeons. Les mots sont superflus, et rien n'a plus d'importance.

— Tu sais, la glace n'est pas la seule chose qui me fait fondre ici.

Je ris, un peu pris au dépourvu par son commentaire, mais je lui réponds avec un clin d'œil.

— On dirait que tu as trouvé un autre moyen de me faire perdre l'équilibre aujourd'hui.

Lukas me tire doucement vers lui, nos visages se rapprochent. Ses yeux papillonnent.

— Peut-être que je préfère te faire perdre l'équilibre de cette façon.

Un frisson me parcourt, et je me perds dans son regard, nos lèvres se rejoignant. Un baiser doux, sans hâte, juste l'envie de s'ancrer dans l'instant présent.

Quand on se sépare, il me sourit, et je sens sa main glisser dans la mienne, nos doigts s'entrelacent naturellement. Mon cœur bat plus fort, mais cette fois, il n'y a plus de confusion, juste une sensation de calme que je n'avais jamais connue.

Quand je le dépose chez lui, il me remercie, et sa mère m'invite à fêter Noël avec eux le lendemain. Je finis par accepter, surtout en voyant les yeux pleins de pétition du petit Angèle, son frère, qui sait parfaitement comment me faire fondre.

33
Capote de Noël

24 décembre 19 h 30

Amanda est assise avec un joli foulard autour de la tête, dissimulant ses cheveux blonds. Léo, à sa gauche, lui tient la main. Elle est belle, mais aussi fatiguée. Ses yeux brillants ne l'étaient plus autant qu'avant, mais son sourire radieux, toujours maquillé de son rouge à lèvres Yves Saint-Laurent, reste intact. Louis est à ma droite, en face de son père, triturant ses doigts mal à l'aise. Je le comprends, je suis dans le même cas que lui.

Kyle et Léo parlent de boxe américaine, et je participe à la discussion quelques fois, tout en observant ma famille autour de la table. Puis mon frère arrive avec la dinde, toute dorée et luisante, qu'il dépose au centre de la table, juste en face de moi. Elle vient tout juste de sortir du four, la sauce brillante et appétissante. Le parfum m'envahit, et je réalise que c'est la première fois que je goûte cette dinde de Noël, emblématique du monde.

— Aujourd'hui, c'est la première dinde et le premier Noël de Hayden. Joyeux Noël à tout le monde, et régalez-vous, mon grand !

Mon frère annonce fièrement, alors que tout le monde commence à se servir.

— Allez, mange, mon grand, cette dinde n'attend que toi !

Le goût onctueux de la viande glisse sur mes papilles, elle est tendre, et la sauce est délicieuse. Je jette un œil à Louis, espérant qu'il fasse une grimace comme moi, mais non, il mange tranquillement, comme si c'était un plat qu'il connaît par cœur. De mon côté, je grignote un bout de poisson pané, un souvenir familier.

Amanda, soudainement, détourne son regard vers les cadeaux sous le sapin.

— Qui a emballé ces si jolis cadeaux ? demande-t-elle.
— Hayden, il nous a aidé à emballer vos cadeaux.
— Beau travail, mon grand ! me félicite-t-elle, son sourire éclatant toujours aussi lumineux.
— C'était le moins que je puisse faire, je hausse les épaules, bien que je sache que ce n'est pas grand-chose.
— Alors, vous partez demain pour la Russie ? intervient Edward.
— Oh oui, mamie Olga veut absolument voir Louis et Éthane, comme chaque année. Mais bon…

Olga est une femme gentille, mais elle n'a pas encore accepté qu'Éthane ne reviendra plus. Amanda fait un geste vague de la main, un peu agacée, et moi, je sens une tristesse lointaine envahir le moment. Le 28 décembre, le jour où Éthane revenait toujours de la Russie, me revient en mémoire. Il me rapportait un petit cadeau, souvent une petite moto, pour enrichir ma collection.

Flash-back 2012, 12 ans

Un bruit de porte qui claque me fait courir vers ma chambre, espérant que ma sœur tienne sa promesse de revenir à temps. Ce jour-là, papa est complètement éméché, allongé sur le sol, des bouteilles de bière éparpillées autour de lui. J'ai encore du sang sur les mains, mes vêtements arrachés la veille, mes blessures encore récentes. Quand je suis sorti, tremblant, et que j'ai vu Amanda, elle a crié en me voyant, horrifiée par l'état dans lequel j'étais.

— Seigneur, comment a-t-il pu faire ça ! Viens ici, mon cœur. Elle m'a serré dans ses bras, m'offrant un refuge chaud. Je tremblais, la neige dehors me glaçait encore plus.

Elle m'a portée jusqu'à la salle de bain, me plongeant dans un bain chaud, mais cela m'a fait plus de mal que de bien, la chaleur accentuant la douleur de mes coupures. Elle m'a soigné, m'a habillé chaudement. Ensuite, j'ai terminé la soirée assis sur le canapé, un chocolat chaud dans les mains, à ouvrir mes cadeaux. J'ai eu une petite moto de collection et une photo de nous cinq lors de mon dernier anniversaire. J'ai serré Amanda et Léo dans mes bras pour les remercier. Ce n'était pas Noël, mais ce 28 décembre est resté le meilleur jour de décembre.

Je sens soudainement les regards de Kyle et Lode sur moi. Leur visage se fige, ils comprennent pourquoi Éthane n'est pas là ce soir. La gêne se fait pesante autour de la table. Le bruit des couverts devient presque assourdissant. Amanda, toujours souriante, tente de détendre l'atmosphère.

— Bon, parlons d'autre chose. Edward, tu m'as dit avoir de très bonnes blagues pour ce soir de Noël.
— Bien sûr !

Je jette un regard à la chaise vide à côté d'Edward. Quel est ce fameux « ami mystère » dont il parle ?

— Edward, où est ton ami ? je lui demande.
— Oh, Edward a une petite amie ? demande Amanda, souriante.
— Non, Amanda, il va arriver pour le dessert. Il finit son travail tard.
— Oh, toi aussi, tu es gay ? demande-t-elle sans filtre, surprise.

— Amanda, on s'en fout si je suis gay, bi ou hétéro, non ? Il lui réponds, un peu gêné. Elle hoche la tête, mangeant ses haricots verts.

La soirée continue dans une atmosphère un peu plus légère, et je réponds aux nombreux messages de Lukas, toujours aussi drôles.

Lukas 20 h 52
À l'aide, papy fait encore des blagues racistes avec tonton Joël !

Moi 20 h 53
Ah mince, chez moi, c'est plutôt calme, avec des blagues sur le père Noël !

Lukas 20 h 54
Je peux venirrrrrrrrrr ?

Moi 20 h 56
Désolé, mon ange, mais on se verra demain !

Quand la porte sonne, la bûche vient juste d'être posée sur la table. Je vais ouvrir, m'attendant à tout sauf à lui.

— Le crocodile ? Qu'est-ce que tu fais là ? je râle.
— Salut gamin, ça va et toi ? Il rit, en enlevant sa veste et la posant sur le porte-manteau, avant de retirer ses bottes pleines de neige.

— Je sais que ton frère est maniaque. Il me tapote sur la tête, complimentant ma chemise qui fait ressortir mes muscles de « jeune homme bien bâti ».
— Bonsoir ! Il sourit et fait une accolade à tout le monde avant de s'installer à côté de mon frère, qui le présente à la famille russe.
— Voici Hank, un ami à moi.

Amanda, d'un regard horrifié, remarque ses tatouages et son style.

— Tu connais Hayden, je présume ? demande Edward.
— Oui, le gamin est venu se faire tatouer au salon avec Ilyes, le petit métis. Je l'adore ce gosse !
— UN TATOUAGE ? s'exclame Amanda, faisant un signe de croix. Mon frère soupire. Je lui fais un signe discret de se taire. Les tatouages, c'est vraiment trop pour Amanda.
— Edward, comment tu as pu le laisser faire ça ? demande-t-elle, presque en le grondant.
— Je n'étais pas au courant, Amanda. Et puis, ce n'est pas la fin du monde.

À 23 heures, après l'ouverture des cadeaux, où j'ai reçu des capotes de Noël de luxe de la part de Lode (qui n'ont pas fait rire Amanda), la famille russe part pour Vladivostok. Après des adieux, des baisers d'Amanda, ils s'en vont pour un moment.

Je m'apprête à partir quand Edward me retient, les assiettes à dessert sales en main.

— Si tu crois que je ne vais pas t'engueuler pour ce tatouage surprise, tu te trompes. Demain, corvée de vaisselle, mon grand.

Il sourit, malicieux, et je sais que ce n'est pas pour être vraiment en colère. C'est juste pour se débarrasser de la pire corvée.

— Oh non ! je ronchonne, suppliant.
— Pas de ronchonnement, maintenant. C'est quoi ce tatouage ?
— C'est en rapport avec Éthane.

Il me regarde, tout doux, avant de me dire de faire attention en partant.

Avant de quitter, je vais dire au revoir à Hank et aux garçons. Dans le salon, la musique de Queen envahit l'espace. Kyle est à moitié endormi contre Lode, qui lutte pour rouler son joint. Le crocodile, lui, sourit en offrant une accolade à mon frère.

Je souris, nostalgique, et ferme la porte derrière moi, laissant la magie de Noël se dissiper doucement.

34
Pour un pote

24 décembre 23 h 54

Arrivé devant l'établissement, je me faufile par les entrées secondaires, évitant les caméras de sécurité. Mon pouls s'accélère à mesure que je monte les marches. Une fois mon souffle retrouvé, je pousse doucement la porte, craignant le grincement qui pourrait trahir ma présence. À l'intérieur, la faible lumière de la veilleuse éclaire la chambre. Il est posé, un livre à la main.

— Oh, oh, oh, c'est le père Noël ! J'essaye de prendre une voix de vieux monsieur.
— Putain ! tu m'as fait peur !
— Joyeux Noël, Noah ! J'essaye de chuchoter pour ne pas me faire repérer par les infirmières qui rôdent dans les couloirs et pourraient arriver à tout moment. Je lui tends mon cadeau de Noël, il lève les yeux au ciel, heureux.
— Je vais te voir avant longtemps, alors je viens te l'offrir le soir de Noël. Il déchire le papier-cadeau vert brillant.
— Un casque ? Tu es fou, mec, c'est trop bien !
— Ça devrait t'aider à écouter de la musique, c'est thérapeutique.
— Je n'ai pas de cadeau pour toi, je me sens mal. Il râle.

— Ce n'est rien, Noah. Alors, qui t'a souhaité un joyeux Noël ?
— Un peu tout le monde, Rowane est passé cet après-midi m'amener mon cadeau.
— Alors avec Rowane, ça avance bien ? Il nous a dit que vous étiez en couple.
— Oui, ça ne fait pas longtemps.
— C'est super, tu verras, il va t'aider à remonter la pente, c'est sûr ! Je le rassure en souriant.
— Merci, et toi avec Lukas ? Vous vous tournez bien autour, non ?
— On est ensemble, je crois.
— Tu crois ? Il rit en se moquant ouvertement de moi.
— Oh, tais-toi !

On a continué à discuter pendant une trentaine de minutes quand j'ai entendu les pas d'une infirmière dans le couloir, approchant de sa porte. J'ai ouvert la fenêtre pour me faufiler hors de cette piaule d'hôpital sous les rires de Noah. Il était au deuxième étage et heureusement, je m'accrochais à l'échelle de secours, lui criant un « à plus ! » étranglé. Une fois en bas, j'ai couru pour récupérer ma moto cachée dans un buisson.
J'ai roulé jusqu'à chez moi, mission accomplie.

En rentrant, je suis allé directement dans ma chambre pour lire le carnet d'Éthane. La page était entourée de dessins de Noël. Cette fois, il y avait une photo de nous deux, prise le soir du 28 décembre, sur le rebord de sa fenêtre. Sur cette photo, j'avais une cigarette à la main. Nous avions 14 ans à cette époque. Derrière nous, le ciel noir, rempli d'étoiles.

Je me rappelle parfaitement ce jour-là, je m'étais retrouvé dans une bagarre quelques jours avant, ce qui expliquait ma blessure au nez et mes mains écorchées. Éthane, lui, avait un visage parfait, il portait un gros pull bleu qu'il m'avait offert. Je l'avais mis une fois, puis il me l'a volé, et je ne l'ai plus jamais retrouvé.

Je me souviens même de la façon dont il m'a serré dans ses bras après l'avoir prise. Nous avions parlé de tout et de rien pendant des heures. Je regarde encore une fois la photo en souriant. L'image elle-même est un peu floue, comme si elle avait été prise à la va-vite avec un téléphone portable, mais ça ne nous a jamais dérangés. Au-dessus de la photo, au feutre noir, il y a écrit : « Avec mon meilleur ami ».

Puis, il y a une deuxième photo collée au dos. Une photo de notre bande, quelques mois avant la mort d'Éthane. On était posés sur un toit, je suis à droite, Will à gauche, et James est à côté de lui. Arthur est au milieu, portant une chemise jaune et noire. Je nous vois avec nos têtes fatiguées, qui dormaient peu et s'amusaient à faire de la musique pour passer le temps. Éthane était derrière l'appareil photo, en train de nous prendre en photo. Je m'en souviens comme si c'était hier.

Flash-back 2015

Il est 15 heures et on traîne avec les gars. On a séché l'histoire-géo, les cours de l'après-midi sont toujours ennuyeux, alors on a filé vers l'énorme toit où le soleil illuminait la ville. Je portais un t-shirt Nirvana noir. Éthane me tenait la main pour éviter de se fouler une cheville, pas très doué, le gars. Will essayait d'escalader comme un ninja, mais finissait toujours par se ramasser, sous nos rires. Sur ce toit, on avait fumé en rigolant. Mon ange était posé sur mes genoux, un joint au creux des lèvres. Il était magnifique, d'une beauté à me couper le souffle.

J'ai lâché un rire nostalgique.

— Vous me manquez, les gars.

Un sentiment de culpabilité me ronge. Je ne les ai jamais rappelés, les oubliant complètement. Je me dis, au fond, qu'ils n'ont pas vraiment besoin de moi, qu'ils ont dû me rayer de leur vie aussi. Après tout, depuis qu'Éthane est mort, notre groupe ne ressemblait plus à grand-chose. Entre les disputes, les pleurs, les déprimes, et les fêtes qui finissaient mal, soit pour nous, soit pour notre estomac. Ça ne me manque pas, cette facette de notre groupe. J'ai donné ma vie pour eux, et même si on ne se parle plus, je continuerai à le faire s'il le faut.

Mais dis-toi que je lui laisserai,
La dernière part de pizza,
Me lever à quatre heures du mat',
Pour aller le dépanner,
Lui prêter ma chambre pour un mois,
Et qu'il y reste des années.
J'pourrais faire tout ça pour lui, même si c'est un con,
Et j'pourrais peut-être même lui faire un son.

Pour un pote : Bigflo et Oli

35
Richard

25 décembre 12 h 05

Je desserre le col de ma chemise blanche, debout devant la porte de chez lui, accompagné d'une bouffée d'angoisse. J'ai des fleurs dans la main gauche, une bouteille dans la main droite, et mon sac sur le dos. J'ai sonné et j'ai été accueilli par Lukas et son sourire éclatant. Quand je vois ses jolis yeux, ça dissipe légèrement le stress qui me ronge les entrailles. Dans la maison, ses parents sont dans la cuisine. Claire est toujours aussi jolie dans sa robe rouge, elle me salue chaleureusement en me serrant dans ses bras. Richard, son père, me regarde de haut en bas, le papa protecteur, j'imagine.

Dans le salon, j'entends la petite voix d'Angèle crier mon nom depuis le haut de l'escalier. Il court et me saute dessus en souriant. La dernière fois, je l'ai gardé avec Lukas, on a même fait un tour de moto. Je lui frotte les cheveux gentiment en le saluant, lui et son frère qui est derrière lui, toujours en train de se triturer les doigts de stress.

Je montre à Lukas mon sac où sont rangés les cadeaux et il l'attrape, puis emmène les garçons direction le canapé, me laissant seul avec ses parents. J'offre mes fleurs à Claire qui me remercie. Cette femme ressemble fortement à Amanda, elles ont le même caractère. Je tends la bouteille à Richard qui l'analyse.

— Du Caymus, intéressant. Il a un fort accent français par-dessus son anglais parfait.
— Richard, s'il te plaît, arrête deux minutes de faire le papa protecteur, c'est le copain de notre fils, Hayden.
— C'est donc toi, le garçon dont me parle Angèle tout le temps ? Le garçon qui l'emmène faire un tour sur une moto ? Il pose la bouteille sur le plan de travail.
— Hum, oui, c'est moi, monsieur. J'enfonce mes mains moites dans les poches de mon jean.
— Très bien, dis-moi Hayden, tu veux faire quoi plus tard, jeune homme ?
— Je ne sais pas.
— Comment tu vas faire si tu ne sais pas ce que tu veux faire ? Et je te préviens, pas de sexe dans le canapé, compris ?
— Si tu savais. Ricane sa mère, se rappelant sûrement de moi et de Lukas qui se bécotaient sur son piano dans la salle de musique.

Gêné, j'ai complètement arrêté de parler. Mal à l'aise, Claire finit par s'en rendre compte, elle lui met un coup de torchon sur le cul en lui demandant de me laisser tranquille et elle m'invite à m'asseoir entre Angèle et Lukas.

— Dis-moi Hayden, c'est quand que je peux ouvrir ton cadeau ? Il gigote sur sa chaise en souriant. Lukas frôle sa main avec la mienne.
— Après manger, promis. Il me tend son minuscule petit doigt que je serre avec le mien. Je regarde Lukas qui boit son jus de pomme en fixant son jardin.
— Ça s'est bien passé, ton repas de Noël ? Je lui demande, vu tous les messages qu'il m'a envoyés en appelant à l'aide.
— Ouais, mais j'étais à la table des enfants, tu te rends compte !
— Oh chéri, arrête d'en faire tout un plat, tu dramatises toujours tout ! rigole Claire en posant son rôti de porc sur la table.
— Comment était ton réveillon, Hayden ? Elle me demande en prenant l'énorme couteau posé à côté d'elle.
— C'était festif, j'ai bien aimé.

Elle sourit en découpant la viande. Le repas a continué avec Angèle qui me collait en me parlant d'avions et de motos, avec Lukas qui me caressait la main de temps en temps et surtout avec le regard insistant de Richard. À la fin du repas, j'ai eu droit à Richard, énervé, avec un journal dans les mains. J'ai eu des sueurs froides quand il lança le journal sur la table où je buvais le café avec Lukas et sa mère.

— Qu'est-ce qu'il t'arrive, Rich-…
— Pas maintenant, Claire. Il la coupe en grognant. Dis-moi Sawyer, tu n'aurais pas eu des petits soucis par hasard ? Il me tend le journal où une photo de moi est affichée dedans, cette fameuse photo de cette vidéo que tout le bahut avait vue.
— Je me disais bien que je t'avais déjà vu quelque part. T'es le gamin qui a failli tuer un autre gamin, j'ai tort ? Après tout, tel père, tel fils, non ?

Après qu'il a dit ça, je me suis levé pour me placer en face de lui.

— Je ne suis pas comme mon père. J'ai frappé le petit frère de Marc Hole et jamais je ne regretterai mon acte. Il le méritait, je l'ai juste remis en place. Ne parlez plus jamais de mon père.
— Tu penses que frapper, c'est la meilleure façon de faire ?
— Vous êtes qui pour me juger ? Je râle à mon tour.
— Je n'aime pas les voyous dans ton genre. Comment as-tu pu le laisser traîner avec mon fils ? Il demande à sa femme qui me regarde avec tristesse.
— Papa, arrête ! Lukas s'approche de lui pour essayer de le repousser. Il est gentil avec moi, papa. Tu n'as pas l'histoire, ne le juge pas s'il te plaît.
— Va là-bas, toi ! Tu cautionnes ses actes ? Tu es aussi tordu que lui de toute manière.

Lukas a monté les escaliers précipitamment, sous la colère de son père. Je suis resté là, la gorge nouée, écoutant les bruits de pas lourds résonner au-dessus de ma tête. Au fond de moi, je pouvais le comprendre. Il était en colère, il ne voulait pas que je vienne semer la pagaille dans la vie de sa famille.Claire m'a accompagné jusqu'à la porte, son visage plein de regrets, les yeux un peu tristes. Elle m'a murmuré des excuses, m'expliquant que Richard avait toujours été un peu trop protecteur avec Lukas, qu'il avait du mal à accepter ce genre de situations. Puis, d'un geste, elle a refermé la porte derrière moi.

Dans la rue, je suis resté là, quelques secondes, sans bouger. J'avais l'impression que tout était devenu trop lourd, trop compliqué. Je me suis retourné pour jeter un dernier regard à la maison, avant que quelque chose ne me tire brusquement de mes pensées : une fenêtre s'est ouverte à l'étage. Lukas était là, les traits marqués par la douleur, ses yeux brillants de larmes. Il n'a pas dit un mot, mais son regard était plus que suffisant. Il me fixait avec une intensité telle que j'ai senti mon cœur se serrer.

— Je suis désolé !

36
Overdose

Lukas ne m'a plus parlé depuis l'incident avec son père. Au début, je pensais qu'il m'en voulait, qu'il m'évitait à cause de ce qui s'était passé. Mais en réalité, il a été puni de téléphone et d'accès aux sorties, ce qui expliquait son silence. Rowane m'a envoyé un message pour m'annoncer la nouvelle, et il m'a rassuré.

Depuis quelques jours, Faith a commencé à m'envoyer des messages pour rattraper les cours. Elle avait raté tellement de séances qu'elle me demandait de lui envoyer mes notes, qui étaient loin d'être parfaites.

Faith 13 h 57
T'as appris à écrire les yeux fermés ou quoi ?

Moi, 14 h 00
Tu n'as qu'à venir en cours si tu n'es pas contente.

Faith, 14 h 03
OK, un point pour toi.

J'ai éclaté de rire en lisant ça, et on a continué à discuter pendant quelques minutes. Finalement, elle m'a donné rendez-vous pour demain, à la vieille bâtisse. Edward était parti avec Cookie toute la journée, ils voulaient faire une randonnée. La pauvre, je me suis dit que j'avais bien de la chance de pouvoir rester tranquille chez moi. J'ai refusé d'accompagner Edward, préférant poser mes fesses sur le canapé en regardant des séries Netflix. Mais c'est quand mon téléphone a sonné que j'ai su que je n'allais pas passer mon après-midi tranquille.

Appel Ilyes
Répondre
— Allô ?
— Hayden, il faut que tu viennes. Sa voix tremblait.
— Qu'est-ce qu'il t'arrive ?
— Je crois que je vais mourir, je ne me sens pas bien. J'en ai trop pris, H.

Les mots me sont arrivés comme un coup de poing dans l'estomac. J'ai immédiatement compris de quoi il parlait, et ma première réaction a été de tenter de le rassurer au téléphone, tout en sentant la panique monter en moi. Il pleurait, je pouvais presque l'entendre se noyer dans ses sanglots.

— Respire, putain, respire. J'ai dit ça, ma voix étranglée, le cœur battant à tout rompre.
— Hayden, j'ai peur, putain.

Je n'ai pas réfléchi une seconde, j'ai enfilé mes chaussures et foncé vers chez lui, le plus vite possible.

Quand je suis arrivé, je l'ai trouvé là, allongé sur son canapé, un endroit qu'il détestait par-dessus tout. Son corps était trempé de sueur, ses yeux rouges et larmoyants, ses lèvres tremblantes.

— Respire, Ilyes, respire. J'ai murmurés, la gorge serrée, bien que, au fond de moi, je sois terrifié à l'idée qu'il puisse mourir dans mes bras.

Ilyes pleurait, et chaque sanglot me déchiraient. Ses doigts étaient froids, presque comme s'il n'était plus là.

— Qu'est-ce que t'as pris, Ilyes ?
— Je ne sais plus… J'ai mal au crâne, H.

Je n'ai pas eu le temps de poser plus de questions. Il continuait à pleurer, à me supplier de l'aider. Il m'a dit qu'il avait cru qu'il était invincible, qu'il ne pensait pas que ça finirait comme ça. C'était comme si un trou noir l'aspirait, et tout ce que je pouvais faire, c'était être là.

Je suis resté là, à le tenir, à lui parler. L'angoisse m'envahissait alors que je luttais pour garder mon calme. Ses yeux devenaient vitreux, et je savais qu'il fallait agir vite. Il m'a supplié de ne pas appeler les secours, de peur que sa mère l'apprenne. Mais la situation était trop grave. J'ai vite pris la décision d'appeler les secours, tout en continuant à lui parler, à essayer de le maintenir éveillé.

— Pourquoi t'as pris tout ça, Ilyes ?
— Je pensais être invincible, dit-il, sa voix éteinte.
— Je t'aime, Ilyes. Tu es mon meilleur ami maintenant, tu sais ça ?
— Putain, oui, maintenant je le sais.

Quand les secours sont arrivés, j'ai dû les laisser l'emmener. Il me suppliait de ne pas le laisser mourir, mais je savais que je ne pouvais rien faire d'autre. Je n'ai pas voulu les suivre dans le camion. Au lieu de ça, j'ai appelé Noah, qui était revenu, et Charlie. Je leur ai demandé d'aller à l'hôpital, et j'ai jeté toute la drogue d'Ilyes, comme une sorte de purification. Tout est parti dans un sac que j'ai laissé dans une poubelle éloignée.

Une fois à l'hôpital, j'ai retrouvé Noah qui m'a accueilli d'un sourire fatigué.

— Où étais-tu ?
— J'ai tout jeté, je réponds, le cœur toujours battant.
— Merci d'être venu l'aider, Hayden.

Charlie, de son côté, bougonnait tout en jetant des regards à l'hôpital.

— Ils vont tous me les faire, j'en peux plus. Je t'en supplie Hayden ne m'en fait pas une toi aussi !
— Calme toi, comment va Ilyes ?

— Plus de peur que de mal. On va devoir le ramener à la maison, mais ils recommandent une cure de désintoxication.
— Je vais le ramener, t'inquiète. Je m'en occupe.

Quand Ilyes est sorti de l'hôpital, il m'a sauté dans les bras sans un mot. Ses épaules tremblaient, et je pouvais entendre son souffle court. C'était la première fois qu'il me serrait aussi fort. Je n'avais jamais vu ce genre de désespoir dans ses yeux.

— Je suis tellement désolé.
— Ça va d'accord. Promets-moi juste d'arrêter.
— Je n'y arriverai pas.
— Avec moi, tu y arriveras. Je ne vais pas te lâcher.

Il se raccrochait à moi comme si sa vie en dépendait. Nos cœurs battaient en synchronie, et je ne voulais rien d'autre que de lui dire qu'il allait s'en sortir. Quand on est rentré chez moi, je l'ai fait promettre qu'il ne rentrerait pas chez lui. J'avais trop peur pour lui.

— Tu ne déranges personne, Ilyes. Tu restes ici.
— D'accord…

Il est allé se doucher, pendant que je m'occupais d'envoyer des messages à Edward. Le cœur encore lourd, je lui écrivis :

Moi, 16 h 56
Edward, j'ai mon pote Ilyes qui vient dormir quelque temps, il a fait une overdose aujourd'hui. Je ne veux pas qu'il retourne chez lui, j'ai peur.
Mon frère, 17 h 00
Fais comme tu veux, t'es un bon garçon, Hayden. Je t'aime. Je rentre bientôt avec Cookie, elle n'en peut plus, quelle faignante haha ! Faites cuire des pizzas si vous avez faim.

Le reste de la soirée s'est bien passé. Mais la nuit, c'était une autre histoire. Ilyes ne pouvait pas dormir, ses yeux ouverts fixaient le plafond, hantés par ses peurs. Moi, j'étais là, à ses côtés, incapable de fermer l'œil. La peur de le voir mourir dans son sommeil me rongeait. Finalement, je lui ai murmuré dans l'obscurité :

— Pourquoi tu t'es assis sur ce canapé en haut ?
— J'en avais marre de me priver de vivre pour lui. Et je n'ai pas géré la drogue qui m'aidait à continuer de vivre. Je me sentais tellement seul.
— T'es plus seul Ilyes.
— Tu sais, le pire, c'est que j'ai autant peur de l'overdose, comme j'aime le mot. J'aime le fait d'overdoser quelque chose comme l'amour ou la tristesse. C'est tellement beau.
— Mais l'overdose tue, comme l'amour et la tristesse.

Je soupire, fixant la lune qui éclaire ma chambre plongée dans le noir. Il me répond :

— Ouais.

Puis il change de sujet, comme pour s'échapper de la douleur :

— C'est quoi ton groupe préféré ?
— Coldplay, pourquoi ?
— Comme ça. Il hausse les épaules, puis il murmure. Je suis content que tu sois mon meilleur ami, H. Avec toi, j'ai plus peur d'être seul.

And you're under fire, I will cover you
Si je mourais à genoux
If I was dying on my knees
Tu serais celui qui me sauverait
You would be the one to rescue me
Et si tu te noyais en mer
And if you were drowned at sea
Je te donnerais mes poumons pour que tu puisses respirer
I'd give you my lungs so you could breathe

Brother : Kodaline

37

...

2 mars 2018
<u>Deux mois qu'Ilyes est chez Hayden.</u>

Ce matin, je me suis levé pour aller en cours. Ilyes dormait encore, il ronflait de son côté, les écouteurs dans les oreilles et la musique à fond. Je savais qu'il ne viendrait pas en cours, pour la seule et bonne raison qu'il n'y arrive pas. Depuis qu'il a arrêté la drogue, c'est une autre descente aux enfers qu'il vit. Je suis content qu'il se soigne en allant voir des psys et en faisant des groupes de parole, mais ça m'inquiète qu'il ne veuille même plus aller en cours de théâtre ! Lui qui ne jurait que par ça, le voilà allongé sur mon pieu, ses bouquins pourrissent dans son sac qu'il n'a pas ouvert depuis une éternité. Bien sûr, Ilyes paye mon frère pour traîner ici avec l'argent que sa mère lui envoie tous les mois. Sa mère n'a jamais rien su de l'overdose et surtout qu'il prenait de la drogue. Il pense passer à travers les gouttes, mais on voit à sa gueule que la drogue est passée par là.

Derrière le lycée, j'attends Lukas. Son père ne veut toujours pas qu'il me voie en dehors du lycée, mais il a récupéré son téléphone. On évite de s'envoyer trop de messages, il soupçonne que son père a mis un logiciel pour les lire depuis le sien. Son père est un fou malade.

— Hayden ! Il court puis se jette sur moi. Ça fait déjà deux semaines qu'on ne s'est pas vus, car il était malade, il m'a manqué.

Pour moi, c'est lui mon overdose.

— Hey, ça va mieux ? Son nez est encore un peu irrité et il a l'air fatigué, mais il me sourit, même si son écharpe couvre encore sa bouche pulpeuse.

— Oui, super, je suis tellement content de te revoir. Je m'approche de ses lèvres, mais il recule.
— Je suis encore un peu malade, H, je ne veux pas que tu le sois aussi.
— J'attraperais toutes les maladies du monde juste pour pouvoir t'embrasser quelques secondes. Il rougit en claquant doucement mon bras avec sa main.
— Tu es bête !

Je l'attire à moi et plaque ma bouche contre la sienne, je cale mes mains contre ses hanches et je le serre près de moi. J'avais l'impression d'avoir oublié cette sensation exquise de pouvoir l'embrasser à pleine bouche. Il a soupiré de bonheur en continuant notre baiser vital.

— Tu m'as manqué. Je lui chuchote en passant ma main sur son postérieur.
— Fais gaffe où tu vas, toi. Il rit et plaque ses lèvres rapidement en attrapant son sac blanc.
— On mange ensemble aujourd'hui ? Il me demande en me tendant un jus de fruit qu'il m'a acheté.
— Ouais, si tu veux.
— Sushi ?
— Je n'ai jamais mangé.
— PARDON, comment c'est possible ?
— Bah, je ne mangeais pas grand-chose petit.
— Pardon, excuse-moi. Il se reprend. Je vais te faire découvrir, ce sera notre nouvelle expérience !
— Si tu le dis.

Il va pour m'embrasser, mais quand j'aperçois une foule d'élèves arriver près de nous pour rentrer dans le lycée, je l'arrête et le repousse.

— À plus, Anderson.
— Euh, à midi.

Je regarde Lukas s'éloigner dans la foule, un sentiment de culpabilité mêlé à un soulagement m'envahit. Je me sens mal de l'avoir éloigné de moi aussi rapidement, mais en même temps, je sais que c'est la seule façon de protéger notre relation du regard des autres. En cours d'histoire, Charlie et Noah sont assis côte à côte, je m'assois derrière eux, posant mon sac sur la chaise qui aurait dû être occupée par Ilyes. Parfois, ça me manque de ne pas l'entendre piailler toute la journée. Les cours d'histoire étaient bien la dernière chose qui m'intéressait, en ce moment, mon esprit était occupé par notre évaluation de musique qui se passe cet après-midi. Je crois que j'ai le trac.

— Comment va Ilyes ? me demande Noah.
— Je ne sais pas trop.

Je déteste qu'il me demande ça, puis de toute manière, c'est toujours la même réponse.

— Il vit mal le fait de ne plus se droguer. Je conclus.

Il hoche la tête et se retourne quand le prof commence à parler. Pendant ce temps, je traîne sur mon téléphone en envoyant quelques messages à Ilyes pour savoir si tout va bien. C'est fou la peur que ça m'a créée de le voir presque en train de mourir devant moi. Maintenant, j'ai toujours peur de le laisser seul. En ce moment, Faith m'envoie énormément de messages. Je n'ai toujours pas compris pourquoi, mais j'ai comme l'impression qu'elle flirte avec moi ? Je n'espère pas, après tout, elle ne sait pas que je suis en couple et gay en plus. Et c'est très bien comme ça.

Quand la cloche a sonné annonçant la récréation, j'ai décidé d'aller chercher un jus de raisin, notre passion commune à moi et à Éthane. Posé contre un mur, je sirote ma brique en écoutant un podcast que m'a envoyé ma psy.

« Le deuil »

Je n'ai jamais compris pourquoi elle me l'envoyait, après tout, j'ai fait le deuil d'Éthane et de mon père et de tout, je vais mieux maintenant, enfin, je crois ?

— Dis-moi Sawyer… La voix rauque d'Antoine me tire de ma rêverie.
— Qu'est-ce que tu me veux ? Ça ne t'a pas suffi la dernière fois ? je crache en voulant remettre mes écouteurs.
— Ton pote le toxico, où est-il ? Il manque à son petit groupe de théâtre.
— En quoi ça te regarde ? Puis qu'est-ce que t'en as à foutre de son groupe ?
— Il est marrants à brutaliser. Il ricane et continue :
— En fait, je sais très bien ce qu'il a, tu sais, les rumeurs, ça court vite. Tu penses qu'avec mon groupe de journal, on peut faire un article sur les dangers de la drogue ? Il rit en me montrant une photo d'Ilyes à moitié évanoui sur le sol à une fête.
— Où t'as eu cette photo ?
— C'est moi qui l'ai prise, il est marrant avec sa vieille tronche.

— Tu te crois malin, hein ? grognai-je, mes poings se serrant comme un mécanisme.

Antoine arborait un sourire narquois, comme si c'était son but de m'énerver.

— Je sais juste ce qui se passe autour de moi. Et ton pote, il est juste une cible facile.
— Tu n'as pas le droit de faire ça, je grondai, la colère bouillonnant en moi.

Il éclata de rire, et d'un geste brusque, je le repousse. Il recula d'un pas, mais son sourire persistait.

— Tu veux que je te dise, Sawyer ? Tu es aussi faible que lui. Toujours à te cacher derrière tes problèmes. Tu es comme lui, vous êtes des faibles.

C'était la goutte de trop. Sans un mot de plus, je lançai mon poing en avant, visant son visage. Mon poing rencontra sa joue avec un bruit sourd. Comment il pouvait dire ça d'Ilyes, je n'ai jamais rencontré quelqu'un d'aussi vivant que lui. Il sauve des vies juste avec sa bonne humeur, ma vie sans Ilyes ne serait plus pareil. Mais lui, cette merde sans valeur, ne sait pas que j'ai failli le perdre, que j'ai failli dire au revoir à un rayon de soleil, que j'ai failli perdre mon meilleur ami pour la deuxième fois.

J'ai enchaîné un second coup, direction ses bijoux de famille. Le faisant se plier en deux, à genoux devant moi, il a lâché un cri.

— Tu es juste un pauvre gars qui a une vie de merde, Antoine, ça se voit. Laisse mes amis et moi tranquille.

Puis la proviseure adjointe est venue le chercher en rogne, mais en même temps, elle avait ce regard triste. J'ai essayé de la convaincre de ne pas me renvoyer aujourd'hui.

— S'il vous plaît. J'ai une évaluation importante de musique, je ne peux pas la rater. Elle a soupiré et a acquiescé au bout de cinq bonnes minutes à la convaincre.
— Très bien, mais à partir de demain, je ne veux pas vous voir jusqu'à jeudi prochain.
— Et je vais prévenir votre frère, il est intolérable que j'accepte vos comportements bagarreurs, c'est le lycée ici, pas des combats de boxe.
— Bien madame, merci.
— Sortez maintenant, Sawyer, et que ça ne recommence plus !

Quand je suis sorti, Lukas m'attendait. Ç'a dû tourner aux oreilles de tout le monde.

— Encore ? Il râle et soupire en même temps.

— Désolé.
— Tu m'épuises, aller, on va manger. il est déjà 12 h 30 !
— Oui pardon, c'est elle, elle parle beaucoup aussi.
— Elle ne parlerait pas si tu ne faisais pas le con. Il me dispute en frôlant sa main contre la mienne, ce qui me fait de mini-électrochocs dans le cœur.
— Du coup, on mange à la cantine, désolé.
— Ne t'inquiète pas.

Quand je suis rentré dans la cantine, j'ai pris une distance avec lui pour que personne ne soupçonne quelque chose. Tout le monde me fixait évidemment, d'ailleurs Antoine avait de la glace sur les couilles. J'aurais voulu me marrer, mais j'ai préféré éviter les ennuis qui me collent déjà aux fesses. Au loin, Faith m'a fait un coucou et m'a mimé de lui envoyer des messages. Elle était vraiment étrange en ce moment.

— Elle te veut quoi, elle ? Grogne Lukas en chuchotant.
— Rien, elle me parle de temps en temps.
— Elle veut tes fesses, celle-là.
— Je ne pense pas que ce soit mes fesses. Je ris, mais je remarque que lui ne rit pas, mais me regarde avec un regard noir.

Mon téléphone vibre dans ma poche plusieurs fois par stress, que ce soit Ilyes qui me dise qu'il va se suicider, je regarde directement. Quand je vois les messages de mon frère, je soupire. Il manquait plus que ça.

Mon frère 11 h 40
Ta principale m'a appelé.

Mon frère 11 h 40
Tu commences à m'énerver, Sawyer.

Mon frère 11 h 41
J'espère que tu as une bonne raison. Sinon, tu es dans la merde.

Printemps
Memories

38
Pote et potin

Joni Mitchell a réussi à écrire sa vie dans une chanson à mon tour. Mais que dire ?

Nous sommes fin mai, bientôt la fin de l'année et du printemps. Beaucoup de choses se sont passées depuis la dernière fois. Ilyes a retrouvé sa maison et est retourné en cours. Je suis fier de lui ; voir des psys l'aide pas mal. Il a même appelé sa mère pour lui demander de revenir.

Pour ma part, j'ai passé le plus clair de mon temps avec Lukas. Soit il squattait chez moi à manger des crackers et à mater des films Spider-Man, qui finissaient souvent en bouche-à-bouche avant la fin du film, soit c'était moi qui venais en cachette le soir, car son père ne veut pas que je mette un pied chez lui quand il n'est pas là. Passer du temps avec Lukas dans sa chambre, la porte grande ouverte pour que son père nous observe depuis son bureau, est la chose qui me donne le moins envie sur cette terre. D'ailleurs, il a arrêté de me faire la guerre. Il ne sait pas s'excuser, certes, mais il me dit bonjour maintenant.

On a arrêté les rendez-vous sur le toit pour regarder les étoiles. Lukas finissait à moitié gelé à chaque fois. Maintenant, on s'appelle tête contre tête sur le sol pour regarder le ciel au chaud. Ce seront nos rendez-vous d'été et d'automne, tout simplement parce que même en mai, il fait toujours froid le soir. Ilyes a commencé à fumer des cigarettes normales. Je sais que parfois, il rechute ; il m'envoie des messages et j'arrive à la seconde pour le canaliser.
Edward et moi, ça va. Je le comprends comme il me comprend. C'est ça qui est cool avec lui : on avance ensemble dans cette vie pourrie.
Demain, personne ne le sait, mais je retourne à Milwaukee pour voir Amanda, qui ne m'a plus appelée depuis Noël. J'ai décidé d'y retourner et de revoir Éthane. Je vais enfin passer le cap d'aller sur sa tombe.

♪♪♪

Je suis devant mon miroir, j'enfile un pull au hasard pour éviter de crever de froid ce soir dans le garage d'Ilyes. Ce soir, il nous a proposé de faire une petite soirée chill : jeux vidéo, musique entre potes avec nos super compagnons Noah et Charlie. Juste nous quatre, sans personne d'autre, et ça, Lukas n'a pas apprécié.

Cette sensation d'abandon ne me lâchait pas. Je devais ramener Anderson à sa mère avant 20 heures, sinon son père allait me servir au dîner avec des patates dans le rectum. Il déroula ses bras et ses jambes puis se laissa tomber sur le lit en rigolant.

— T'imaginer avec des pommes de terre dans l'anus est la chose la plus drôle que j'ai imaginée aujourd'hui. Il essuie ses yeux hilares et me sourit.
— Allez, grouille-toi. Il se lève, attrape son sac à dos rempli de bonbons et de BD, puis se dirige vers mon frère pour le remercier comme à chaque fois de l'accueillir.
— Avec plaisir, Anderson, passe le bonjour à ta mère.
— Je note ça dans un coin de ma tête, à plus, Ed.

On a fini par sortir et prendre ma moto direction la maison de Claire et Richard. Après un dernier bisou sur le perron de sa maison, je roule jusqu'au garage du métis. En entrant, j'ai vu Noah et Ilyes sur le sol en pleine partie de Mario Kart et Charlie était couché sur le canapé derrière eux, en train de les regarder jouer. Je suis le dernier comme toujours.

— Salut les gars ! Je les ai salués en fermant la porte derrière moi.
— Hayden ! Ilyes se lève, abandonnant la partie sous les râlements de Noah, et me prend dans ses bras en sautillant.

— Ça fait tellement longtemps, je t'ai attendu mardi soir !

— Désolé, j'avais un cours imprévu avec Mr. Roger. J'ai oublié de te prévenir, mais je suis là aujourd'hui !
— Bon, l'arlequin vient continuer la partie que je te gagne sans tricherie. Noah me donne une tape amicale et Charlie me salue d'un hochement de tête en s'asseyant correctement sur le canapé, me laissant de la place pour m'asseoir.

Noah a fini par mettre une raclée à Ilyes qui, mauvais joueur comme il est, a nié et m'a accusé d'être arrivé en pleine partie. J'ai levé les yeux au ciel devant son comportement enfantin et très mauvais joueur. Même les petits frères de Lukas acceptent quand ils ont perdu.

Ilyes a fini par se lever, nous proposant de la bière et une partie d'action ou vérité soft. Je repense à la fois où j'ai voulu le tuer à cause de son action ou vérité qui avait viré au cauchemar. Maintenant, ça a bien changé. Bien, il boit toujours autant, ça, il n'a pas arrêté, mais ça le fait compenser avec la drogue. Je vois bien qu'il a meilleure mine maintenant. On a même jeté les meubles et le canapé du salon pour qu'il puisse monter sans avoir des nausées en voyant ce canapé qui l'a traumatisé à tout jamais.

On s'assoit en rond et on se pose des questions tour à tour, en buvant petite gorgée par petite gorgée nos bières.

— Alors, Ilyes avec Faith, ça avance ?

— Non, pas trop, elle m'a un peu ghosté, je crois.

Moi, elle continue de m'envoyer des messages. On se voit pour fumer et en cours, on rigole. Faith est vraiment une bonne personne. J'ai déjà essayé de lui parler d'Ilyes, mais elle détourne toujours la conversation pour se concentrer sur moi et pas sur lui. Au fond de moi, je sais qu'elle m'aime plus que bien, mais je préfère rester dans le déni.

On a continué de jouer. J'ai eu droit aux questions sexuelles que j'ai déclinées par respect pour Lukas. Puis la soirée a continué avec des actions. Noah a dû faire une vidéo dans laquelle il parle allemand en faisant un strip-tease pour la poster sur un blog allemand. Il a reçu pas mal de commentaires de la part de filles, ce qui nous a bien fait rire.

Ilyes a dû boire un mélange d'œuf, de coca et de chocolat, et j'ai dû envoyer un message hot à Lukas.

Moi 22 h 20
Je rêve de glisser mes mains sur tes courbes.

Lukas 22 h 22
T'es bourré ? Mais avec plaisir ;)

J'ai senti mon corps bouillir, comme si j'étais une bombe à retardement prête à exploser dans pas longtemps. Je me suis fait charrier par les garçons. Charlie a essayé de savoir si c'était une photo de Lukas, mais je lui ai envoyé une insulte en rigolant.

Moi 22 h 45 :

Désolé, c'était un gage, j'étais obligé.

Lukas 22 h 47
Ah, parce que je ne t'attire pas ?

Moi 22 h 50
Je n'ai pas dit ça, je trouve juste ça dégoûtant de t'écrire ça comme si tu étais un objet.

Lukas 22 h 56
Mignon. Dis à Noah que Rowane est littéralement en train de péter un câble, car il ne lui répond pas.

Je n'ai jamais vu Noah bouger aussi vite pour aller chercher son téléphone, complètement affolé.

39
Jour 1

*Once we danced under
the city lights.
Now I'm lonely
in the silent night*

Je sors des cours, il est bientôt quinze heures. Je pars pour Milwaukee dans peu de temps ; j'ai promis à Edward que je rentrerais dans deux jours. Mais avant de m'en aller, une fille que je ne connais pas me coince dans les couloirs en souriant.

— Salut, je suis Samanta, je fais partie du club de journal et on a entendu pas mal de choses à ton sujet. On essaie de démêler le vrai du faux dans toutes ces rumeurs, tu vois. Et là, une question nous brûle les lèvres.
— Si c'est par rapport à mon père, je la coupe.
— Ah non, ça, on s'en fout. On voulait savoir si tu sortais avec Lukas Anderson ?

Elle me fixe avec ses yeux noisette et tient son crayon pour noter ma réponse. L'angoisse me monte au cerveau. Je ne voulais pas que les gens le sachent ; c'était impossible pour moi.

— Avec lui ? Je ris, espérant que mon rire masquera la nervosité qui me coule dans les veines.

— Horrible. Je préfère largement les filles.

Elle me remercie avec un sourire reconnaissant de lui avoir donné son scoop du mois, avant de s'éloigner, son crayon grattant frénétiquement sur son carnet.
Maintenant qu'elle disparaît dans la foule, un sentiment de honte me prend à la gorge.

J'ai menti. Et cette fois, je m'en veux vraiment.

🎵🎵🎵

Une heure de route et me voilà devant la maison d'Amanda, mon sac sur le dos. J'angoisse.

J'ai prévenu Léo de ma visite soudaine. Il a paniqué en essayant de m'inventer un mensonge, puis il a soupiré en m'annonçant qu'Amanda était malade. Qu'elle avait du mal à me répondre par peur que je sois encore plus mal que d'habitude.

J'ai sonné en retirant mes chaussures neuves que m'a achetées Edward la semaine dernière. Les miennes commençaient à perdre leur semelle.

Léo m'a ouvert, son visage m'a fait froid dans le dos. Je l'ai salué, puis je me suis dépêché de retrouver Amanda, qui est allongée sur le canapé. J'aperçois son crâne chauve mal recouvert par un foulard rose pâle. Elle regarde un dessin animé, le préféré d'Éthane, et son plaid recouvre tout son corps amaigri.

— Amanda. Je murmure son prénom. Elle lève les yeux, qui sont à moitié éteints par une lueur de tristesse. Je la vois essayer de se redresser.
— Reste allongée, oh ma belle Amanda. Je m'approche et m'assois sur le sol en lui attrapant la main délicatement. Cette main qui m'a tellement de fois endormi le soir. Elle esquisse un léger sourire.
— Mon chéri, qu'est-ce que tu fais ici, mon ange ?
— Je suis venu pour te voir, Amanda. Pourquoi ne me réponds-tu plus ? Je vois dans ses yeux qu'elle veut pleurer. Pleurer sur son sort non mérité.
— Oh chéri, pardonne-moi.
— Amanda.

Je la prends dans mes bras pendant qu'elle pleure de légers sanglots.

— Chéri, t-tu vas me manquer, mon ange, toi qui m'as tant illuminé depuis la première fois que je t'ai vue partager ces cacahuètes avec ce petit oiseau bleu. Dieu t'a mis sur mon chemin comme un cadeau. Tu m'as sauvé, mon Hayden.
— Amanda, c'est toi qui m'as aidé. Merci d'avoir pris soin de moi comme une mère. Je t'aime.
— Je vais bientôt rejoindre mon fils, chéri. Je vais enfin le revoir.

— Arrête de parler comme si tu allais mourir. Mes yeux sont humides, je tremble ; j'ai chaud, je ne veux pas la perdre non plus.

Je sens que mes yeux bavent, mouillant mes pommettes. J'ai l'impression d'être un petit garçon, assis sur le sol, je la regarde s'endormir en pleurant silencieusement.

Je regarde Louis approcher sa mère qui dort.
Il pleure lui aussi.
Et pour une deuxième fois, on pleure ensemble, comme le soir où tu es parti, Éthane.

Léo nous regarde depuis la porte, il a les larmes aux yeux. Il sait qu'il peut la perdre à tout moment ; 35 ans de mariage qui se finiront probablement en larmes.

Je vois encore Amanda avec ses habits blancs venir nous chercher au collège en nous amenant cette compote délicieuse qu'elle nous préparait tous les jours. Les soirs où elle passait des heures avec moi dans le garage pour entendre mes solos de guitare.

Elle m'a souvent répété : « Ce qui ne nous tue pas nous rend plus forts, chéri. » La perdre ne me rendra pas plus fort, ça je le sais au fond de moi.

— Hayden, maman va aller mieux, pas vrai ? Il me regarde en essuyant ses yeux.

— C'est une battante, Louis. Bien sûr qu'elle va aller mieux. J'essuie ses yeux et les miens. Allez, laissons-la dormir, elle a besoin de prendre des forces.

Il se lève et se dirige dans sa chambre avec son livre, posé plus tôt sur la table basse.

Je sors d'ici, revoir cette maison me brise le cœur. Le couloir où on courait en rentrant de cours pour fuir dans la chambre d'Éthane me rappelle beaucoup trop de souvenirs. La cuisine où Éthane s'amusait à préparer des gâteaux pour me les donner le soir quand mon père était bourré. La salle de bain où on s'est embrassés pour la première fois à nos 13 ans pour "tester".

Je tapote l'épaule de Léo qui s'allume une cigarette près de la fenêtre de la cuisine.

— Je peux venir demain ? Il acquiesce.
— Tu es chez toi ici, gamin. Tu dors où ?
— J'ai un hôtel. Je mens, je n'avais bien évidemment pas assez d'argent pour dormir dans un hôtel.
— Bien, à demain. Fais attention. Il se dirige vers sa chambre, sûrement pour décompresser.

J'attrape mon sac, je me chausse et enfile mes écouteurs, essayant d'oublier tout ce que je viens de voir.

J'évite les messages et les appels de Lukas, Ilyes et parfois des autres.

Lukas 17 h 08
Tu es où ? On te cherche ?

Lukas 17 h 09
Réponds-moi ! Tu fais la gueule ?

Lukas 17 h 10
J'ai appris pour la rumeur, merci d'avoir dit que c'était horrible de sortir avec moi. Tu peux bien aller te faire voir.

Ilyes 12 h 36 :
Gros, tu es où ? Ton frère ne veut rien nous dire !

5 appels manqués d'Ilyes il y a 5 minutes
1 appel manqué de Lukas il y a 12 minutes

Je réponds à Ilyes qui m'appelle au même moment où je veux ranger mon téléphone dans ma poche.

— PUTAIN ! Tu réponds quand tu veux, toi ! Il crie au téléphone.
— Tu veux quoi ? Je soupire, lassé.
— Mec, j'ai une bête de soirée ce soir, j'invite même Faith ! J'ai entendu son sourire dans le téléphone, mais

283

j'avais d'autres choses à penser qu'une autre fête qu'il organisait.
— Attends, tu me fais chier depuis tout à l'heure pour ça ?
— Ah, je te fais chier ? Pardonne-moi, grand Hayden super occupé à se gratter les roubignoles.
— Va te faire le droguer.
— Le droguer, tu es sérieux là ? T'es vraiment un connard, tu le sais ça ? J'entends au son de sa voix que je l'ai blessé.
— Qui se ressemble s'assemble, non ?
— Va te faire foutre, reste bien tout seul à faire la gueule.
— Va te soigner, tu verras, ça ira mieux.

Je lui raccroche au nez et fourre enfin mon téléphone dans la poche arrière de mon jeans Lévis. Ma playlist se met en route et enchaîne sur la prochaine musique que je voulais le plus entendre.
Je me dirige vers la maison que j'aurais voulu oublier, mais pas le choix, je n'ai pas d'autre endroit où dormir.

Je ne peux pas me sauver
I can't save myself
Je ne peux pas me lier d'amitié avec mes émotions
I can't make friends with my emotions
Tout ce qu'ils font, c'est me laisser brisé
All they do is leave me broken
Alors, aide

> So, help
> *Est-ce que je me parle ?*
> Am I talking to myself?

Lø Spirit - Mind of Mine

40
Fantôme

La porte de la maison est couverte de griffures, et le bois moisit à vue d'œil. Des mégots de cigarette sont écrasés près des fenêtres de la cuisine. J'entre en enfonçant la porte. J'espérais voir une maison réparée, rangée, mais elle est laissée dans le même état que la dernière fois où j'y étais. Dans l'entrée, il y a ce meuble, celui où mon père m'a perforé l'arcade sourcilière. Le tapis est brûlé à cause des cendres, et le plancher est troué. Le sang séché dans l'escalier me retourne l'estomac. Le seul endroit safe de cette maison, c'est le deuxième étage. Il a arrêté d'y monter quand Edward est parti. Il préférait boire et dormir dans le salon. Là-haut, rien n'a changé, sauf les couches de poussière un peu partout. Mon père continue de payer la maison pour y retourner quand il aura fini sa peine. Comme quoi, il aime vivre dans des endroits cauchemardesques.

J'ouvre la fenêtre, voulant respirer l'air frais. Je me souviens de la première fois qu'Éthane est venu. J'avais tellement honte de cette maison et de son état.

Flash-back 2013, 13 ans

Il essaie de se déchausser à l'entrée, comme il a l'habitude de le faire chez lui, mais je l'arrête.

— Évite de les enlever, c'est mieux pour toi.
— Oh d'accord. Tu te rends compte que ça fait déjà trois ans qu'on est meilleurs amis et je n'ai jamais vu l'intérieur de ta maison !
— Hum, bah évite de regarder les murs et tout le reste, on va monter dans la chambre directement. Et si par hasard mon père rentre, on sautera sur le toit.

Il se mordille la lèvre en acceptant mes conditions. Mais quand on entre et qu'on voit les gouttes de sang sécher sur le papier peint, il devient livide.

— C'est ton sang ?
— Je ne sais pas trop, il ne se détache pas sur le papier. J'ai tout essayé, désolé.

Il zieute tout ce qui l'entoure, oubliant au passage tout ce que je viens de lui dire. Dans le salon, on voit encore la corde où ma mère s'est pendue, posée sur le canapé, les bouteilles et les canettes de bière trônant sur le sol et les meubles. Je commence à paniquer et attrape son avant-bras pour le tirer jusqu'à la chambre. Il me suit, horrifié. Quand on arrive dans la chambre, la première chose qu'il fait, c'est la ranger. C'est bien Éthane ça, il range tout ce qu'il voit. Il a même réussi à ranger un vide en moi.

Je m'assois sur le rebord de la fenêtre moisie pour fumer en le regardant.

— Ça ne va pas trop te dégoûter ? Il lève la tête du dessus de mon bureau, des livres à la main.
— Hayden, ta maison ne te définit pas. Je m'en fiche, ça me fait mal au cœur pour toi que tout soit dans cet état. Il les dépose sur une étagère.
— J'ai beau ranger, il s'en fout et recommence. Donc j'ai arrêté, je ne le fais qu'une fois par semaine, sinon ça pue la mort ici. Il regarde ce que je lis.
— Tu aimes bien les livres sur la mer, toi ?
— Je suis captivé par l'océan et tout ce qui s'y trouve.
— Oh, c'est chouette, on ira un jour avec maman et papa, alors. Tu verras, on s'amusera bien.

Puis, on est restés dans ma chambre. Moi, j'étais allongé, pendant qu'il découvrait des objets planqués un peu partout dans ma piaule.

Après avoir déposé mon sac dans ma chambre désordonnée, je décide de partir faire un tour avec ma moto. Mais dès que je sors de chez moi, je me retrouve nez à nez avec eux. Mon ancien groupe d'amis. Leur regard fixe semble me transpercer comme si j'étais un étranger dans mon propre quartier.

— Salut Hayden, tu te rappelles de nous ? Ou tu es trop obnubilé par tes nouveaux amis ? me lance Arthur, l'air amer.

— Salut les gars. Bien sûr que oui, je me souviens de vous, pourquoi ? Je reste calme malgré le malaise qui grandit en moi.
— Tu nous as complètement ignorés. Pourquoi ? demande James, déçu.
— T'es trop occupé dans ta vie de gens aisés ? renchérit Will, un regard noir fixé sur moi.
— Je suis au tribunal ou quoi ? Je n'ai pas de compte à vous rendre, à ce que je sache ? Alors ne me saoulez pas avec vos conneries, tournez la page, je réplique, laissant échapper un soupir.
— Bah oui, comme t'as fait avec nous ? T'es un sacré connard, Hayden, t'es qu'un beau parleur. « On restera ensemble toute la vie, les gars, on sera connus avec notre groupe ! Éthane vivra à travers nous», menteur, renchérit Will d'un ton cruel.
— Ça s'appelle la vie, Will. Si tu ne peux pas l'accepter, va consulter, je lui réponds du même ton que lui.
— On n'a pas tous de l'argent, on n'a pas toutes des bécanes neuves comme ça, reprend Will, pointant ma moto du doigt. Il continue :
— Ton père aurait dû t'abattre.

Sans réfléchir, je le saisis par le col de sa chemise et le plaque violemment contre le sol mouillé.

— Ferme ta gueule, Carter, sinon je t'arrache le peu de dents qu'il te reste, je gronde, le regard furieux.

Il étouffe un cri et je le relâche, scrutant les visages des autres.

— Je veux plus qu'on se calcule. C'est fini, notre amitié.

Je monte sur ma moto pour rouler jusqu'à la tombe d'Éthane. La tombe n'est pas au cimetière, mais derrière le théâtre, là où Éthane passait le clair de son temps les soirs quand j'allais à la boxe avec son père. Je caresse la tombe noire du bout des doigts, essayant de le sentir à travers. Mais la pierre froide le ramène à l'évidence : je ne le sentirais plus jamais de ma vie. Je m'allonge sur sa tombe, la touchant toujours du bout des doigts.

— Salut mon ange, j'espère que tu m'entends. J'espère que tu vas bien là-haut et que tu penses toujours à moi. Je sais que tu as dû voir mes nombreux baisers avec Lukas, mon nouveau copain qui va probablement me quitter quand je vais rentrer à cause de mon manque de courage. Je veux que tu saches que je l'aime lui aussi. Il me fait sentir bien : quand il est là, le monde devient plus facile à avaler. Tu me manques, Éthane, c'est dur sans toi.

J'ai continué à lui parler quelques minutes, j'ai même fredonné légèrement les chansons qu'il adorait, essayant encore de le sentir près de moi. Tous les jours, j'espère le revoir. Finalement, je crois que je n'ai pas avalé la pilule. Je me suis levé quand la nuit a commencé à tomber. J'ai tenté de pioncer, allongé sur les draps qui sentaient mon odeur et le moisi, mais je n'ai pas fermé l'œil de la nuit. L'image d'Amanda et d'Éthane jouait dans ma tête comme une farandole nocturne.

Et les souvenirs te ramènent, les souvenirs te ramènent
And the memories bring back, memories bring back you
Il y a une époque dont je me souviens, où je ne connaissais aucune douleur
There's a time that I remember, when I did not know no pain
Quand je croyais en l'éternité et que tout resterait pareil
When I believed in forever, and everything would stay the same
Maintenant, mon cœur ressemble à décembre quand quelqu'un prononce ton nom
Now my heart feel like December when somebody say your nam*e*
Parce que je ne peux pas t'appeler, mais je sais que je le ferai un jour, ouais
'Cause I can't reach out to call you, but I know I will one day, yeah

Memories : Maroon 5

41
Faith

In dreams of you through the night,
Memories vast, a fading light.
Gone from my bed, a lonely plight.
Beside me, petales whisper,
your name.

20 mai 2018

Moi 14 h 59
On se voit ?
Vu

Moi 15 h 00
Lukas ? Tu fais la gueule ?

Lukas 15 h 03
Non, sans blague, t'es vivant ?

Lukas 15 h 03
Je ne veux pas voir ta tronche.

Moi 15 h 05
J'arrive, ne bouge pas.
Vu

Je cours, attrapant ma veste à la volée. Je fonce à toute vitesse pour atteindre ma bécane, l'esprit encore brouillé par la tension de ces derniers jours. Arrivé chez Lukas, c'est une explosion. Il a raison, bien sûr, mais ça ne rend pas la scène plus facile. Je l'ai laissé en plan pendant deux jours, m'enfermant dans ma tête, l'ignorant comme une vieille chaussette usée. C'est lui qui a dû encaisser tout ça. Maintenant, il bouillonne, foudroyant l'espace d'une pièce qu'il occupe comme une vraie forteresse. Il me fixe, un mélange de colère et de douleur dans les yeux, comme un lion enragé dans sa cage. Et je le trouve beau, même dans cette fureur qui dégage une énergie brute.

— Tu étais où, Sawyer ? Sa voix, tremblante de rage, me coupe dans ma tentative de trouver une excuse.
Je veux parler, mais il me fait un signe d'avertissement, un regard noir qui arrête net toute parole.
— Et si tu essaies de me mentir, je te tue.
— J'ai été voir mon meilleur ami.
— Celui qui est décédé ? Attends, tu m'as vraiment ignoré pour me cacher ça ? Il s'agrippe à ses cheveux, les tirant presque dans une crise de frustration.
— Je voulais juste passer du temps seul… avec lui.
— Il est mort, Hayden ! Il faut que tu penses à tourner la page ! Il n'y a aucune tendresse dans ses mots, seulement un écho douloureux, un rappel que le temps ne s'arrête pas, même quand ça fait mal.

— Arrête. Un frisson me traverse, je sens mes poings se serrer, mes sourcils se froncer sous la pression d'un dégoût que je n'arrive même pas à expliquer.
— Tu penses encore à lui ? À ton amour à sens unique ? Il me dévisage, son regard brûlant de reproche.

— Il m'aimait aussi ! Je hurle, frustré, et le silence qui s'installe est lourd, trop lourd. Il recule alors que je m'approche, comme si ma proximité le brûlait.
— C'est du passé, Hayden. Tu ne peux pas m'embrasser en pensant à lui, en me faisant l'ombre d'un souvenir. Il appuie son doigt contre mon torse, comme pour me marquer de son avertissement.
— C'est différent ! Je me débats dans mes mots, dans mes émotions confuses, mais je n'arrive pas à me faire comprendre.
— Non, t'essayes de le faire vivre à travers moi. Puis tu sais quoi, je m'en fiche de tout ça. Tu m'as dit que c'était horrible de sortir avec moi ? Il souffle, le regard à la fois défait et méprisant.
— C'était compliqué, comprends-moi, pour moi être gay, c'est une honte ! Je le laisse m'écraser, une vérité qu'il n'est pas prêt à accepter.
— Que tu n'y arrives pas, c'est une chose, mais que tu m'humilies, ça c'est une autre. Alors, voilà, si tu m'aimes, tu l'assumes. Il y a une douleur palpable dans sa voix, une déception profonde, comme si chaque mot qu'il prononçait était une petite déchirure.

Je reste figé, incapable de répondre, et ça lui suffit. Le silence devient une épée à double tranchant. Je vois son regard changer, une blessure qu'il masque sous un sourire triste.

— Tu sais, pour Éthane et tout ça, je peux comprendre. Je n'imagine même pas la douleur de perdre quelqu'un que tu aimais. Mais mentir pour te cacher, c'est comme me trahir. Et je ne peux pas être ton secret. C'est fini entre nous. Il attrape ma veste, la jette en plein visage, et la fermeture éclate contre ma joue.

— Je t'aime, Lukas. Les mots sont lourds, presque inutiles. Trop tard pour les rattraper.
— Tu me le diras vraiment quand tu seras sûr, me lance-t-il, avant de se détourner.

Je pars, sans rien ajouter, la tête pleine de pensées contradictoires. Je prends la route, m'éloignant de tout, du chaos que j'ai provoqué, mais mon corps sait exactement où il doit aller. La douleur me pousse encore, et sans réfléchir, je me retrouve à un endroit que je pensais avoir définitivement rayé de ma mémoire.

Elle est là. Assise sur le rebord, une cigarette entre les doigts, l'air détaché, presque imperméable à tout. Elle me voit, et, comme d'habitude, elle se prépare à partir, à me laisser seul dans ma misère. Mais cette fois, je l'arrête.

— Arrête de me fuir, toi aussi. La voix tremblante, je l'invite à rester, totalement désespéré.
— Viens t'asseoir. Je m'assois près d'elle, dos aux ruines, les yeux perdus dans l'immensité de la ville qui s'étend sous nous.

Elle me tend une cigarette, ses doigts fins décorés de vernis violet, contrastant avec la fumeuse lueur qui s'étend autour d'elle.

— Pourquoi tu n'es plus venu ici, Hayden ? Sa question semble toute simple, mais c'est un appel à comprendre ce qui se cache derrière mes absences.
— J'ai entendu dire que tu sortais avec Lukas Anderson, c'est vrai ? Mon cœur fait un bond, mais je garde un masque impassible.
— On traînait juste ensemble. Je suis hétérosexuel. C'est la première fois que je dis ça à voix haute, et ça me ronge de l'intérieur.
— Tu es sûr ? Tu peux tout me dire tu sais.
— Et toi ? Ton plan cul ?
— J'ai beau entendre des rumeurs sur toi, tu n'entends pas les miennes. On a arrêter, Elle a coucher avec mon cousin .
Elle prend une dernière bouffée de sa cigarette, les yeux rivés sur le sol.

— Oh, désolé, je… Elle m'interrompt d'un geste rapide.

— Je m'en fiche, c'est elle qui perd quelque chose, pas moi. Elle souffle la fumée dans l'air, comme pour effacer tout ça.
— Eh sinon ça va mieux ? je lui demande enfin, le silence lourd entre nous. Elle me fixe, ses yeux changeant de teinte à mesure qu'elle me scrute.

Sa voix devient plus douce, presque un murmure.

— Et toi, Hayden, ça va mieux ?
Je ne répond pas. Je la regarde un instant, hésitant, mon cœur battant un peu plus vite à chaque seconde qui passe.
— tu veux coucher avec moi ? Le silence s'étire entre nous, lourd et suffocant, alors que je me maudis presque d'avoir dit ça. Qu'est-ce que je fais ? Pourquoi est-ce que j'ai dit ça ? Mais au fond, je sais que la réponse est là, juste derrière tout ça : je veux oublier, je veux me perdre dans l'instant, fuir ce que je ressens.

Elle ne répond pas tout de suite, ses yeux scrutant les miens, comme si elle mesurait tout ce qui se cache derrière ma question. Elle tire sur sa cigarette, le souffle s'échappant lentement.

— Tu sais ce que tu dis, Hayden ? Sa voix est plus calme, presque trop calme, mais je sens qu'elle capte la vérité cachée derrière ma question.

— Oui, je sais, j'en ai assez de fuir tout ce qui me brise. J'ai envie de sentir quelque chose d'autre, juste pour un instant.

Elle me regarde un moment, un sourire en coin se dessinant sur ses lèvres. Une sorte de défi dans ses yeux.

— Embrasse moi avant Sawyer.

42
Plan d'été

My heart died
With you on that day
Come back to me
Give back to me

Je suis assis sur le banc où Ilyes s'assoit tous les jours. Je l'attends comme d'habitude, il est toujours le dernier. J'ai mon carnet de musique dans les mains, je dois le montrer à Monsieur Martin. Est-ce que ma musique sera assez bien pour lui ? À midi, je dois rejoindre Faith pour qu'on aille manger à la cantine. Je ne sais pas pourquoi j'aime traîner avec Faith, mais ça fait du bien. Puis, on n'est pas ensemble, on couche de temps en temps ensemble. Lukas me manque terriblement, mais j'essaye de le mettre dans un coin de ma tête. C'est son choix, ce n'est pas à moi de souffrir.

— Hayden ! Le métis court et lâche son sac pour me saluer, les garçons derrière lui le suivent à la trace.
— Salut les gars, alors c'est quoi ton super projet, Ilyes ?
— Ça vous dit de partir en vacances ? Il est surexcité, les garçons ont l'air fatigués, le brun a dû les bassiner toute la matinée avec ce plan d'été.
— Où veux-tu aller ?

— Au Grand Canyon, je dois rejoindre mon oncle là-bas. Je me suis dit que ça serait cool qu'on y aille ensemble ! Il me tend son téléphone pour me montrer les photos. Il fait trop bon là-bas, on va s'éclater pendant une semaine !
— Mais c'est loin ? On prend l'avion ?
— Non, j'ai tout prévu, on fera un road trip comme dans les films ! Mais ne pose pas de questions, j'ai tout prévu de toute façon.
— Il y aura qui ?
— Bah moi, toi, Noah et Charlie. Il gigote, signe qu'il ne m'a pas tout dit.
— Et ?
— Alors, on a appris que tu as cassé avec Lukas, merci Rowane. Mais Noah veut que Rowane vienne, mais Rowane veut aussi que Lukas vienne, donc ils viennent tous les deux.

Super, manquait plus que ça, moi qui pensais l'oublier, je vais me taper une semaine avec lui et son meilleur ami qui doit sûrement vouloir me faire la peau.

— Je peux emmener quelqu'un moi aussi.
— Faith, j'imagine ? Il me sourit un peu triste, je lui ai avoué ce que je faisais avec Faith, il l'a bien pris, mais je pense qu'il me ment sur ça.
— Écoute, Ilyes, si tu ne veux pas que je l'emmène, je peux comprendre, ne t'inquiète pas.

— Ah non, si t'es heureux avec elle, tu fais ce que tu veux, d'accord ? J'acquiesce et le serre dans une petite accolade qui pourrait être pour le réconforter, mais qui me sert à m'excuser.
— Donc le Grand Canyon, tu dis ? Ça me va, j'ai gardé de l'argent de mon job, je peux venir.
— Parfait, alors, deuxième semaine de juin, on se barre au Grand Canyon !
— Mais il n'y a pas cours ? Je lui demande complètement perdu.
— Pas pour les premières années, on n'a aucun examen, on aura juste le bal en juillet. Et fin août, on va savoir si on est pris en classe secondaire !

Quand il a fini, ça a sonné, alors je les ai abandonnés pour aller voir Monsieur Roger. J'aimais bien les cours avec lui, il essayait toujours de tout comprendre ce que je voulais faire pour le spectacle.
Je flâne dans les couloirs bondés et j'aperçois que la porte de la salle est fermée. Je zieute par la petite vitre sur la porte et je le vois assis à son bureau. Je frappe à la fenêtre, signe que je suis là.
Quand il m'aperçoit, il me fait de grands signes de la main pour me dire d'entrer. J'enclenche la porte, toujours munie de mon carnet.

— Toujours pas de sac à dos, Sawyer ? Il me gronde.
— Désolé, mais je déteste ça, Martin. Je continuerai à te dire ça à chaque fois qu'on se verra.

— Petit insolent, allez, va t'asseoir, montre-moi ces magnifiques paroles.
— Ce n'est pas fini. Je le préviens et lui tends le carnet.
— Je sais, mais tu sais comme je suis gourmand des nouvelles choses.

Il feuillette les pages encrées. Il a l'air concentré, ses sourcils se détendent puis se froissent. Il caresse ses légers poils au menton en acquiesçant.
— C'est très beau.

Il se redresse et j'aperçois un nouveau badge : « Souriez, vous êtes beau », accroché à son t-shirt Nirvana.
— Depuis quand vous portez des t-shirts ?
— Depuis que je n'ai plus de belles chemises à mettre, alors j'ai enfilé un vieux t-shirt à mon fils.

Il parle de son fils comme si c'était banal, comme si ce matin, il était arrivé en furie dans la chambre de son fils torse nu et qu'il lui demandait de lui passer un t-shirt « cool ». Alors qu'en vérité, ce matin, il a juste ouvert la chambre vide pour fouiller dans les placards poussiéreux et attraper un des t-shirts de son fils décédé.

— Ça vous va bien. Je le complimente.
— Merci, et toi, je te conseille de mettre un peu de couleur. Il tapote mon pull noir qui recouvre ma silhouette.

— Promis, je mettrai du rose pour vous. Il rigole en levant les yeux au ciel, il sait très bien que je me moque de lui.
— Revenons à nos moutons, le jour du spectacle, quand tu vas chanter, tu seras accompagné à la guitare par Cole et à la batterie par Ernest. Tu les rencontreras dans notre cours prochain pour essayer de faire tout ensemble.

— Donc, il faut que je me grouille pour les paroles.
— Il faut que tu te grouilles.
Je souris à son air absent, puis il rit.
— Allez, sors de ma salle, Sawyer stalker ! Je te vois mercredi !
— Au revoir Martin matin !
— Idiot ! Je ferme la porte et rejoins Faith devant la cantine. Des gars m'ont salué, ils font partie de ma cour de musique.

Ensuite, elle arrive avec son sourire et ses vêtements de sport. Elle a l'air crevée et en sueur.

— Promis, je ne pue pas ! Elle attrape ma main pour me tirer jusqu'à la cantine. Son legging moule son corps à la perfection et son pull AC/DC lui va à merveille. Faith est jolie avec n'importe quoi sur elle.
— Ça a été ta matinée ? Je lui demande, elle attrape un plateau et me tend le mien.
— Super à part pendant le cours de sport, tu sais comme je déteste ça, Hayden.

— J'avais remarqué. J'attrape une assiette remplie de salade et elle prend du riz froid.
— Je n'ai rien foutu en sport et l'autre connard de Jolen m'a fait courir pour me punir. C'est décidé, le sport, c'est mort !

Dans la cantine, j'aperçois mes potes assis tous les trois. Ilyes m'aperçoit, me fait un signe de la main. Je n'ai pas le temps de lui rendre l'appareil que Faith me fait tourner pour aller à une table à deux. On passe devant Lukas qui me regarde avec des éclairs dans les yeux.
Je ne vais pas m'empêcher de vivre pour ses beaux yeux, ça, c'est sûr. S'il croit que je suis accro à lui, il peut se mettre le doigt dans l'œil.

Faith commence à me parler, mais je la coupe.

— Ça te dit des vacances au Grand Canyon ?
— Sérieux ? Elle sourit surexcitée.
— Ouais, on part avec les gars, je voulais t'inviter.
— Mais bien sûr que je viens, ça va être trop bien ! J'emmène Émilie avec moi ! Émilie, c'est sa meilleure amies qui est en cours de photographie avec Charlie.
— Cool.

Je commence à manger mes spaghettis et mon poisson pendant qu'elle continue à parler. Je sens le regard de quelqu'un me perforer le dos. Je me retourne quelques secondes et j'aperçois Lukas me fixer, perdu. On se fait un eye contact durant quelques secondes avant que Faith me demande de me dépêcher, car on part plus tôt que d'habitude. On est allé en mathématiques et, avant de rentrer dans la salle, elle m'a embrassé pour me dire au revoir. Je n'aimais pas spécialement ses baisers, elle ne me retournait pas le ventre comme ceux avec Lukas.

— Où sont tes affaires ?
— J'ai oublié mon sac.
— Prends mon cahier, sinon Monsieur Pythagore va t'arracher le cou.
— Merci Faith.

🎵🎵🎵

En partant du cours, j'ai senti la main de quelqu'un me retenir l'épaule, probablement Faith qui voulait encore un baiser.

— On peut parler ? Il était là avec sa vue fluette, son corps mince, ses cheveux noirs toujours trop bien coiffés et ses lèvres cerise qui me tentaient à chaque fois que je le regardais un peu trop longtemps.
— Tu me veux quoi, Anderson ? Je le regarde en baissant la tête, sa petite taille me fera toujours craquer.
— Tu sors avec Faith Waterson ?
— On ne t'a jamais appris qu'être curieux était un vilain défaut ? Il soupire, prêt à exploser à tout moment.
— Réponds-moi, Hayden.

— Je n'ai pas de compte à te rendre, Lukas. Tu m'as plaqué, je fais ma vie. Je serre mon carnet et pars, le laissant seul au milieu du couloir. Il commence à crier, énervé.

— Je te déteste, Hayden !
— J'ai l'habitude, merci.

Je suis sorti du lycée et j'ai enjambé ma moto en direction de ma maison. J'ai voulu me chasser Lukas de la tête, alors j'ai envoyé un message à Faith.

Moi 15 h 30
Tu passes après ton cours de littérature ? ;)

Faith 15 h 35
Il n'y a personne chez toi, j'espère ? ;)

Été
Amour

44
Soirée

11 juin 2018 : Chez Faith Waterson

— Allez, Sawyer, s'il te plaît, tu verras, on va s'éclater !
— Tu me saoules, Faith. Je râle, allongé sur son lit dans sa chambre.

Elle est devant moi, habillée d'une robe noire moulante, laissant voir son petit tatouage dans le dos. Elle me supplie de l'accompagner en boîte ce soir. Depuis que Lukas m'a largué, je pensais ne jamais rien ressentir et continuer ma petite vie, mais j'ai pris une douche froide quand j'ai compris qu'il me manquait terriblement. Faith n'était pas au courant de tout ça et trouvait ça bizarre que je ne veuille plus sortir m'éclater en boîte avec elle.

— Ça veut dire oui ? Excitée, elle sautille sur place, pieds nus, chaussure à talon à la main.
— Juste parce que je ne veux pas qu'il t'arrive quelque chose. Je lui souris, et elle lève les sourcils en roulant des yeux.
— Je vais te croire cette fois. Allez, bouge, va prendre ta chemise de la dernière fois.

Depuis que je sors avec elle à droite et à gauche, j'ai pris goût aux chemises. Alors, je l'ai écoutée et je me suis enfermé dans sa salle de bain, qui accompagne sa chambre en désordre. Quand je me regarde dans le miroir, replié de baisers au rouge à lèvres que Faith laisse à chaque fois qu'elle se regarde, je vois un pauvre mec ; j'ai réussi à prendre du poids à cause de lui. Je me dépêche d'enfiler la chemise et de me recoiffer. J'emprunte le parfum d'un mec avec qui elle couche pour enlever l'odeur de cigarette qui flotte sur ma peau. Faith avait cette manie de ne rien ranger, alors me laver les dents était compliqué, avec tout le maquillage qui rôdait dans le lavabo. J'ai fini par me laver les dents dans la douche.

— Grouille-toi ! Elle geint derrière la porte fermée à double tour depuis que je sais qu'elle est rentrée, même si je suis en train de pisser.
— J'arrive ! Je sors et elle m'embrasse la joue, accompagnée d'un compliment. Avant de partir, je vérifie dans le miroir qu'elle n'a laissé aucune trace de son satané rouge à lèvres.

Dans la voiture, elle danse, crie, chante et fume. C'est sa technique, elle s'ambiance avant pour ne pas stresser quand elle sera collée à la foule. Moi, je fume tranquillement en regardant la vue qui défile à travers ma fenêtre grande ouverte.

À l'intérieur de la boîte, il faisait chaud et humide, les gens buvaient déjà, et la moitié des autres s'échauffaient au milieu de la piste. Mon but était de me bourrer la gueule, Faith, elle s'amusait, elle vivait.
On ne se perdait pas vraiment de vue, elle savait qu'elle me retrouvait, je ne la laisse jamais seule. Mais on ne passait pas notre soirée ensemble, pour ne pas repousser des potentiels plans cul pour elle. Donc, quand elle allait se faire inviter par des gars plus vieux qu'elle, moi, je me réfugiais au fond avec un verre, à attendre celui qui m'attirait pour la soirée.

Et je l'avais trouvé, après des verres, des joints, avec un groupe de rock qui a bien aimé mon style. J'avais la cible. Faith était dans mon champ de vision, et lui était devant moi, à me sourire. Je me suis levé et je me suis approché de lui. Il était posé sur une chaise au bar.

— Tu bois quoi ? Je lui demande en parlant fort pour qu'il m'entende à travers ce brouhaha.
— Du jus de pomme et toi ? Sa voix fluette me transperce.
— Je vais arrêter. Je bafouille, et il rit.
— C'est mieux pour toi. Il me tend la fin de son verre et je le finis sous son regard aguicheur.

Au bout d'un moment, je me suis senti léger, je ne le voyais plus comme avant, je trouvais qu'il ressemblait à Lukas, mais ça, c'était moi qui le pensais. Il riait et caressait mes avant-bras. Je ne sais pas comment il arrivait à me comprendre. J'avais chaud, trop chaud. Il m'a tiré avec lui aux toilettes, et m'a plaqué contre la paroi. Il m'embrassait sans que je puisse répondre.

Putain, il m'arrivait quoi ? Je sentais sa main glisser vers le bas de mon ventre.

— Attends, arrête. Je bafouille en essayant de voir clair, mon cerveau tapait fort contre mon crâne.
— Laisse-toi faire, chéri. Il murmure et je crois que j'ai commencé à pleurer.

— Non, lâche-moi, tu n'es pas lui.

Mais il a continué à glisser sa main dans mon pantalon défait de sa ceinture. Mais il la retira vite quand la voix de Faith a transpercé mes tympans.

— Hayden ? Eh, qu'est-ce que tu lui fais, toi !

Puis, elle m'a tiré après avoir remis mon pantalon et ma ceinture. Elle a demandé un verre d'eau qu'elle m'a obligé à boire.

— Tu as trop tiré sur la boisson ou quoi ?
— Faith, je ne vois rien. C'est flou.
— Putain, ce salopard t'a drogué. Elle marmonne et me tire pour sortir de la boîte.

— J'ai chaud. Je me plains, mais elle me rassure en caressant ma main.

Dehors, on a marché quelques mètres pour s'asseoir sur un banc. Elle a posé ma tête sur son épaule pendant que je reprenais mes esprits.

— Dis-moi H, je ne sais pas si cette question ce pose vraiment mais, tu es gay ?
— Ouais, je t'ai menti, mais j'aime aussi un peu les filles, genre toi, j'aime bien coucher avec toi, mais c'est tout quoi.
— Oh et avec le mec, tu voulais… ?

— Non, lui, il a fait ce qu'il voulait. Je n'arrivais pas à bouger, mais heureusement, tu es arrivé avant qu'il… T'as compris quoi. J'arrive enfin à voir clair et je me redresse.
— Il faut porter plainte, c'est une agression H.
— Laisse tomber, j'ai d'autres choses à penser qu'à ce pauvre connard.
— Mais dis-moi une chose, Sawyer, pourquoi m'avoir menti ? Elle s'allume une cigarette, qu'elle me tend de temps en temps.
— La honte, sûrement.
— Tu n'as pas à avoir honte d'aimer, tu sais ?
— Ouais, c'est facile à dire mais pas facile à faire. C'est juste qu'avec Lukas, c'était si compliqué d'assumer.

— Alors c'était vrai ! Elle me râle dessus pour lui avoir caché ça.
— Ne commence pas, allez, viens, on rentre, je suis crevé.
— Tu veux dormir avec moi ? Elle me demande en serrant ma main.
— Ouais, je veux bien.

45
Grand canyon, on arrive !
One day

Through my tears
I learn, to live in a World
that's not the mine
In the darkness,
i see your ghost
Dancing under the starlight

12 juin, première semaine de vacances avant le bal de juillet.

La tête dans le cul, je bâille et attrape ma valise. La chienne jappe à mes pieds pendant que je vais la sortir promener. Ce matin, le réveil a été difficile. Après un black-out complet de la soirée, je me suis levé serein. Edward me serre contre lui et me tend mon billet d'avion de retour. Oui, on a beau faire un road trip en voiture pour aller au Grand Canyon, pour le retour, on prend l'avion. J'ai laissé ma moto à la maison, Edward m'a promis de la faire rouler un peu et de la nettoyer pour qu'elle soit comme neuve quand je reviendrai.

— S'il y a un problème, tu m'appelles, ok ?
— Oui, Ed.
— Tu vas me manquer, profite bien de tes vacances, tu les mérites, mon grand !
— Merci, salut Ed, je t'aime.
— Moi aussi.

Après avoir claqué la porte, j'ai marché jusqu'au lycée à pied ; c'était notre point de réunion, tout le monde doit y être à 9 h 30. Quand je suis arrivé en même temps que Charlie et Noah, on a attendu les autres en fumant sur un muret.
Tous les trois, on s'était vus avant-hier pour acheter nos vêtements d'été. Je n'avais jamais fait d'escapade shopping avant, c'était bizarrement cool. Je profite même du calme pour envoyer un message à Amanda.

Moi 9 h 40
Comment tu vas, Amanda ? Aujourd'hui, c'est le départ de mes vacances !

Amanda 9 h 45
Comme sur des roulettes, mon chéri ! Fais attention sur la route ♡

Moi 9 h 47
Ne t'inquiète pas, promis, je te ramène des souvenirs ! Je t'aime.

Faith arrive avec sa robe à fleurs et sa valise violette, elle m'embrasse sur la joue vu qu'on s'est vu très peu ce matin, puis elle salue les garçons qui lui sourient.
Rowane et Lukas sont arrivés à la foulée, deuxième douche froide pour le revoir, après un mois à l'éviter le

plus possible. Je sens qu'il ne sait pas où se mettre, mal à l'aise ; Rowane, lui, ne me calcule plus du tout depuis notre rupture avec Lukas. Ce que je comprends.

— Émilie ne devait pas venir ? je demande à Faith en caressant sa joue maquillée.
Avec Faith, on a fait un pacte avant : d'une part, on s'amuse et, d'autre part, on joue le faux couple pendant toutes les vacances pour essayer de rendre fou Lukas, et ça a l'air de déjà marcher, vu la tronche qu'il tire.
— Non, chéri, elle part à Venise, mais elle nous souhaite de bonnes vacances. J'entends Lukas ronchonner à côté de son meilleur pote. Je sens que je vais aimer ces vacances !
— Bon, il fait quoi, le Portugais ? souffle Noah.
On a beau être début juin, la chaleur commence déjà à nous prendre la tête.
À un moment, on voit passer un bus devant nous ; il s'arrête et mon meilleur ami en sort, vêtu d'une chemise hawaïenne, d'un short de plage et de claquettes rose fuchsia.
— Salut les amis ! il s'écrie en levant les bras en l'air. Il a l'air d'être tout droit sorti de l'émission *Next*.
— C'est quoi ce truc, Ilyes ? demande Rowane avec dégoût. Drama Queen comme il est, il s'attendait sûrement à une limousine pour les conduire partout.
— Ça se voit non ? Un bus. Puis un homme sort derrière lui, Je vous présente Olivio, mon oncle. Il a les cheveux

crépus et une peau noire avec des tatouages blancs sur les bras.
— Ilyes m'a dit que vous veniez en vacances à la maison, alors je vous emmène ! Le voyage va prendre trois jours minimum, donc accrochez-vous bien, les gamins.

Il nous ouvre le coffre de son bus et on se dirige pour poser nos valises à l'intérieur. J'attrape mon carnet, mes écouteurs et bien sûr un stylo qui m'accompagnera pour les premières heures de route.

Dans le bus, je me place au fond avec Faith. Ce qui est bien avec elle, c'est que si tu ne veux pas parler, elle ne parle pas.
Alors, pendant les cinq premières heures, on a fait nos vies sans parler, moi, j'écrivais, elle lisait. Parfois, on regardait des vidéos drôles qui tournaient sur Instagram. Tout devant, Ilyes parlait avec Charlie et Noah. Vu comme il est surexcité, il devait leur parler du Grand Canyon et de ses eaux magnifiques.

Faith me tend des cacahuètes, me coupant dans ma rêverie.
— T'as faim ? Elle me sourit, je retire mes écouteurs, laissant ma tête se reposer sur son épaule.
— Non merci.
— D'ailleurs, j'ai une idée pour notre plan « domptage de la bête ». Donne-moi des surnoms, ça va le faire

câbler, j'en suis sûre. Je regarde Lukas qui a l'air de dormir, la tête contre son bras posé sur la vitre. Il est magnifique, même de dos.
— Lequel, tu veux ?
— Bah, je ne sais pas, trouve.
— Ma petite fleur ? Je ne lâche pas, sûr de moi.
— On a 65 ans ?
— Oh ça va, je vais trouver, mais aide-moi toi aussi !
— Ah les hommes, des incapables ! Elle marmonne en réfléchissant. J'essaye de trouver moi aussi de mon côté.
— Princesse ?
— Tu n'as pas trouvé mieux ? Elle me demande, presque, elle me supplie de trouver mieux, je décline désespéré.
— Ok, bah va pour princesse. On se sert la main, puis on entremêle nos doigts.

Elle m'embrasse sans que je m'y attende et caresse ma nuque avec sa main libre. Je sens la froideur de ses bagues me coller contre la peau. Perdu, je la suis. On finit par se lâcher et je lui demande en chuchotant pour ne pas nous faire entendre :

— Il t'arrive quoi ?
— Tais-toi, le fumeur solitaire, il nous regardait, je t'ai sauvé la vie !
— Arrête avec ce surnom, Faith-astic !
— Oh le jeu de mots de merde ! Elle lâche un rire aigu qui fait ronchonner Lukas.

The night we met

Je ne suis pas le seul voyageur
I am not the only traveler

Qui n'a pas remboursé sa dette
Who has not repaid his debt

J'ai cherché une piste à suivre à nouveau
I've been searching for a trail to follow again

Ramène-moi à la nuit où nous nous sommes rencontrés
Take me back to the night we met
Et puis je peux me dire
And then I can tell myself

Qu'est-ce que je suis censé faire
What the hell I'm supposed to do

Et puis je peux me dire
And then I can tell myself

Ne pas rouler avec toi
Not to ride along with you
J'avais tout et puis la plupart d'entre vous
I had all and then most of you

Certains et maintenant aucun d'entre vous
Some and now none of you

Ramène-moi à la nuit où nous nous sommes rencontrés
Take me back to the night we met

Je ne sais pas ce que je suis censé faire
I don't know what I'm supposed to do

Hanté par ton fantôme
Haunted by the ghost of you

Oh, ramène-moi à la nuit où nous nous sommes rencontrés
Oh, take me back to the night we met
Quand la nuit était pleine de terreurs
When the night was full of terrors

Et tes yeux étaient remplis de larmes
And your eyes were filled with tears

Quand tu ne m'avais pas encore touché
When you had not touched me yet

Oh, ramène-moi à la nuit où nous nous sommes rencontrés
Oh, take me back to the night we met
J'avais tout et puis la plupart d'entre vous
I had all and then most of you

Certains et maintenant aucun d'entre vous
Some and now none of you

Ramène-moi à la nuit où nous nous sommes rencontrés
Take me back to the night we met

Je ne sais pas ce que je suis censé faire
I don't know what I'm supposed to do

Hanté par ton fantôme
Haunted by the ghost of you

Ramène-moi à la nuit où nous nous sommes rencontrés
Take me back to the night we met

— Elle va s'arrêter l'alarme incendie ?
— Il ne doit pas beaucoup t'aimer. Je lui murmure.
— Jalousie, jalousie, elle chantonne, puis reprend la lecture de son livre, toujours avec son sourire scotché au visage et nos mains entrelacées.

🎵🎵🎵

On arrive vers les alentours de seize heures à Saint-Louis, dans le Missouri, sous un ciel légèrement voilé qui laisse filtrer une lumière orangée. La fatigue se lit sur nos visages, nos corps alourdis par les heures de route. Les pneus crissent doucement en se garant devant une auberge de jeunesse aux murs décrépis mais charmants, recouverts de plantes grimpantes.

Ilyes, avec son air habituel de gars qui a toujours un plan, nous annonce :
— On dort ici ce soir. Je connais la dame, vous allez voir, elle est sympa.

Franchement, ce mec, c'est dingue. Il donne l'impression de connaître tout le monde, où qu'on aille. Et il ne plaisante pas. À peine avons-nous franchi la porte qu'une femme d'une cinquantaine d'années, aux cheveux poivre et sel retenus dans un chignon désordonné, surgit de derrière la caisse. Elle porte un tablier légèrement taché et des lunettes sur le bout du nez.

— Oh, Ilyes, mon petit ! Tu es revenu ! Mais avec du monde cette fois. Bonjour, Olivio, ça fait longtemps !

Avant qu'on ne puisse réagir, elle serre Ilyes dans ses bras, avec une tendresse qui m'arrache un sourire. Elle nous jette un regard chaleureux et un peu curieux, comme si elle essayait de deviner qui nous sommes.

— Maria est très gentille, informe Ilyes en marchant derrière nous, valise en main.

On traverse un couloir étroit aux murs tapissés de vieilles affiches de concerts et de festivals locaux. L'odeur de bois vieilli et de désinfectant emplit l'air, mais ça reste accueillant. Maria ouvre une porte grinçante et nous fait entrer dans une grande chambre collective où des lits superposés s'alignent contre les murs, leurs structures en métal émettant des grincements à chaque pas.

— Olivio, ta chambre privée est prête pour te reposer, lance Maria avec un sourire bienveillant.

Olivio hoche la tête, sa fatigue visible dans chaque geste, et il disparaît presque aussitôt, emportant sa valise d'un pas traînant. Six heures de route non-stop et cette chaleur suffocante… Je me demande sincèrement comment il tient encore debout.

Je jette un coup d'œil autour de la chambre. Sept lits superposés, tous faits avec des draps propres mais usés, dont certains délavés par le temps. Les murs sont d'un beige écaillé, ornés ici et là de dessins et de graffitis laissés par d'autres voyageurs. Ça donne une ambiance vivante et bohème, comme si chaque recoin avait une histoire à raconter.

Je choisis un lit avec Faith, et nous montons à l'étage du dessus, où un ventilateur oscillant tente, sans grand succès, de brasser l'air chaud. Lukas et Charlie, eux, s'installent à l'autre bout de la pièce, sur le lit du fond, loin de moi, ce qui m'arrache un sourire amusé.

Ilyes, fidèle à lui-même, prend un lit en plein milieu, posant sa valise à côté d'un geste presque calculé. Puis il s'étale, ses bras derrière la tête, un sourire satisfait sur les lèvres.

Rowane, de son côté, ne tient pas en place. Il virevolte dans la chambre, ses yeux brillant d'une excitation étrange, et saute sur le lit du bas avec Noah, un sourire espiègle accroché au visage.

— Alors, petites règles qui se tiennent à tous les couples de cette pièce, commence Ilyes. Pas d'accouplement dans cette pièce pour le respect des autres innocents. Je

vous ordonnerai de vous retenir ou d'aller aux toilettes. C'est pour toi, Hayden, que je dis ça, si tu n'as pas compris.
Il me fait un clin d'œil ; c'est vrai qu'il m'a déjà surpris en train de me masturber dans ma salle de bain alors qu'il était chez moi. Qu'il ne se plaigne pas, j'étais déjà gentil de le faire loin de lui.

— Je sais me tenir, merci, Ilyes. Il me tapote l'épaule pendant que je lui pince la graisse du ventre. Faith continue de rire en posant sa valise près de la mienne. Elle décide de prendre le lit du haut sans que j'aie mon mot à dire.
— Qui veut faire un tour dans la ville ? demande Noah en short et t-shirt bleu ciel.

♪♪♪

Nous nous sommes tous mis en route, déambulant dans la ville pour une session shopping. Faith a opté pour des lunettes en forme de fleurs, elle a insisté pour que nous choisissions des t-shirts assortis. J'ai fini par céder, surtout après avoir remarqué le regard bouillonnant de Lukas à côté de nous avec sa nouvelle serviette de plage.

Finalement, j'ai opté pour un t-shirt bleu et blanc, « Love you to the moon and back », tandis que Faith a choisi le même modèle, mais en jaune. On a fini par boire un verre en terrasse. Ilyes s'est assis à côté de moi, il me tend un sac d'une boutique. À l'intérieur, il y a une casquette bleu marine avec un requin brodé en minuscule dessus.

— J'ai remarqué que tu n'avais pas de casquette pour le voyage, alors je t'en ai pris une. J'espère que tu l'aimes.
— Oh merci, Ilyes, tu n'aurais pas dû.
— Je suis content de passer des vacances avec toi et les autres !
— Moi aussi, merci de m'avoir invité.
— Qui ne le ferait pas !

Beaucoup de gens.

La nuit a fini par tomber. On a eu le temps de rentrer et de manger dans l'auberge. Le repas était bon, puis je n'allais pas me plaindre, des gens mangent encore moins que ça. On a fini par aller à la petite fête dans la ville : la musique pop électronique était cool. Les gens dansaient, riaient, parlaient fort, ils étaient heureux tous ensemble.

Faith a changé de tenue pour une petite robe blanche, courte, que Lukas a bien sûr fait exprès de tacher avec du jus d'orange.

Faith regarde sa robe, figée, les yeux écarquillés, comme si elle venait de recevoir un coup en plein ventre. Le jus d'orange s'est infiltré dans le tissu léger, dessinant une tache large et collante qui dégouline lentement. Lukas, lui, lève à peine les yeux, affichant un sourire en coin, suffisant, presque satisfait.

— Oh pardon, excuse-moi, je ne t'ai pas vue, dit-il d'un ton qui sonne faux, avec cette lueur malicieuse dans le regard.

Faith serre les poings, ses joues rougissant légèrement, mais pas de honte. C'est de la colère qui monte, je le sens. Elle inspire profondément, mais je n'attends pas qu'elle réplique. Je l'attrape doucement par la main, entrelace nos doigts et, avant qu'elle ne proteste, je me penche pour l'embrasser sur les lèvres.

Mes doigts effleurent sa joue, et je sens la chaleur de sa peau sous mes paumes. Elle reste immobile une seconde, surprise, puis répond doucement, oubliant un instant la tache sur sa robe et l'humiliation infligée par Lukas. Je jette un coup d'œil vers ce dernier en me redressant, et, comme prévu, son regard me transperce. Ses mâchoires se contractent, et ses doigts jouent nerveusement avec l'ourlet de son short, comme s'il se retenait d'exploser.

La rage dans ses yeux me brûle presque, un mélange de jalousie et de frustration qu'il ne peut pas cacher. C'est cruel, peut-être, mais étrangement satisfaisant. Je me tourne vers Faith, un léger sourire en coin.

— Viens, on va nettoyer ça.

Faith hoche la tête, encore un peu troublée, et je l'entraîne vers les toilettes, laissant Lukas derrière, à ronger son frein.

— Il commence à me taper sur le système, ton ex. grogne Faith en recoiffant ses cheveux violets.
Je la regarde et ne réponds pas. On a rejoint les autres qui dansaient, j'ai cédé au caprice de Faith et j'ai fini par danser avec elle sur *Love Me Like You Do*. On a bien ri finalement, danser, ce n'est pas si horrible que ça.

Le soir, tout le monde a dormi comme des loutres, exténué de la route et de la chaleur qui nous a accompagnés toute la journée. Les fenêtres ouvertes en grand, laissant l'air frais de la nuit rafraîchir nos corps brûlants, je suis tombé dans les bras de Morphée.

Love in this World

Where is my World ?
if it wasn't with you ?
where is my Life ?
if it's not in your arms ?

once we dansed under
the city lights
now i'm lonely
in the silent night

my heart look like a winter
When I think of you
you live in me
When I sing think Melody

i dream of you throug the night
memorie vast, a fading light
gone from my bed a lonely plight
Beside me, petals whispser your name

my heart dead
whith you on that day
Come back to me
Give back to me
my ANGEL

a Lonely Guy
lost
with theirs tears and broken heart

where is my World ?
if it wasn't with you ?
where is my Life ?
if it's not in your arms ?

then you appeared
minty cigarettes in hands
you files my mind with
smoke

I love kissing your lips
it feel like brushing
against a shooting star
Turning my heart like a
supernova

this is my World !
with you, I know who I am
my Life
it's in the curve of your
arms

your scars tell your story
i won't let anyone blame it
Because its you
my favorite history

Now my heart burns
anew with you ESTRELLA

Hayden Sawyer

46
Two days

Then you appeared
Minty cigarettes in hand .
You filled my minde with smoke
Your lips tasting like cherries

Huit heures et nous revoilà dans le bus, tous trop fatigués pour parler. Le moteur ronronne doucement, et dehors, la lumière dorée du matin éclaire les routes désertes. Nous voilà partis pour sept heures de route non-stop direction Oklahoma City.

Faith n'est pas à côté de moi aujourd'hui, elle fait la tête. Ce matin, j'étais crevé, incapable de garder les yeux ouverts quand elle m'a sauté dessus, voulant m'embrasser. Je l'ai repoussée devant tout le monde, et elle a eu honte. Maintenant, elle m'ignore, plongée dans son livre comme si le reste du monde n'existait pas.

Je la regarde discrètement. Sa jupe rouge longue effleure ses chevilles, et son haut blanc, légèrement ample, lui donne une allure simple mais élégante. Les mèches de ses cheveux tombent sur ses épaules, bougeant doucement au rythme du bus. J'aimerais lui dire à quel point elle est belle, mais je sais qu'elle ne voudra pas m'écouter. Alors, comme toujours, je fais ce que je sais faire de mieux : me faire oublier. Seul derrière, je continue d'écrire dans mon carnet, cherchant l'inspiration.

Ilyes nous a promis une surprise du tonnerre ce soir. Avec lui, impossible de deviner. Je le soupçonne de vouloir nous faire plonger dans une rivière gelée ou grimper en haut d'une falaise. En attendant, il dort profondément, affalé sur son siège, sa tête penchée d'un côté. Ses vêtements vert pomme et jaune me brûlent presque les yeux. Comment peut-il porter ça ?

Je décide d'aller parler à Faith et m'assieds à côté d'elle. Elle lève les yeux de son livre et me frappe doucement sur l'épaule avant même que je ne dise un mot.

— Eh ! Je n'ai même pas encore parlé ! je proteste en me posant.
— C'est pour prévenir.
— Allez, Faith, arrête de me faire la gueule, je suis désolé. J'étais juste fatigué.
— Tu m'as foutu la honte, murmure-t-elle, ses yeux baissés. Et l'autre, il était heureux et il m'a encore lancé une pique.
— Je vais lui dire d'arrêter ce soir, ok ?

Elle hoche la tête, le coin de sa bouche se relevant légèrement, signe qu'elle commence à me pardonner.

Faith ne mérite pas d'être blessée à cause de nos conneries d'adolescents.

Les heures passent lentement. On regarde *La La Land* sur l'écran du bus, suivi de *Dunkerque*. Pendant tout ce temps, ma tête repose sur l'épaule de Faith. Elle sent la pomme, une odeur douce et sucrée qui me calme.

Finalement, Ilyes se réveille, débordant d'énergie comme s'il n'avait pas ronflé pendant trois heures. Je l'appelle.

— Oui, Hayden !
— On arrive quand ? J'ai envie de bouger.
— Il reste encore trois heures.

Faith soupire, agacée.

— Je t'en supplie, faisons une pause, demande-t-elle avec son regard charmeur, celui qu'elle utilise souvent sur moi mais qui ne fonctionne pas.

Évidemment, sur Ilyes, c'est une autre histoire. Il cède immédiatement.

— Oui, bien sûr, tout de suite Faith.
— Merci ! Faith-astic ! je plaisante alors qu'Ilyes s'éloigne pour demander à son oncle de s'arrêter.

— Je suis une femme, c'est normal ! Elle roule des yeux mais sourit malgré elle.

Quelques minutes plus tard, le bus s'arrête à une station de repos entourée d'herbes hautes. Le vent chaud souffle doucement, et le soleil tape sur le toit en métal du bâtiment.

À l'intérieur du minuscule supermarché, chacun cherche quelque chose à grignoter. J'attrape une bouteille d'eau et un paquet de chips nature. En passant près des rayons, j'aperçois Lukas en train de rassurer Rowane qu'il n'a besoin de rien. Mais je sais pourquoi il économise : il veut ramener des souvenirs à ses frères.

Je prends une bouteille de Coca Cherry – sa boisson préférée – et un paquet de biscuits à la fraise. Une fois dehors, je les dépose à ses pieds sans rien dire.

— Pas besoin de me rembourser, pense à boire. Tu dois avoir chaud avec ton pull.

Il hésite un instant, mais finit par attraper la bouteille avec un petit sourire.

— Merci.

Je continue mon chemin jusqu'à Ilyes, Charlie et Faith, qui discutent. Charlie est à moitié allongé sur l'herbe, sa chemise blanche ouverte sur un débardeur et son short en jean bleu.

— Dis-moi, Ilyes, on dort où cette fois ? je demande.

Je regrette immédiatement ma question en voyant sa tête.

— Ne me dis pas qu'on va dormir dans ce bus ?

Ilyes acquiesce, visiblement désolé. Derrière nous, Rowane grogne et Noah tente de le rassurer. Lukas, silencieux, semble déjà calculer comment survivre à la nuit.

Le voyage reprend, et la chaleur dans le bus devient presque insupportable. Faith attache ses cheveux et propose un jeu pour passer le temps.

— On donne des notes à tout ce qui nous passe par la tête, ok ?

On commence par des trucs simples : AC/DC, les cookies, la lune. Puis elle me demande :

— Tu mets combien à Lukas sur 10 ?
— 20/10.

Elle éclate de rire, puis me taquine. Je rougis mais continue le jeu.

À 15 h, nous arrivons enfin à destination. Les rues de la ville s'étendent devant nous, vivantes et animées. Après quelques heures de promenade, Ilyes nous arrête en souriant.

— Bon, après ma gaffe d'oublier la réservation des chambres d'hôtel, j'ai au moins quelque chose pour me rattraper. Ce soir, on va voir Coldplay en concert ! Mon ventre danse comme si une fête battait son plein à l'intérieur, un feu d'artifice de papillons et de joie. Mon cœur, lui, tambourine contre ma poitrine, chaque battement plus rapide que le précédent. Je le sens, cette excitation qui monte, qui s'empare de moi, comme si mon corps tout entier vibrait au rythme d'une musique silencieuse.

Je suis heureux. Non, plus qu'heureux : euphorique. Une énergie bouillonnante parcourt mes veines, difficile à contenir. C'est la toute première fois que je vais assister à un concert de mon groupe préféré. Rien que l'idée de les voir sur scène, en chair et en os, me donne le vertige.

J'ai parlé du concert toute la soirée, ma vie tournait autour de ça. J'ai demandé à Faith comment se passaient les concerts, vu qu'elle y est allée des dizaines de fois. Elle a fini par me plaquer la main contre la bouche pour m'empêcher de parler.

— Tu ne parles jamais autant, qu'est-ce qui t'arrive ?
— Je suis heureux, c'est tout.

♫♫♫

La musique claquait dans mes oreilles, et je distinguais les chanteurs bouger, sauter, danser sur scène. L'énergie était contagieuse, et j'avais l'impression que la musique et l'adrénaline glissaient dans mes veines, faisant jongler mon cœur avec une intensité que je n'avais jamais ressentie. Lukas s'était finalement retrouvé à côté de moi, mais j'avais le sentiment qu'il me fixait plus que les chanteurs eux-mêmes.
Puis la dernière chanson a commencé, celle que j'attendais le plus.

Regarde les étoiles
Look at the stars
Regarde comme elles brillent pour toi
Look how they shine for you

Je l'ai regardé. Sous les lueurs de la nuit et les éclats des lumières scintillantes, son visage était baigné de couleurs vibrantes. Des larmes roulaient sur ses joues, et je n'ai pas pu m'en empêcher : je pleurais aussi. Mais pleurons nous pour les même raisons ?

Et tout ce que tu fais
And everything you do
Ouais, ils étaient tous jaunes
Yeah, they were all yellow
Je suis venu
I came along
J'ai écrit une chanson pour toi
I wrote a song for you

Yellow : Coldplay

47
Charlie

Tout le monde avait fini par s'endormir, sauf moi. L'intérieur du bus était plongé dans une pénombre calme, seulement troublée par les ronflements discrets et le souffle régulier des dormeurs. Je me suis levé en silence, attrapant ma veste au passage, et je suis sorti pour prendre l'air.

Face à la mer, j'ai allumé une cigarette. Le vent frais transportait une odeur de sel, piquant légèrement mes narines. J'avais encore trop d'adrénaline dans les veines pour envisager de dormir. Mon cœur battait vite, et mon esprit tournait à plein régime, incapable de se calmer. Mon cerveau pulsait si fort que j'avais l'impression qu'il allait exploser à tout moment.

J'ai lâché ma cigarette, la laissant s'éteindre sur le sable, et je me suis mis à courir, mes pieds s'enfonçant dans le sol mou qui tentait de me déséquilibrer à chaque pas. Le bruit de mes chaussures contre le sable humide se mêlait à celui des vagues, formant une symphonie apaisante. Je me suis arrêté près de l'eau, là où les vagues caressaient doucement mes pieds.

Éthane voulait revenir dans mon esprit, me rappeler qu'il était mort dans l'eau, mais j'ai serré les dents. Non, pas ce soir. Je me suis forcé à repousser ces pensées sombres, me concentrant sur la fraîcheur de l'eau et le doux froissement des vagues. J'ai enfoncé mes orteils dans le sable mouillé, comme si ce geste pouvait m'ancrer dans l'instant présent.

— Hayden ?

Je me suis retourné pour voir Charlie s'approcher, les mains dans les poches, un sourire timide sur les lèvres.

— Pourquoi tu ne dors pas ? a-t-il demandé.
— Toi non plus, visiblement ! ai-je répondu en haussant les épaules.

Il a souri, hochant légèrement la tête.

— Les ronflements d'Ilyes sont trop forts, je peux dire adieu à mes six heures de sommeil. Et toi ?
— Je n'arrive pas à trouver le sommeil. Trop de choses occupent mon esprit.

Charlie s'est rapproché, son sourire s'effaçant légèrement pour laisser place à une expression plus douce.

— J'ai pensé que ce serait sympa de discuter, on n'est pas très proches.

Son regard triste m'a piqué au cœur. Il devait penser que je le rejetais d'habitude, mais ce n'était pas le cas.

— Tu as bien fait. J'aime bien discuter avec toi !

Son sourire s'est élargi, et il a pris une inspiration comme pour se donner du courage.

— Alors, j'ai remarqué que tu jongles entre deux personnes ?
— Oh non, avec Faith, ce n'est rien de sérieux. On est juste amis ++, mais je pense mettre fin à ça. J'aimerais reconquérir Lukas.

Charlie a éclaté de rire, et son rire clair et léger a fini par m'entraîner.

— Ça risque d'être compliqué vu son attitude !
— C'est vrai, ce type peut être une vraie peste.
— Pauvre Faith !

Il a donné un léger coup de pied dans l'eau, envoyant des gouttelettes glacées sur mon short.

— Tu m'étonnes ! Et toi, pas de fille en vue ?

Il a haussé les épaules, détournant les yeux vers l'océan.

— Je pensais qu'elle viendrait, mais bon.

— Émilie ?

Il a acquiescé silencieusement, son sourire s'effaçant un peu.

— Oh, désolé pour toi. Mais ne t'inquiète pas, pas besoin de vacances pour la séduire. Tu la vois tout le temps, c'est ta voisine, non ?
— Oui, mais à chaque fois qu'on se voit, c'est pour des repas entre ma mère et ses parents.
— Eh bien, essaie de la séduire là-bas alors !

Je me suis amusé à dessiner des lignes dans le sable avec mes orteils.

— Tu parles comme un coach en séduction, Sawyer ! Je ne séduis pas, moi, je lui fais la cour.

Je lui ai tapé l'épaule en riant, avant de marcher dans l'eau. Charlie m'a suivi, et on s'est avancés jusqu'à ce que nos shorts soient à moitié trempés. On est restés là, immobiles, à regarder la lune illuminer le vaste océan devant nous. Les reflets argentés dansaient sur les vagues, et le bruit apaisant de la mer nous enveloppait.

Quand le froid nous a rattrapés, on est sortis de l'eau, nos jambes engourdies. On s'est dépêchés de courir pour éviter que le sable ne colle à nos jambes, mais c'était raté. On a dû s'essuyer maladroitement sur la première serviette qu'on a trouvée avant de se dire bonne nuit.

Je suis retourné à ma place dans le bus, m'enroulant dans ma couverture avec un sourire.

Cette journée était vraiment bien.

Je crois que je commence à aimer vivre.

48
Je brille pour toi
Three days

I loved kissing your lips.
Feeling your gentle hands
It feel like brushing againts a ,
shooting star .
Turning my heart like a supernova .

À onze heures, on est arrivé à Rockport, au Texas. J'avais plutôt bien dormi, même si, c'est vrai, Ilyes ronfle vraiment fort. Ce matin, dans le bus, Faith et moi avons discuté de notre situation et décidé d'arrêter de coucher ensemble et de faire semblant d'être en couple.

— T'as raison, Sawyer, puis t'es chiant au lit, tu ne parles pas.
— Et toi, tu parles trop, répliqué-je en la défiant du regard.

Elle a fini par me tendre une chaussette que j'espérais propre.

— Tu es libre, Dobby.

Elle ricane, fourrant la chaussette dans son sac à dos avant de descendre du bus.

Quand on est arrivés à la plage, l'envie de se baigner s'est rapidement emparée de tout le monde. Dans une autre vie, je serais sûrement ici avec Éthane et mes anciens potes, mais rien n'aurait été pareil. La vie continue maintenant, différente, mais elle avance.

— Mais pourquoi y a du sable sur ma serviette de plage ?! chouine Ilyes en la secouant avec exaspération, envoyant du sable sur Noah qui grogne de mécontentement.

Un simple échange de regards avec Charlie, et nous avons éclaté de rire, à peine capables de nous excuser.

— Vous êtes des connards, les gars ! s'énerve Noah. Je l'ai achetée récemment, c'était à moi de la baptiser avec le sable de mes pieds !
— Tu es dramatique, soupire Charlie.
— Je suis comédien, heureusement que je suis dramatique !

La plage était quasiment déserte, et une légère brise caressait nos visages. Tout le monde s'est rapidement déshabillé, révélant leurs maillots de bain et, pour certains, un peu plus. Je n'ai pas manqué de remarquer Ilyes en train de baver sur Faith, qui portait un maillot blanc crème. Il essayait d'être discret, mais même un aveugle l'aurait remarqué.

Quant à moi, j'aurais bien aimé baver sur Lukas, mais il restait assis sur sa serviette, emmitouflé dans son pull et son jean. Rowane tentait de le convaincre de venir se joindre à nous, mais il refusait catégoriquement. Finalement, il ne restait plus que nous deux sur le sable.

— Bah, où est passé le Lukas qui voulait conquérir la mer ? demandé-je, me souvenant d'une soirée où il avait un peu trop bu.
— Il est mort, murmure-t-il en posant sa tête sur ses bras, fixant l'océan devant nous.

Je me suis assis à côté de lui, poussant un soupir.

— Enlève ton pull, s'il te plaît, Lukas, tu vas nous faire un malaise.
— Je ne veux pas qu'on voie mon corps, répond-il à voix basse. Il est rempli de cicatrices, Hayden.

Je me suis redressé légèrement et, sans hésiter, j'ai relevé mon t-shirt pour lui montrer mon bas-ventre, où une grande cicatrice me traversait la peau.

— Ça, c'est à moi, dis-je doucement. J'ai eu longtemps honte de cette cicatrice, pourtant je la montre. Elle ne me définit pas, Lukas. Ce qui ne nous tue pas nous rend plus forts, c'est ce qu'on dit, non ?

Il m'a regardé, les yeux brillants de larmes.

— La douleur est éphémère, ai-je continué, mais les cicatrices sont pour la vie. Autant les rendre vivantes. Tout le monde en a, Lukas, même Rowane. Tu sais qu'il en a aux chevilles.

Il m'a offert un sourire timide, presque fragile, et a essuyé ses yeux rapidement avant de retirer son pull. Dans le même élan, il a enlevé son t-shirt, dévoilant sa peau pâle constellée de marques. Je l'ai observé, fasciné, comme si je redécouvrais ce corps que j'avais tant de fois embrassé.

— Tu es magnifique, Lukas, lâché-je sans réfléchir, totalement absorbé par lui.

Il a rougi et baissé les yeux.

— Toi aussi.

Le voir rougir m'a fait sourire.

— Tu me manques, a-t-il murmuré, comme si ces mots avaient été impossibles à retenir.
— Toi aussi, ai-je répondu, ma voix sincère.

Il a soupiré, s'est levé et m'a tendu la main.

— On va se baigner ?
— C'est parti ! Le premier à l'eau a gagné !

Je me suis précipité vers la mer, riant en courant avant qu'il ait terminé de se déshabiller.

— Tricheur ! râle-t-il en se dépêchant de me rattraper.
— Dépêche-toi, *Estrella*!
— Étoile ? Sérieusement ?

— Tu me fais penser à une étoile filante, ai-je dit en me retournant pour lui sourire. **On a besoin de te voir qu'une fois pour se souvenir de toi pour toujours.**

Il a rougi encore une fois, et j'ai senti mon cœur s'emballer.
On s'aime, et ça fait du bien.

Je te promets que je ne te quitterai jamais,
Promise you I'll never leave your side
Parce que je te dis que tu es tout ce dont j'ai besoin,
'Cause I'm telling you you're all I need
Je te promets que tu es tout ce que je vois,
I promise you you're all I see
Parce que je te dis que tu es tout ce dont j'ai besoin,
Cause I'm telling you you're all I need
Je ne partirai jamais,
I'll never leave
Pour que tu puisses me traîner en enfer,

So you can drag me through hell
Si ça voulait dire que je pouvais te tenir la main,
If it meant I could hold your hand
Je te suivrai parce que je suis sous ton charme,
I will follow you 'cause I'm under your spell

Follow you - Bring Me The Horizon

49
Soirée d'été

Your scars tell your story
I won't let anyone blame it.
Beaucause it's you,
oh you
My favorite history.

On a fini par prendre des chambres d'hôtel, qu'on a évidemment toutes payées. Faith et moi avons atterri dans la même chambre. Après tout, c'était logique. Personne ne savait qu'on n'était plus ensemble, elle et moi. J'avais tellement dormi avec elle que ça ne me dérangeait pas de passer cette dernière nuit à ses côtés.

Lukas, par contre, n'a pas apprécié mon choix et m'a tourné le dos, préférant partager une chambre avec Rowane. J'ai vu la déception dans ses yeux, mais je n'avais pas le courage de lui expliquer. Ce n'était pas le moment.

Le soir, on a fêté nos vacances entre amis, dans un bar chic du coin. On a bu des cocktails typiques du Texas. À moitié sonné, on a dansé jusqu'au matin. La musique, l'alcool, et la chaleur m'ont fait perdre la notion du temps. C'était juste un moment de lâcher-prise.

Olivio nous a rapidement abandonnés pour rejoindre une vieille connaissance à lui. C'est un mec qui connaît tout le monde, il a un réseau partout, je crois même que c'est une question de famille chez lui.

Près d'un mur, Faith et Ilyes étaient là, en train de discuter, chacun sirotant son verre. J'ai remarqué que le métis, un peu nerveux, canalisait son excitation en bougeant frénétiquement sa jambe. Il avait l'air d'avoir de l'énergie à revendre.

De mon côté, je suis resté là, seul, observant Lukas. Lui, il remuait son corps, avec Rowane et Noah autour de lui. Il brillait. C'était étrange, mais fascinant. Lukas était comme une étoile, et il me faisait presque oublier tout le reste. Peut-être que j'avais un verre de trop, ou peut-être juste un moment de faiblesse, mais j'ai fermé les yeux pour fuir ce qui se passait autour de moi. Quand je les ai rouvert, un grand Mexicain s'était approché de Lukas. Il posa ses mains sur ses hanches avec une assurance qui me fit frissonner.

Je ne sais pas pourquoi, mais tout s'est flouté, comme si j'avais perdu le contrôle. Lukas se laissait faire. Il ne me regardait pas, il semblait happé par ce qu'il vivait, et moi, je bouillonnais à l'intérieur. Un autre gars, un inconnu, touchait des parties de Lukas que je croyais être les miennes. Le Mexicain commença à dévorer son cou, et là, c'en était trop pour moi.

Sans réfléchir, je me suis levé, traversant la foule, et j'ai attrapé Lukas par le bras, le tirant près de moi. Il a sifflé de douleur, sûrement parce que je l'avais attrapé un peu trop violemment.

— Il est en couple.
— Tu feras gaffe, c'est une chaudasse, ton gars.
— Et toi, tu es en manque.

J'ai tiré Lukas dehors pour qu'on prenne l'air. Il gémit en tirant sur son poignet que je serrais toujours dans ma main.

— Lâche-moi. Il me menace de crier si je ne le lâche pas. Je le lâche finalement, mais je reste sur mes gardes.
— Pourquoi tu me fais ça ?
— Et toi, pourquoi tu continues de coucher avec Faith ?
— Alors déjà, je ne suis pas avec Faith, c'est fini, elle et moi ! Je n'ai jamais été avec elle d'ailleurs. C'est toi que je veux, et tu le sais, putain.

Il me regarde, incertain, comme s'il essayait de déceler un mensonge dans mes paroles. Il doit se demander si ce que je dis est sincère.

— Écoute, Lukas. J'ai compris qu'Éthane, c'était du passé. Il a une place dans mon cœur, mais il faut que je tourne la page. Et toi, tu peux entrer dans cette nouvelle

histoire. Je vais arrêter d'avoir honte d'être qui je suis. Mais tu ne peux pas m'en vouloir indéfiniment pour t'avoir plaqué, c'est toi qui l'as décidé, pas moi.
— Je ne voulais juste pas être pris pour quelqu'un d'autre, et je ne veux pas être un secret.
— Tu n'es pas un secret. C'est vrai que j'ai essayé de revivre mes sentiments pour Éthane à travers toi, mais tu es différent. Et je t'aime pour tes différences. Avec toi, je me sens libre, Lukas. Tu me rends libre. S'il te plaît, arrêtons de jouer et embrasse-moi, j'ai besoin de toi. Je termine ma phrase en chuchotant, presque une prière.
— Viens là. Il m'attrape par le col de ma chemise, colle ses lèvres contre les miennes, et ça m'avait manqué. Il est comme une drogue, celle qui me fait vibrer, celle qui me fait vivre. Quand je suis proche de lui, c'est comme quand j'écoute ma musique préférée.

— Ressort avec moi, s'il te plaît. Je le supplie en embrassant son cou.
— Laisse-moi du temps. Il pose sa tête contre mon torse en fixant le vide, comme s'il cherchait ses mots.
— S'il te plaît, ne m'ignore plus.
— Promis. Et on est restés là, collés ensemble, devant la boîte, à attendre que tout le monde en ait marre.

♪♪♪

Il est trois heures du matin. Je me décide à accompagner Lukas à sa chambre, mais en entendant du bruit dans la mienne, je comprends que ce n'est pas cette nuit que je vais dormir seul.

— Putain, ne me dis pas que c'est Faith et Ilyes ?
— Je crois bien. Je les entends se chuchoter des trucs, et le lit grince sous leur poids. J'éclate de rire.
— Lui au moins, il parle !
— Arrête, on va se faire prendre. Viens dans ma chambre. Il me tire avec lui. La chambre est vide. Rowane a dû se faufiler dans celle de Noah.

Quand on s'est allongés, Lukas a posé sa tête sur mon torse pour écouter mon cœur. C'était devenu son rituel, une manière de trouver le sommeil. Moi, j'étais à moitié déshabillé, j'avais chaud, mais je n'avais pas de pyjama. Je sentais la douceur de sa peau contre la mienne, et je me suis laissé aller à la chaleur de sa présence. Lukas s'est éteint comme une lumière qui n'avait plus de pile, et moi, je l'ai suivi en glissant ma main dans son dos.

50
Ce qui ne nous tue pas nous rend plus fort

> We kissed beneafth
> the warmth Of our cores,
> For our hearts are burning
> Even in winter

Ses lèvres se sont posées sur les miennes brutalement, un goût de sommeil encore sur nos bouches, mais l'urgence de nos désirs a pris le dessus. Son corps me chevauchait, chaque mouvement m'envahissant d'une chaleur qui me faisait frissonner. À peine réveillés, nous nous embrassions à pleine bouche, comme si le monde autour de nous n'existait plus. Je n'avais jamais ressenti autant de choses qu'avec lui. Ses hanches se serraient contre les miennes et, dans un frisson intense, je sentais chaque ondulation de son corps contre le mien. Je gémissais doucement, cherchant à ressentir plus, bien que mon sexe soit enfermé et compressé dans mon boxer. Il me faisait perdre la tête, complètement, comme si rien d'autre n'avait d'importance.

— Lukas. Un râle de bien-être m'échappe, ma voix brisée par la pression de son corps. Il continue à onduler sur moi, m'envoyant au septième ciel, tout en gémissant faiblement près de mon oreille.

Les minutes passaient dans un tourbillon de sensations. Je me crispe soudainement, la chaleur et l'envie de jouir devenant presque insupportables. Il me regarde dans les yeux, comme pour s'assurer que je ressens la même chose. Je serre ses fesses entre mes mains, sentant la tension dans son corps.

— Comment tu arrives à me faire chavirer comme ça ? Je lui murmure près des lèvres, les mots lourds d'émotions non dites.
— Je crois que ça s'appelle l'amour. Il me sourit, un sourire tendre mais sauvage, et commence à déposer des baisers sur mon torse. Ses lèvres, chaudes et douces, traînent lentement sur ma peau, me donnant la sensation qu'il ne veut plus jamais me lâcher.
— Tu penses ? Il accélère ses mouvements et je gémis contre ses lèvres, qu'il claque sur les miennes avec une intensité nouvelle. J'avais envie de jouir dans mon caleçon, la pression devenant insoutenable.

Mais tout à coup, un bruit de porte qui s'ouvre nous tire de notre monde à nous. Nous ne l'avions pas entendu, mais Rowane, à moitié en pyjama, apparaît dans l'embrasure de la porte. Lorsqu'il nous voit, il reste figé, choqué.

— Vous ne perdez pas le nord, vous deux ! Il semble à la fois surpris et amusé.

Lukas se redresse en un mouvement rapide, gêné et furieux. Il se couche à côté de moi, son corps s'éloignant un instant du mien.

— Barre-toi, Rowane, sinon je te tue ! Lukas crie, un mélange de gêne et de colère dans la voix, sa respiration hachée.
— C'est ma chambre aussi, je te rappelle ! Rowane réplique, comme pour remettre Lukas à sa place. Puis, d'un ton plus moqueur : Mais vu que tu insistes…

Il claque la porte derrière lui, et je l'entends appeler Noah dans le couloir, racontant à voix haute ce qu'il vient de voir. Il en fait toujours trop de toute manière. Je sens Lukas soupirer profondément, sa tête retombant sur mon torse, comme s'il cherchait à oublier l'incident. Mon érection a disparu presque instantanément, mais je caresse doucement ses cheveux, un sourire naissant sur mes lèvres. Il joue avec les poils blonds sur mon bas-ventre, me faisant sourire bêtement. La lumière du matin traversait les rideaux, illuminant le bout du lit et le sol, apportant une sensation de calme après cette explosion de sensations.

— J'avais une question. Je lui demande doucement, ma voix chargée de curiosité.
— Hum ? Il relève la tête, son regard plein d'attention.
— Pourquoi tu n'aimes pas ton anniversaire ? Je pose la question, à la fois innocente et timide.

Il commence à se lever, visiblement mal à l'aise, comme s'il cherchait à fuir la conversation. Il se dirige vers la salle de bain, revenant avec une brosse à dents dans la bouche. Tout en se brossant les dents, il me fixe dans le miroir, me laissant attendre sa réponse.

— Il m'a violé le jour de mon anniversaire. Il parle tout bas, presque pour lui-même, mais ses mots me frappent comme un coup de poing dans le ventre.

— Désolé, je n'aurais pas dû te demander, c'était déplacé. Je me sens coupable, mais je n'ose pas bouger, sentant l'intensité de ses mots s'infiltrer dans l'air autour de nous.
— Ne t'inquiète pas pour ça. Il sourit légèrement, un sourire qui n'atteint pas vraiment ses yeux, puis il retourne dans la salle de bain. Je l'accompagne, le silence lourd entre nous, pour me laver les dents à mon tour.

Je le regarde à travers le miroir, mes mains posées sur le lavabo. Je me place derrière lui, posant doucement ma tête sur son épaule. Il sourit faiblement en se lavant les mains, un petit geste intime. Je lui chuchote des mots à l'oreille, et je vois ses joues rougir. Il se colle contre moi, comme s'il voulait me prouver qu'il n'y a rien de plus important que ce moment.

— Tu es merveilleux, Lukas. Mes mots sont simples, mais ils viennent du cœur.
— Ne dis pas des bêtises. Il sourit, un sourire qui me fait fondre. Et là, dans ses bras, je tombe véritablement amoureux de lui.

🎵🎵🎵

Nous arrivons chez Olivio après un trajet assez rapide. Sa maison, immense, se dresse devant nous, et sa femme, enceinte, nous attend sur le perron avec un sourire radieux qui éclaire son visage.

— Ilyes, mon chéri ! Elle a un accent différent de celui des gens d'ici, et cela lui va bien, apportant une chaleur particulière à sa voix.
— Liza ! C'est pour quand ? dit-il en pointant son doigt sur son ventre rond.
— Dans cinq mois, chéri. Combien de temps restes-tu avec tes amis ? Elle lui pose la question, un léger accent dans sa voix qui trahit sa joie.
— Cinq jours. Il sautille sur place et court dans leur maison pour poser sa valise dans sa chambre, impatient de découvrir leur accueil.

Pendant que je range mes affaires éparpillées sur le lit que Liza nous a préparé, Lukas s'amuse à frôler ses mains sur mon dos, effleurant ma peau à chaque mouvement. Ses doigts glissent doucement alors qu'il fait des va-et-vient jusqu'à l'armoire pour ranger les siennes. J'avais un sourire collé sur le visage, tellement touché par la douceur qu'il dégage. S'il y a bien quelque chose que Lukas a fait naître en moi, c'est la joie. Il a cette manière d'illuminer mon quotidien, de faire battre mon cœur d'une façon douce et intense à la fois. Ses mains froides se posent sur le bas de mon échine, et je frémis, recourbé pour attraper mes vêtements.

— Je me suis toujours demandé pourquoi tu avais honte. Il appuie sa tête contre mon dos, et je me contracte en me redressant.
— Tu es tellement spécial, H. Il n'y a pas deux personnes comme toi. Comment peux-tu avoir honte de toi ? Sa voix est douce, presque fragile, comme s'il essayait de percer les mystères de mon âme plutôt que de simplement me parler.

— Je suis désolé. Je murmure, gêné, fixant le mur devant moi, l'émotion me submergeant.
— Pourquoi tu t'excuses ?
— Pour avoir tout gâché entre nous. J'avais tellement peur que j'ai préféré fuir, faire semblant. Mes mots sont comme des fragments de vérité que je n'avais jamais osé dire avant.
— Je ne t'en veux plus, H. Maintenant, j'essaie de comprendre. Il me serre contre lui, comme pour me prouver que tout peut être réparé.

— Comment peux-tu me comprendre alors que moi, je ne me comprends pas ? Ma voix trahit ma propre frustration, mon incertitude.
— Parfois, on a besoin que les autres comprennent avant nous, et ce n'est pas grave. Il dit cela avec une tendresse infinie, essayant de me rassurer.

Je me retourne et il me serre fort contre lui. Sa tête est posée contre ma clavicule, son odeur m'envahit, douce et sucrée. Mon nez est enfoui dans ses cheveux fraîchement lavés, et je sens son cœur battre contre le mien.

— Comment fais-tu pour m'aimer ? Je lui chuchote près de l'oreille, la question sortant spontanément.
— Ce n'est pas compliqué de t'aimer. J'ai juste à te regarder pour savoir que tu es quelqu'un de bien, Hayden.

51
Carnet d'un mort

Il devait être minuit ou plus. Assis dans le jardin de l'oncle d'Ilyes, je lisais les dernières pages du cahier d'Éthane. Depuis que je l'avais commencé, je n'avais jamais eu plus d'indice que ça sur sa mort. Je lui en avais voulu de ne m'avoir rien dit de plus. Ma plus grande frustration, c'était sa mort. Je me sentais bizarrement abandonné par lui, comme s'il n'avait jamais eu assez confiance en moi pour tout révéler, ce qui le troublait.

Éthane était la personnification de la poésie ; tout ce qu'il écrivait avait un sens profond pour moi, comme s'il savait que ça allait vibrer en moi. La dernière page était une musique, et ça m'énervait de me dire que la dernière chose qu'il avait voulu me laisser avant de me quitter pour toujours était une musique. Parfois, cela me fait encore mal de penser qu'il ne m'a jamais autant aimé que moi je l'ai aimé, mais je ne lui en veux pas. C'est du passé ; je ne l'aime plus comme avant. J'ai fini par arracher les pages qu'il m'avait laissées, puis j'ai souri en voyant la suite du carnet :

« À mes parents »

Eux qui pensaient ne rien avoir de leur fils, ça va leur faire tout drôle. De temps en temps, ça me saute au visage de savoir qu'il me voyait comme un frère. Moi, je n'y arrivais pas ; j'ai ressenti tellement de choses qu'un frère ne ressent pas. Quand j'ai fermé le cahier, j'ai gardé la musique et sa lettre, puis j'ai brûlé le reste. Éthane était mort. Essayer de le faire revivre par des bouts de papier n'a pas de sens. Je n'ai pas envie de me prendre la tête à déchirer chaque phrase qu'il a voulu écrire dans son journal. Il est mort avec ses raisons et ses secrets ; c'est son choix.

52
Bal en musique

I am at home
You are part of the decor
Your ghost pray in my house
Mom, I am at home

Breathe Again – Harrison Storm
2 juillet 2018, jour du bal, 17 ans

Lukas 19 h 45
Où es-tu, mon cavalier ?

Je soupire, stressé, et fourre mon téléphone dans ma poche arrière après avoir coupé le son. Derrière le rideau, j'entends les centaines d'élèves rôder dans la salle. Ils parlent, ils rient, ils vivent pendant que moi, j'ai l'impression de mourir sur place. J'ai le cœur qui bat à mille à l'heure, j'essaie de desserrer le col de ma chemise pour respirer, j'ai l'impression d'étouffer. À côté de moi, Cole et Ernest sont aussi stressés, ils sont en train de boire une bière, comme si c'était leur potion magique.

— Arrête de stresser, gamin, tu ne les connais pas. Tu vas gérer !

Martin s'approche de moi et me tapote l'épaule en souriant pour m'encourager.

Puis la musique s'arrête et le rideau s'ouvre, me dévoilant au grand monde. Au fond de la pièce, Lukas me regarde, les yeux écarquillés. J'essaie de lui sourire, mais la musique commence à m'envahir.

Je commence à chanter *Mind of Mine* timidement. Les garçons, eux, donnent le meilleur d'eux-mêmes. J'aurais peut-être dû boire une bière avec eux. Plus les paroles défilent, plus je me détends, elles m'emportent avec elles. Après tout, je ne vivrai ce moment qu'une fois. Je n'arrive plus à voir les gens tellement j'ai chaud et que je sens la musique couler dans mes veines.

À la fin, les gens crient pour une autre chanson, alors on enchaîne avec *Night We Met*, qui est plus calme. Je l'ai rajoutée en rentrant de mes vacances. Heureusement, Ernest a bien voulu la jouer au piano avec moi. Je la chante spécialement pour Éthane, pour lui rendre hommage. Il mérite que je chante pour lui.

J'ai regardé Lukas au milieu des couples dansant. Il est magnifique, comme si le temps s'était arrêté et que je le voyais pour la première fois. Puis j'ai fini par notre musique préférée à moi et à Lukas, celle de Coldplay, *Yellow*. C'est mon jaune, mon étoile, ma lumière, mon soleil. Je la chante pour lui, pour nous, pour le monde qui nous entoure, pour eux et pour tous ceux à qui la musique vibre au fond d'eux.

Enfin, alors que le public réclamait une dernière chanson, j'ai dévoilé ma musique personnelle, « Love in This World ». Je leur donne mon moi le plus entier, le plus vrai, le plus sensible. Qui penserait que Hayden Sawyer serait capable de parler de sa vie au grand jour ? Même moi, je n'y crois pas. Les paroles résonnaient au fond de moi d'une puissance astronomique. Ce que j'aime le plus, c'est que les gens ignorent que je livre une partie de moi.

Je n'ai pas voulu parler de mon père dans cette musique, car il ne fait plus partie de ma vie. Dorénavant, je n'aurais plus cette angoisse de savoir ce qu'il pense de moi, de ce qu'il va me faire. C'est fini, le monstre reste dans le placard.

Tout le monde a applaudi à la fin de la musique. J'ai remercié le public et les musiciens timidement, puis je suis descendu de la scène. En fait, ce n'était pas si mal. En bas, Edward m'attendait, il parlait à mon prof de musique.

— Je suis fier de toi. Il m'a pris dans ses bras en me tendant un verre d'eau que je bois volontiers.

— Qu'est-ce que tu fais là ? Je lui demande, ce n'est pas tous les jours que je vois mon frère dans mon lycée parler à Martin.
— Tu crois vraiment que j'allais pas venir te voir chanter ? Puis, je suis là pour aider Monsieur Roger à la musique. Lode et Kyle sont là, d'ailleurs faut que je les surveille pour pas qu'ils draguent tout ce qui bouge. Ils ne doivent pas oublier qu'ils n'ont plus 17 ans ! Allez, va t'amuser avec tes amis, un bal c'est qu'une fois dans l'année.

Je le serre une dernière fois contre moi et rejoins mes potes qui me sautent dessus dès que j'arrive.

— T'as tout éclaté, mec ! me félicite Charlie.
— T'es fait pour ça, Hayden ! continue Ilyes.
— Merci, les gars.

On a discuté puis j'ai vu Lukas arriver près de nous. Il m'a serré dans ses bras à son tour, c'était plus intime. Première fois que j'avais un rapport physique avec lui au lycée. Maintenant, j'ai compris que si j'attendais toujours l'approbation des autres, je n'avancerais jamais dans ma vie. Puis, on s'en fiche de ce que pensent les autres, non ?

Il lève la tête et me regarde, je remarque qu'il a mis des boucles d'oreilles étoile. Je vous ai déjà dit qu'il était beau ?

— T'aurais pu me dire que t'allais chanter ce soir !
— Surprise ! Il frappe mon épaule pendant que je ris.

La musique *Atlantis* a enchaîné. Au loin, Faith danse avec Ilyes, eux aussi sont dans leur bulle. Elle a enfin ouvert les yeux sur son potentiel amour pour lui. Je ne sais pas comment finira leur histoire, ça restera un mystère.

— Il est complètement raide dingue d'elle, ça se voit, me chuchote Lukas en les fixant aussi. On dirait un peu toi, au final, continue-t-il en serrant ma main.
— Arrête, je suis plus discret que lui.

Il pouffe de rire comme si je venais de dire une bêtise.

— Ça se voit que tu te vois pas, même ma mère l'a remarqué, chéri.

Je l'embrasse pour le faire taire. Du coin de l'œil, j'aperçois Charlie qui danse avec Émilie, qui est rouge comme une tomate contre lui. Le plan a l'air de marcher à ce que je vois. Pas de panique, il a toutes ses chances avec elle. Je lève un pouce en l'air pour savoir si tout va bien et qu'il ne va pas faire une crise cardiaque à tout moment. Il sourit et me mime un cœur avec ses doigts.

— On va sur le toit ? demande le brun en papillonnant des yeux. Comment résister à ses yeux ? J'acquiesce et le suis en courant derrière lui. On est montés jusqu'au toit du gymnase.

On a failli se casser la gueule plusieurs fois sur les tuiles, mais on est sain et sauf. Je continuerai de me casser la gueule 100 fois si c'est avec lui. La lune éclairait le ciel noir, ce soir il y a très peu d'étoiles mais je m'en fiche car j'ai déjà la mienne. Allongé, Lukas regarde le ciel et moi, je le regarde.

— Tu fais comme au début, Hayden. T'essayes de ne pas oublier encore ?
— Jamais je t'oublierai.
— Moi non plus, tu sais. Il me sourit, on se regarde, face à face sous le regard de la lune.
— Je t'aime et j'en suis sûr cette fois, Lukas.
— Moi aussi je t'aime, Hayden.

On s'est embrassés longuement, comme si ce baiser allait commencer notre histoire. Dans notre rêve, on n'entend pas les coups de canne contre le mur.

— Eh, descendez du toit, vous deux là-haut !
— Oh merde, c'est Madame Crevette ! Il se relève et me tire par la main pour me lever.
— Crevette, sérieux, c'est son nom ?

J'éclate de rire pendant que la vieille femme de 59 ans crie en bas à s'en arracher les poumons. On se dépêche de descendre et de courir pour qu'elle ne nous rattrape pas. Le pire, c'est qu'elle veut nous poursuivre comme si elle allait nous rattraper, mais elle court à deux à l'heure.

— Mets le mode turbo, mamie ! rigole Lukas.
Heureusement, elle ne nous entend pas.

On est montés sur ma moto pour rentrer chez moi, morts de rire. Je me demande même si la vieille ne s'est pas bloqué le dos en courant.

Dans la chambre, on était morts de rire, lui allongé sur mon lit en fou rire et moi au-dessus de lui, la tête dans son cou.

— Putain, cette soirée est inoubliable ! Lukas essuie ses yeux.
Quand je les regarde, j'ai l'impression de fondre à l'intérieur.

Puis tout est allé plutôt vite. J'ai posé mes lèvres sur les siennes, c'était précipité. Il a retiré mon t-shirt et j'ai retiré son pantalon. C'était le bon moment. J'allais faire l'amour pour la première fois avec quelqu'un que j'aimais vraiment, pas avec toutes ces filles dont je ne me souviens même pas du prénom ou ces mecs avec qui je couchais dans les boîtes de nuit.

J'avais l'impression de goûter pour la première fois à l'amour.

— T'es sûr que tu as envie ? Je ne te force pas, Lukas. Tu sais que tu peux arrêter à tout moment.
— Fais-le.
J'avais peur de lui faire mal, et je ne voulais pas qu'il ait des souvenirs de son agresseur, alors j'ai pris mes précautions, lui demandant toujours son accord.
Et puis, quand on a fini, il s'est endormi contre moi.
— Bonne nuit, Estrella.

53
Avenir

Août 2018

Aujourd'hui, on a enfin nos réponses sur nos choix pour l'année prochaine. Avec le groupe, on est en appel vidéo, anxieux et impatients de découvrir nos résultats. Ce qu'ils ne savent pas, c'est ce que j'ai demandé pour l'école de musique de Lakeview. Une part de moi a préféré garder ça secret, comme une petite victoire à savourer seul.

Lukas, toujours aussi enthousiaste, attend de savoir s'il pourra ajouter une option théâtre à son emploi du temps l'année prochaine. Il est tout sourire, les yeux pétillants d'espoir. Au bout de quelques minutes qui semblent interminables, leurs résultats arrivent enfin. Ilyes saute de joie en voyant qu'il a été pris en classe de théâtre. Je me souviens de tous ces soirs où on l'a aidé à répéter pour son audition. C'était un vrai travail d'équipe, et je sais que chaque minute d'effort a payé.

Noah a été pris en sport, Charlie en art, et Lukas, comme il l'espérait, a obtenu son option théâtre en plus de la musique. Quand il a appris la nouvelle, un large sourire est apparu sur son visage, illuminant la pièce autour de lui. Moi, j'avais déjà reçu ma lettre d'admission dans une école de musique, grâce à l'aide précieuse de Monsieur Roger qui m'a guidé pour l'audition. C'est fou comme un déménagement a pu chambouler ma vie et me faire prendre des tournants que je n'aurais jamais imaginés.

— Et toi, Hayden, t'as pris quoi du coup ? T'as été accepté ? demande Ilyes, curieux mais aussi légèrement inquiet, se doutant que j'avais peut-être gardé une surprise pour lui.
— Je vais dans une autre école, je lâche tout d'un coup, avec un ton détaché. Tout le monde arrête de parler, leur attention se fixe sur moi. Les yeux écarquillés, comme si j'avais dit une énormité.
— Sérieux ? Ilyes est dépité, comme si je venais de lui annoncer que je partais à l'autre bout du monde. Sa voix trahit un mélange de surprise et de tristesse.
— Calmez-vous, je vais dans une école de musique ici, à Lakeview. J'ai été pris, je précise, un sourire en coin, mais pour les rassurer.
— C'est génial ! commente Noah, vraiment content pour moi. Pourquoi tu ne nous en as pas parlé avant ?
— Je voulais éviter la honte s'ils me recalent, je hausse les épaules, un peu gêné. C'était une possibilité, tu sais.
— Je suis trop content pour toi, H ! Ce soir, les gars, grosse fête chez moi ! crie Ilyes en levant les bras en l'air, son enthousiasme éclatant.

J'ai raccroché avec le groupe et pris un moment pour appeler Lukas, qui me regardait d'un air inquiet, les yeux légèrement rouges comme s'il avait anticipé quelque chose de plus sérieux.

— Ça ne va pas ? je lui chuchote, mon cœur battant la chamade face à son expression triste.

— J'ai un peu peur, il triture ses doigts, visiblement mal à l'aise, la nervosité palpable dans sa voix.
— Peur de quoi ? je demande doucement, curieux mais inquiet à la fois.
— Que tu m'oublies quand tu seras là-bas… ou pire, qu'on ne se voie plus du tout. Il laisse échapper un souffle tremblant, comme s'il avait enfin dit ce qui le torturait depuis un moment.

Je souris et lui prends doucement les mains, voulant le rassurer de tout mon être.

— Estrella, je t'ai déjà dit que je ne pourrais jamais t'oublier. Je serai toujours là, on se verra tous les jours, je te le promets, je lui assure, en espérant que mes mots lui apportent un peu de paix.

🎵🎵🎵

Quand j'ai annoncé la super nouvelle à mon frère et aux garçons, ils ont sauté de joie, une joie sincère et pleine de chaleur. Mon frère m'a félicité, une lueur de fierté dans les yeux.

— Tu deviens une meilleure personne de jour en jour, mon grand. Je sais qu'on ne te le dit pas souvent, mais je suis vraiment fier de toi. Il me serre fort contre lui, sa voix tremblant légèrement, comme si cette fierté venait d'un endroit très profond de son cœur.

— Merci, Edward. Merci d'avoir pris soin de moi. Je me sens un peu plus léger après avoir dit cela.
— Arrêtez, vous allez me faire pleurer ! Lode , toujours aussi expressif, fait semblant de pleurer, ce qui me fait éclater de rire. Ed, d'un geste rapide, lui donne un coup derrière la tête, l'éclat de la complicité palpable.

Le soir venu, on s'est tous retrouvés chez Ilyes. On a joué, rigolé, dansé et, bien sûr, bu. Lukas, un peu pompette, se blottissait contre moi, son corps chaud contre le mien, et son regard me brûlait d'une manière étrange. J'étais pris dans l'étreinte de ses yeux. Il me regardait avec une intensité que je n'avais jamais vue auparavant.

Je l'embrasse un peu plus fougueusement que d'habitude, sentant cette chaleur monter en moi, cette flamme qui s'éveille, brûlant un peu plus fort à chaque seconde.

— Tu te rappelles la fois où tu m'as dit que j'avais le regard éteints ? Il hoche la tête, un petit sourire en coin, et tourne sur lui-même.
— Maintenant, grâce à toi, il a changé. Estrella, je suis fou amoureux de toi, me dit-il, son souffle chaud effleurant ma peau.
— Moi aussi, Hayden, je lui réponds, et tout à coup, nos lèvres se retrouvent, emportées dans un tourbillon d'amour et de désir.
— Allez, lâchez-vous les amoureux, on va jouer ! Ilyes, toujours aussi dynamique, crie, mais Charlie, fidèle à lui-même, le gronde gentiment pour nous laisser respirer un peu.

On s'est finalement séparés avec un petit regret, mais le jeu de société d'Ilyes nous attendait. Il avait décidé de sortir une bouteille et quelques verres.

— On va faire un "J'ai / Je n'ai jamais !", annonça-t-il avec un large sourire. Je sentais qu'il allait nous embarquer dans un tourbillon de rires et de confessions.
— Alors, je n'ai jamais couché dans des toilettes, il commence, un regard malicieux dans les yeux. Simple, si tu as fait, tu bois ; si tu n'as jamais fait, tu ne bois pas. Noah et Rowane, visiblement gênés, boivent honteusement, pendant que Lukas fait des bruits de vomissements.

Puis c'est mon tour :

— Je n'ai jamais eu une attirance pour le même sexe. Je lance cela d'un air détaché. La moitié du groupe boit, même Ilyes. Faith, choquée, lui demande qui c'est.
— Un mec de mon collège quand j'avais 13 ans, il répond en haussant les épaules. Après, je ne suis plus tombé amoureux de garçons. C'était juste un coup de cœur, un passage, je pense.

♪♪♪

On est rentrés chez nous à quatre heures du matin, Lukas un peu pompette ; le jeu ne l'a pas aidé.
Un Lukas sous l'effet de l'alcool, c'est toujours une source d'amusement. Il me regarde avec des yeux rieurs et me dit, tout excité :

— Je te jure, mon prince ! Il y a des canards en plastique qui volent dans le ciel ! Il gesticule dans mes bras alors que je le porte jusqu'à l'entrée de sa maison. Son rire est contagieux, mais il a aussi cette fragilité, cette vulnérabilité qui le rend encore plus attachant.
Arrivé dans sa chambre, je ne sens presque plus mes bras à force de le porter. Je le pose délicatement sur son lit, et, comme si j'avais l'habitude, je commence à lui retirer son jean qui lui colle à la peau.

— Oh mon prince, vous me voulez nue ? Il fait une remarque en plaisantant, un sourire espiègle sur ses lèvres.
— Essaie de dormir, Estrella, tu es fatiguée, je lui murmure, tout en l'embrassant tendrement et le couvrant avec la couette bleue.

Il braille un peu, mais finit par s'endormir profondément, son visage paisible et détendu sous la couverture. Moi, je reste là, les yeux fixés sur le ciel, les pensées flottant dans l'air.

Je prends mon téléphone et envoie un message à Amanda, incertaine de ce que je vais trouver en réponse. Mais en la voyant arriver presque instantanément, je souris. Elle doit bien être en train de regarder des vidéos de chats qui font des cascades.

Moi 4 h 57
Salut Amanda, comment tu te sens ? J'ai été accepté dans mon école de musique ! As-tu reçu la vidéo d'Edward de mon spectacle pour le bal ?

Maman Amanda 4 h 58
Je vais super bien (je ne te mens pas, chéri, crois-moi) ; je suis heureuse de savoir que tu as été accepté, tu le mérites ! Et oui, je suis super fière de toi ! J'ai aussi reçu ton colis. Quand j'ai vu le carnet d'Éthane, tu te doutes

bien que j'ai pleuré ! Je t'aime mon ange on ce voit dans quelque jours !

Je regarde Lukas, qui ronfle légèrement, son visage enfoui dans mon oreiller. Il m'a fallu du temps pour accepter qu'il fasse partie de ma vie, mais aujourd'hui, je ne peux plus imaginer ma vie sans lui. Alors, pour lui, pour moi, pour tous ceux qui comptent, je continue d'avancer.
Je finis par attraper mon carnet et écrire, sans savoir trop pourquoi ni pour qui.

Je ne sais pas si je m'écris à moi, à toi maman, ou à Éthane. Bientôt trois ans qu'Éthane est mort et voilà bientôt 18 ans que maman a quitté la vie d'Edward. Je sais que j'aurai toujours mal au cœur quand on me parlera de vous, comme si en partant, vous aviez volé une partie de moi avec vous. Mais j'apprends à reconstruire cette partie vide. Elle fait place à de nouvelles choses.

Éthane, si cette lettre t'appartient aussi, c'est pour que je te dise que oui, tu manques, oui, je t'aime. Mais je te remercie, merci d'avoir écrit pour moi. J'ai toujours ta lettre dans mon sac. Je suis heureux que tu sois dans mon passé avec nos anciens amis. J'ai réussi à tourner la page avec ta mort, et c'est mon plus grand accomplissement.

Maman, cette lettre t'appartient aussi. Je sais que tu es heureuse pour moi, je ne comprendrai jamais pourquoi tu as attendu ma naissance pour te suicider. Tu ne voulais pas m'emporter avec toi pour me connaître ? Et Hayden, moi-même, toi aussi, cette lettre t'appartient. Merci d'avoir survécu en cette année compliquée et d'y avoir finalement cru. D'avoir cru en tes amis, en ton frère, et en l'amour qui dormait en toi. J'espère que tu feras carrière dans la musique ! Tu as intérêt ! Et Martin, merci d'avoir fait que ma vie devienne rose. ;)

Hayden, 17 ans, bientôt 18 ans et des rêves plein la tête
★♡♬

Épilogue

Iris – Goo Goo Dolls
Fin août 2018, 18 ans

Quand je les ai vus tous dans mon salon avec leurs cadeaux et leur joie, j'ai souri. En 18 ans, je n'avais jamais vraiment célébré mon anniversaire. Mais eux m'ont donné la chance de vivre une journée d'anniversaire formidable. Je me souviens du gâteau à la vanille, de tous mes cadeaux et de la musique qui passait à ce moment-là.

Nous sommes fin août, le 23 plus précisément, et je viens d'avoir 18 ans. Je sortais de mon rendez-vous pour l'école de musique, qui commencera dans deux semaines. En entrant chez moi, j'ai entendu du bruit, des chuchotements forts, très forts. Puis, ils étaient tous là, même monsieur Roger était présent, tenant le gâteau avec l'inscription au glaçage chocolat : « Happy birthday Rockstar ». Je l'ai remercié en versant une larme. Pour la première fois, je ressentais ce que les autres ressentaient.

— Joyeux premier anniversaire, mon grand.

J'ai passé une superbe journée avec eux. Monsieur Roger faisait des blagues avec Ilyes, nous faisant pouffer de rire avec leur humour décalé. Et j'ai fini par souffler mes dix-huit bougies en trente secondes et manger mon premier gâteau d'anniversaire. Lukas était à côté de moi, souriant doucement, en train de déguster sa part tout en discutant avec les autres.

J'ai reçu le plus beau cadeau de tous les temps. Tout le monde avait cotisé pour que j'aie une guitare électrique pour mes cours l'année prochaine. Elle était blanche et rouge avec des étoiles peintes dessus. Lukas m'a offert en plus un nouveau pull de mon groupe préféré, et j'avoue que je me la joue grave avec mon pull noir Coldplay.

Dans quelques jours, c'est la rentrée. Je sais que tout va changer, mais je garde espoir que notre groupe ne s'éteigne jamais.

Car nous sommes l'univers, et l'univers ne s'éteindra jamais.

Note de fin

Merci à tous ceux qui ont fini le livre.
Je décide de mettre un mot de fin pour vous divulguer des numéros qui peuvent servir si vous avez des problèmes similaires à mes personnages !

Si comme Ilyes, vous avez des problèmes d'addiction à la drogue :

- Drogues info service : <u>0 800 23 13 13</u> De 8h à 2h, 7 jours/7. Appel anonyme et gratuit. **<u>drogues-info-service.fr</u>**
- Écoute cannabis : <u>0 980 980 940</u> de 8 h à 2h, 7 jours/7. Appel anonyme et gratuit.
- Fil santé jeune : <u>0 800 235 236</u> De 9h à 23h, 7 jours/7. Appel anonyme et gratuit.**<u>filsantejeunes.com</u>**

Si comme Hayden, vous sentez que votre santé mentale se dégrade, conseille :
- 1. En parler à un adulte si vous êtes adolescent.
- 2. Aller voir quelqu'un de votre établissement
- 3. Contactez un psy ou voyez votre médecin traitant.

- 4. Si vous voulez mettre fin à vos jours ou vous avez des idées noires, il y a Suicide Écoute : 01 45 39 40 00

Ou si, comme Noah, vous sentez que vous avez des problèmes avec la nourriture :
- 1. Parler avec quelqu'un de confiance sur votre problème.
- 2. Un numéro vert est disponible : 0810 037 037
- 3. Aller voir un psychologue ou une diététicienne qui pourra vous éclairer sur votre problème.

Je vous aime, prenez soin de vous et des autres ♡

 @lntmaddie

 Lntmaddie@gmail.com

© Maddie Lnt, 2025
Édition : BoD · Books on Demand, 31 avenue Saint-Rémy,
57600 Forbach, bod@bod.fr
Impression : Libri Plureos GmbH, Friedensallee 273,
22763 Hamburg (Allemagne)
ISBN : 978-2-3221-8989-2
Dépôt légal : Juin 2024